Frank Esser

Der Schmerzflüsterer

Frank Esser

Frank Esser, Jahrgang 1974, absolvierte nach dem Abitur eine Ausbildung zum Industriekaufmann und arbeitet seitdem in der Musikbranche. Er lebt in der Nähe von Aachen. Seine Liebe zu Krimis inspirierte ihn, seinen ersten Regionalkrimi zu schreiben, der in der Kaiserstadt spielt und 2017 veröffentlicht wurde. Mittlerweile veröffentlichte er neben seiner Aachen-Krimi-Reihe weitere Thriller und Krimis. Seit neuestem darf er sich stolzes Mitglied der Empire-Verlag-Familie nennen.

Frank Esser

Der Schmerzflüsterer

Ein Lukas Sontheim Thriller
Band 3

Bibliografische Information der Deutschen Nationalbibliothek:
Die Deutsche Nationalbibliothek verzeichnet diese Publikation in der Deutschen Nationalbibliografie; detaillierte bibliografische Daten sind im Internet über http://dnb.d-nb.de abrufbar.

Empire-Verlag OG, Lofer 416, 5090 Lofer

Lektorat: Christine Weber – https://www.textimo.de/
Korrektorat: Peter Wolf

Cover: Chris Gilcher – http://buchcoverdesign.de/
Illustrationen: Adobe Stock ID 359927732,
Adobe Stock ID 124573637 und freepik.com

Buchsatz: Catherine Strefford – www.catherine-strefford.de

Bestellung und Vertrieb: Nova MD GmbH, Vachendorf

Prolog

War er ein Psychopath?

Aus medizinischer Sicht musste diese Frage mit einem klaren Ja beantwortet werden. Doch das war bei Weitem nicht so ungewöhnlich, wie man auf den ersten Blick denken würde. Erst kürzlich hatte er in einem Artikel gelesen, dass viele Psychopathen hohe Positionen bekleideten – genau genommen war der Anteil in den Chefetagen laut einer Studie sechsmal so groß wie im Bevölkerungsdurchschnitt und betraf selbst Investmentbanker, Politiker, Anwälte oder Aufsichtsräte. Die Menschen, die mit Psychopathen zu tun hatten, ahnten nicht einmal, mit wem sie da regelmäßig Umgang pflegten. Diese Psychopathen unterschieden sich jedoch in einem wesentlichen Merkmal von ihm selbst: Sie waren beileibe keine Kidnapper oder Killer. Doch waren sie deshalb bessere Menschen?

War er ein Sadist?

Er liebte es, Menschen leiden zu sehen und in den Tod zu treiben. Wie könnte die Antwort hier also Nein lauten?

Warum er so geworden war?

Zu einfach, alles auf eine schwere Kindheit zu schieben. Außerdem wäre das glatt gelogen. Sein Vater hatte ihn nicht verprügelt oder stundenlang in einen dunklen Wandschrank gesperrt, und seine Mutter ihn nicht in Kleider gesteckt, weil sie lieber ein süßes kleines Mädchen in die Welt gesetzt hätte. Er wusste schon früh, dass er anders war als andere, auch wenn er bis heute nicht ergründen konnte, warum.

Womöglich war er schon als Killer geboren worden?

Selbst renommierte Wissenschaftler waren nicht in der Lage, eine eindeutige Antwort darauf zu geben, ob das möglich war. Mittlerweile hatte er Dutzende wissenschaftliche Abhandlungen über genetische Prädisposition gelesen, an deren Ende alle Gelehrten mehr oder weniger zum selben Schluss kamen: Vermutlich gab es keine *natural born killers*. Doch die Veranlagung zu gewalttätigem Verhalten konnte durchaus im Erbgut vorhanden sein. Existierte beispielsweise eine Mutation des Monoaminoxidase-A-Gens, konnte dies zu einer erhöhten Neigung zu Gewalt führen. Kam dann noch eine Störung der Hirnfunktionen hinzu, welche die Impulskontrolle und Stimmungsschwankungen steuerten, konnte das eine fatale Kombination ergeben.

Er wusste nicht, ob er über die mutierte Genvariante verfügte. Aber es schien die logischste Erklärung dafür zu sein, weshalb er nicht einmal mit der Wimper gezuckt hatte, als er im zarten Alter von fünf Jahren seiner kleinen Schwester ein Kissen aufs Gesicht gedrückt hatte. Einfach so, um zu sehen, was passierte. Erst als Sophie blau angelaufen war und keinen Mucks mehr von sich gab, hatte er das Kopfkissen wieder unter ihr Köpfchen gelegt und war in den Garten gelaufen, um Fußball zu spielen. Die Ärzte hatten einen plötzlichen Kindstod diagnostiziert. Natürlich wusste er damals nicht, was das bedeutete, aber so war er aus dem Schneider gewesen. Schuldgefühle: Fehlanzeige.

Und auch als Jens, dieses aufgeblasene Arschloch, beim Schlittschuhlaufen ins Eis eingebrochen und ertrunken war, hatte ihm das keine schlaflosen Nächte bereitet. Er, gerade mal fünfzehn, hatte am Abend zuvor beim See ein Loch ins Eis gehauen, das bis zum nächsten Tag nur leicht wieder zufror. Er hatte Jens zu der präparierten Stelle gelockt, die dünne Eisschicht hatte sofort unter dem Gewicht des Teenagers nachgegeben.

Wie viele Idioten wie Jens er mittlerweile über den Jordan geschickt hatte, wusste er nicht genau. Aber er wusste, dass er niemals damit aufhören würde, solange man ihn nicht schnappte. Denn er hatte kein Gewissen.

Er war der Tod. Und im Keller wartete bereits ein neues Opfer auf ihn. Es war an der Zeit, die letzte Runde mit dem Mann zu spielen.

1. Kapitel

Unruhig tigerte Sven Borchert durch die fensterlose Zelle. Das monotone Surren der Belüftungsanlage, die den schallisolierten Raum über einen Ventilator mit Luft versorgte, raubte ihm allmählich den letzten Nerv. Seit sieben Tagen hielt ihn dieser Geistesgestörte jetzt schon gefangen, hatte ihn direkt auf der morgendlichen Joggingrunde gekidnappt. Festgekettet wie ein Tier hatte dieser Irre ihn! Um seinen Hals war an einem Schloss eine schwere Eisenkette befestigt, die zu einem eisernen, in die Wand eingelassenen Ring führte. Die Kette war gerade lang genug, um vor der Matratze ein wenig auf und ab zu gehen oder sich an den kleinen Tisch zu setzen. Die Kreuzschmerzen setzten ihm zunehmend zu, was angesichts seiner Situation allerdings noch das kleinste Übel war. Seine Notdurft musste er in einem Blecheimer verrichten, den der Entführer jeden Abend leerte. Was für eine Erniedrigung! Als erfolgreicher Verlagsbesitzer in dritter Generation war er nur die besten Hotels gewohnt, lebte mit seiner Frau in einer luxuriösen Villa – und jetzt das.

Angewidert verzog er das Gesicht beim Anblick des Eimers. Was er seit dem Tag der Entführung erlebt hatte, war geradezu surreal. Zwei Tage lang hatte ihn der Unbekannte, der seine Visage hinter einer Affenmaske verbarg, in dem Gefängnis schmoren lassen, ohne auch nur ein einziges Wort mit ihm zu wechseln. Zweimal täglich versorgte der Unbekannte ihn mit Essen, gönnte ihm immerhin einmal am Tag eine Schüssel mit klarem Wasser, wenigstens eine Katzenwäsche war so möglich. Als der Affenmaskenmann am dritten Tag mit einem Karton in der Hand die Zelle betrat – gnädigerweise hatte er ihm die Armbanduhr gelassen, sodass Borchert auf die Minute genau wusste, wie lange er diesem Irren schon ausgeliefert war -, brach er endlich sein Schweigen.

»Lass uns um deine Freilassung spielen«, hatte der Entführer mit tiefer Stimme gesagt und ihm und mit einem Kopfnicken bedeutet, am Tisch Platz zu nehmen.

»Spielen? Um meine Freilassung?«, hatte er unsicher gefragt. Spätestens da war ihm bewusst geworden, dass er an einen Verrückten geraten sein musste, dem es um mehr ging, als nur ein üppiges Lösegeld von seiner Familie zu erpressen.

»Die Spielregeln sind ganz einfach«, hatte der Maskenmann erklärt, als er den Deckel des Kartons mit der Spielesammlung anhob. »Wir werden jeden Tag ein anderes Spiel spielen. Sollte es dir gelingen, mich in drei verschiedenen Spielen zu schlagen, bist du ein freier Mann«, fuhr er dann mit monotoner Stimme fort, wobei er in Allerseelenruhe das Spielbrett und die Figuren von *Mensch ärgere Dich nicht* aufbaute.

Fassungslos hatte er den Wahnsinnigen angestarrt. »Und wenn ich bei dem Schwachsinn nicht mitmache?«

Der Typ hatte sich nicht beirren lassen und mit stoischer Ruhe weiter aufgebaut.

»Und wenn ich verliere?«, hatte er mit belegter Stimme hervorgepresst. Ein Schulterzucken war die einzige Antwort, die er vom Maskenmann erhielt. Ihm kam es vor, als würden sich zwei unsichtbare Hände um seinen Hals legen und zudrücken. Er von seinem Stuhl aufgesprungen, um den Kidnapper anzugreifen. Doch als er von der Kette zurückgezerrt wurde, hatte ihn das schmerzhaft daran erinnert, dass er nur über eine begrenzte Reichweite verfügte.

»Dann können wir ja jetzt loslegen«, hatte der Geiselnehmer gleichgültig geantwortet, als ob der versuchte Angriff nie stattgefunden hatte.

Als es ihm tatsächlich gelungen war, die letzte Spielfigur ins Häuschen zu befördern, hatte der Maskenmann das mit einem »Herzlichen Glückwunsch« quittiert, anschließend das Spielbrett samt Figuren wieder in den Karton befördert und, ohne ein weiteres Wort zu verlieren, den Raum verlassen.

An den beiden darauffolgenden Tagen war es nicht so gut für ihn gelaufen: Beim Quartett und beim Memory hatte er haushoch verloren, sodass der Entführer beim gestrigen Spiel nur noch einen Punkt benötigt hatte. Vorletzte Nacht hatte er deshalb kein Auge zugemacht. Angst war keine gute Verbündete in der Einsamkeit seiner Zelle. Der Unbekannte hatte zwar bisher nicht einmal andeutungsweise erwähnt, was passieren würde, wenn er das Spiel verlor. Aber man musste kein besonders helles Köpfchen sein, um sich das ausmalen zu können. Nur mit den Füßen voraus würde er sein Gefängnis wieder verlassen.

Doch die Glücksgöttin hatte es gestern gut mit ihm gemeint. Beim *Schiffe versenken* war es ihm gelungen, zum zwei zu zwei auszugleichen. Die Felsbrocken, die ihm vom Herzen gefallen waren, hatten Seismologen vermutlich als kleinere Erdbeben rund um Köln registriert. Was für eine kranke Scheiße ging hier bloß vor sich? Er musste verdammte Kinderspiele mit einem Irren spielen, um sein Leben zu retten! So etwas hätte sich nicht mal Stephen King ausdenken können. Und noch ein Gedanke beschäftigte ihn: Würde der Entführer Wort halten und ihn tatsächlich laufen lassen, wenn es im gelang, den dritten Punkt zu erspielen? Immerhin hatte er das Gesicht hinter der Maske bisher nicht gesehen. Lediglich die strahlend blauen Augen, die ihn stets durch die Löcher der Maske mit kaltem Blick anschauten, sodass es ihm bei jedem Besuch eiskalt den Rücken hinunterlief, würde er der Polizei beschreiben können. Dazu würde er gerade noch ein paar Angaben zur Größe machen oder das ungefähre Gewicht des Mannes schätzen können.

Borchert wollte sich gerade wieder auf die Matratze sinken lassen, als er hörte, wie sich der Schlüssel im Schloss drehte. Schon öffnete sich die Tür.

»Zeit für die letzte Spielrunde, lieber Sven«, sagte der Kidnapper, der eine kleine hölzerne Kiste in der Hand hielt.

»Kann's kaum erwarten«, presste Borchert durch die Zähne. Und das war nicht einmal gelogen. Alles würde besser sein als diese nervenaufreibende Warterei. In den letzten Tagen musste er um Jahre gealtert sein. Mit einem tiefen Seufzer nahm er gegenüber dem Affenmaskenmann am Tisch Platz.

»Nun, es freut mich, dass du mittlerweile genauso große Freude an unserem kleinen Spiel hast wie ich«, schnarrte der Entführer, bevor er den Deckel des kleinen Kästchens anhob.

Was zum Vorschein kam, verschlug Borchert die Sprache. Fast zeitgleich beschleunigte sich sein Puls, der Schweiß trieb ihm aus allen Poren. Mit schreckgeweiteten Augen starrte er sein Gegenüber an. Der Kloß in seinem Hals verschwand auch nach mehrmaligen Schlucken nicht. Heilige Scheiße!

»Ich habe mir überlegt, den Einsatz für das Endspiel zu erhöhen.« Der Entführer holte eine einzelne Patrone und einen kurzläufigen Trommelrevolver mit dunkelbraunem Griff aus der kleinen Holzschatulle. *Python 357* war in den glänzenden stählernen Lauf graviert. »Hast du schon mal russisches Roulette gespielt?«, fuhr er nahezu emotionslos fort.

Borchert schüttelte heftig den Kopf. Ein Schweißtropfen klatschte auf die Holzplatte des Tisches.

»Das habe ich mir gedacht. Du wirst sehen, es macht unglaublich viel Spaß.« Das Lachen, das durch die Zelle tönte, klang diabolisch. »Und du wirst sehen, ich halte Wort. Wer von uns beiden diese Spielrunde gewinnt, geht als ultimativer Sieger hervor.«

Borchert schüttelte erneut den Kopf, jetzt jedoch viel vehementer als zuvor. Er atmete schwer, die Nasenflügel bebten und er schnaubte wie ein Rennpferd in der Startbox. »Das ist doch total irre! Sie sind völlig übergeschnappt, wenn Sie glauben, dass ich da mitmache«, polterte er los, hieb mit der Faust auf den Tisch und sprang auf.

»Ich fürchte, du hast keine andere Wahl. Du oder ich – so läuft das Spiel. Ich dachte, das wäre dir klar gewesen, als wir den Wettkampf begonnen haben.« Der Maskenmann war nicht aus der Ruhe zu bringen. »Immerhin erhältst du eine faire Chance, hier lebend rauszukommen. Die Kinderspiele lassen wir jetzt hinter uns, die letzte Runde ist ein Spiel für wahre Männer. Du bist doch ein echter Kerl, oder?«, fragte der Maskenmann mit herausfordernder Stimme.

Der Entführer wusste es besser: Das Gegenteil war der Fall. Ein Mann, der seine Frau regelmäßig grün und blau schlug, sodass sie schon mehrfach in der Notaufnahme im Krankenhaus gelandet war, konnte kein echter Mann sein. Natürlich hatte sie den Ärzten immer irgendwelche dubiosen Ausreden präsentiert, wie sie sich verletzt hatte: Mal war sie unglücklich gestolpert, oder der Alkohol war schuld – dabei trank die Frau überhaupt keinen Alkohol. Selbst vor dem neunjährigen Sohn machte der Verlagschef nicht halt.

Sven Borchert raufte sich die Haare, starrte den Kidnapper einen Moment ausdruckslos an, bevor er sich wieder setzte und den Kopf in den Händen vergrub. Er wusste nicht, was ihn mehr in Panik versetzte: das bevorstehende

Todesspiel oder die ruhige Art und Weise, wie der Kerl all die Worte ausgesprochen hatte. Der Typ hatte definitiv keine Angst vor dem Tod. Ganz im Gegensatz zu ihm. Er atmete einmal tief durch, bevor er den Blick wieder auf sein Gegenüber richtete. »Okay, ich bin bereit«, murmelte Borchert mit zittriger Stimme. Seine Handflächen waren schweißnass.

»Sehr schön. Dann werde ich dir jetzt der Vollständigkeit halber die Regeln erklären. Ich werde diese Patrone«, der Maskenmann hielt ihm das messingfarbene Geschoss direkt vors Gesicht, »in die Trommel führen, und diese dann drehen. Dann hält der Spieler, der an der Reihe ist, sich die Pistole an die Schläfe und betätigt den Abzug. Mit ein bisschen Glück gibt es dann nur ein leises Klicken.« Der Mann kicherte.

Borchert war zum Kotzen zumute. Er musste jede Menge Selbstbeherrschung aufbringen, um sich nicht zu übergeben.

»Wenn er kein Glück hat …– nun ja, du kannst es dir sicherlich denken. Wir spielen so lange, bis es einen Sieger gibt. Nach jedem Fehlversuch werde ich die Trommel wieder drehen, das erhöht den Nervenkitzel. Das wird ein Spaß!« Der Kidnapper kicherte und klatschte in die Hände.

Borchert konnte nicht mehr an sich halten und verteilte den Mageninhalt auf den Boden. Er hatte es gerade noch geschafft, den Kopf abzuwenden, um nicht die Tischplatte zu treffen. Der säuerliche Geruch vermischte sich mit dem Mief, den sein Körper nach den

Tagen der Gefangenschaft mit rudimentärer Körperpflege verströmte. Mit dem Ärmel wischte er sich den Mund ab.

»Aber Sven, kein Grund, so empfindlich zu reagieren«, höhnte der Unbekannte kopfschüttelnd. »Ich mache es dir sogar ganz leicht: Ich werde beginnen.«

In seiner Stimme schien die reinste Vorfreude mitzuschwingen. Wo war er da nur hereingeraten, dachte Borchert. Er war völlig hilflos, in den Fängen eines Irren. Aber tatsächlich verspürte er plötzlich auch so etwas wie einen Funken Hoffnung in sich aufkeimen. Sollte dieser Wahnsinnige doch den Anfang machen, vielleicht war das Glück ja auf seiner Seite. Dann würde er schon in wenigen Augenblicken hier hinausspazieren.

»Bist du bereit?«, holte ihn die Stimme des Kidnappers wieder in die Gegenwart zurück.

Borchert war alles andere als bereit, trotzdem nickte er bedächtig.

»Schön«, befand der Fremde nur. Schon ließ er die Trommel des Revolvers ausschwenken, steckte die Patrone in eine der sechs Kammern, ließ die Trommel wieder einrasten und drehte sie anschließend, bis sie schließlich an einer beliebigen Stelle stoppte. Ohne zu zögern, setzte sich der Affenmaskenmann die Waffe an die Schläfe und betätigte den Abzug. Aber außer einem metallischen Klicken war nichts zu hören.

Borchert hatte kurz die Luft angehalten, doch kein Schuss beendete sein Martyrium, obwohl er innerlich Gott angefleht hatte, dieses irre Spiel zu seinen Gunsten enden zu lassen. Dabei war er alles andere als ein gläubiger Mensch. Doch der Allmächtige verfolgte in der ersten Spielrunde offenbar seinen eigenen Plan.

»Puh, Glück gehabt«, meinte der Entführer. Es klang allerdings keineswegs erleichtert, eher belustigt.

Der Typ erinnerte ihn zunehmend an den Joker aus *Batman*. Dieser Kerl war mindestens genauso irre!

»Jetzt bist du an der Reihe, mein Lieber«, fuhr der Unbekannte fort, nahm die Waffe in die linke Hand und ließ die Trommel abermals rotieren. »Aber damit du nicht auf dumme Gedanken kommst und den Revolver einfach auf mich richtest und so lange abdrückst, bis du die Patrone erwischst, muss ich natürlich gewisse Vorkehrungen treffen. Wir wollen ja schließlich fair spielen, oder?« Er griff sich mit der rechten Hand hinter den Rücken und holte eine zweite Pistole hervor, die er offenbar im Hosenbund versteckt gehabt hatte. Den Lauf richtete er sogleich auf Borchert, dann schob er den geladenen Revolver über den Tisch.

Borchert sackte förmlich in sich zusammen. Der Affe hatte offenbar an alles gedacht. Wieder vergrub er das Gesicht in den Händen. Erneut begann er zu würgen, doch diesmal schaffte er es gerade noch, sich nicht zu übergeben. Verzweifelt rieb er über die Bartstoppeln seines Sieben-Tage-Barts, dann griff er nach dem Revolver. Tränen rannen ihm übers Gesicht. Er dachte an seine Frau. An seinen Sohn. Mit zitternder Hand nahm er die Waffe in die Hand, im Zeitlupentempo führte er sie in Richtung Schläfe. Die *Python* wackelte derart, dass er sich vorkam, als hätte er Parkinson. Der Zeigefinger zuckte, aber Borchert schaffte es nicht, den Abzug durchzudrücken.

»Wir haben nicht ewig Zeit«, blaffte der Entführer schließlich und schaute demonstrativ auf die Armbanduhr.

Dann drückte er ab. Und es passierte … nichts. Ungläubig starrte er den Revolver an, bevor er ihn wie ein heißes Stück Eisen auf den Tisch fallen ließ, unendlich erleichtert, dass er noch am Leben war.

»War doch gar nicht so schwer«, meinte der Entführer. Die zweite Waffe, die er die gesamte Zeit über auf Borchert gerichtet hatte, steckte er in den Hosenbund zurück. Er schnappte sich den Revolver, drehte die Trommel, hielt sich die Knarre an die Schläfe und drückte erneut ab, ohne auch nur mit der Wimper zu zucken.

Drei volle Runden wiederholte sich das Ganze, ohne dass die Waffe losging. Während der Entführer nicht den Hauch eines Moments gezögert hatte, war es für Sven Borchert jedes Mal ein Kampf gegen den inneren Schweinehund gewesen, den Abzug zu drücken. Zwar lebte er noch, dennoch war er mit jeder Runde ein Stück weit gestorben. Als sich der Verlagschef den Revolver zum vierten Mal an die Schläfe hielt, schickte er abermals ein Stoßgebet gen Himmel. Den anschließenden Schuss, der die Stille des Kellerverlieses durchriss, nahm er schon gar nicht mehr wahr. Wie ein Sack Mehl kippte er tödlich getroffen zur Seite und fiel vom Stuhl. Geradewegs in die

Hinterlassenschaften des Gehirns und der Schädeldecke, die durch das Teilmantelgeschoss Sekundenbruchteile zuvor auf den Boden geklatscht waren.

Zufrieden betrachtete er sein Werk und riss sich die blöde Maske vom Kopf, ein notwendiges Übel und Teil des Spiels. Schließlich wollte er stets bis zum bitteren Ende den Eindruck erwecken, dass die Opfer eine reelle Chance hatten, lebend aus ihrem Gefängnis herauszukommen. Jedes Kind wusste aus dem Fernsehen, dass die Chancen eines Entführungsopfers gegen null sanken, wenn es einmal das Gesicht des Kidnappers erblickt hatte. Es war ein perfides Spiel mit Borcherts Ängsten und Hoffnungen gewesen, und er hatte jeden Moment genossen. Natürlich hatte er beim russischen Roulette nicht eine Sekunde in ernsthafter Gefahr geschwebt. Dank der eingravierten Markierung hatte er zu jeder Zeit genau gewusst, in welche Kammer er die Patrone gesteckt hatte und auch, ob er die Trommel unbemerkt von seinem Mitspieler hatte weiterdrehen müssen. In all den Jahren hatte noch nie jemand seinen Betrug bemerkt. Jetzt musste er nur noch die Leiche loswerden – er wusste auch schon, wo.

2. Kapitel

Freitag, 5. Februar 2021, 9:23 Uhr

Lukas Sontheim schloss die Tür zu seinem Büro in der Höhenberger Straße auf, das er seit Anfang des Jahres sein Eigen nannte. *Lukas Sontheim – Private Ermittlungen* stand in schwarzen Lettern auf der Glastür des ehemaligen Kiosks, den er vor wenigen Wochen von dem netten Vorbesitzer, einem älteren Herrn, übernommen hatte. Der knapp sechzehn Quadratmeter große Raum lag etwas mehr als einen Kilometer von seiner Wohnung in der Schleuterstraße in Köln-Kalk entfernt. Lange hatte er darüber nachgedacht, ob er dem Drängen seines ehemaligen Partners Jürgen Brenner, dem Leiter der Kölner Mordkommission, nachgeben und wieder in den Polizeidienst eintreten sollte. Doch dann hatte er sich entschieden, sein eigenes Ding durchzuziehen.

Ausschlaggebend für diesen Entschluss waren die Ereignisse wenige Monate zuvor. Zusammen mit seinem Kumpel Andreas Lichtenstein, einem begnadeten IT-Spezialisten und ehemaligen Hacker, hatte er einen Serienmörder zur Strecke gebracht. Der Killer mit dem Namen Orkus hatte seine Opfer auf höchst perfide Art vor laufender Kamera getötet. Als er dem Mörder in die Quere gekommen war, war es zu einem Kampf auf Leben und Tod gekommen – mit dem besseren Ende für ihn.

Wenige Wochen später hatte sich Sontheim vor Gericht wegen der tödlichen Messerattacke auf den Serienkiller verantworten müssen. Der Richter hatte, wie nicht anders zu erwarten gewesen war, zu seinen Gunsten entschieden. Er hatte in Notwehr und deshalb nicht rechtswidrig gehandelt und war als freier Mann aus dem Gerichtssaal spaziert. Auch wenn Sontheim es ungern zugab: Durch die damaligen Ermittlungen hatte er wieder Blut geleckt. Er hatte keine Lust mehr, sich mit Aushilfsjobs über Wasser zu halten. Das Geld, das der Hausverkauf nach dem gewaltsamen Tod seiner geliebten Frau Nina und seinem Engelchen Linda eingebracht hatte, war längst aufgebraucht. Als Brenner ihm das Angebot gemacht hatte, wieder zur Truppe zu stoßen, war er ins Grübeln geraten. Aber er konnte sich nicht vorstellen, sich noch einmal die Karriereleiter bei der Polizei hochzuarbeiten, schließlich war er selbst einst Leiter der Kölner Mordkommission gewesen. Also hatte er beschlossen, sein Glück als Privatdetektiv zu versuchen und sein eigener Herr zu bleiben.

Die Annonce im *Kölner Stadtanzeiger*, in der ein Nachmieter für den Kiosk gesucht wurde, kam damals wie gerufen. Da die Übernahme des Ladens nicht zweckgebunden war, konnte er sich hier niederlassen und sein kleines Detektivbüro einrichten. Kurz vor Weihnachten hatte er den Mietvertrag unterschrieben. Schon am Neujahrstag war er mit zwei Farbeimern und Streichutensilien angerückt und hatte dem Einraumbüro einen neuen Anstrich verpasst. Das große Schaufenster zierte jetzt eine blickdichte Folie und schützte ihn vor neugierigen Blicken. Die Innenausstattung hatte er gebraucht im Internet gekauft. Mehr als einen Schreibtisch, ein paar Stühle und einen abschließbaren Aktenschrank hatte er für den Anfang ohnehin nicht gebraucht. Lichtenstein, den er der Einfachheit halber immer nur »Ali« nannte, hatte ihn zu seiner großen Freude mit einem Computer und einem Drucker ausgestattet. Nicht einen Euro hatte er dafür berappen müssen - es war ein Geschenk gewesen. Sein Kumpel war ihm immer noch dankbar, weil er ihm wenige Monate zuvor den Hintern vor dem durchgeknallten Serienmörder Orkus gerettet hatte. Sie waren damals nur knapp dem Tod entronnen, wobei Christoph Laumann, der Schlächter von Köln, aus dem Knast heraus die Fäden gezogen hatte. Sontheim hatte Laumann im Knast aufgesucht, um herauszufinden, wie es ihm gelungen war, Orkus auf seine Seite zu ziehen und als sein verlängerter Arm außerhalb des Knasts zu operieren. Natürlich hatte Laumann beharrlich geschwiegen und ihn lediglich angegrinst. Auch Brenner und dessen Kollegen hatten sich an dem Kerl die Zähne ausgebissen.

Schon kurz nach der Eröffnung der Detektei hatte er den ersten Klienten begrüßen dürfen. Ein Ex-Kollege der Kölner Polizei hatte ihn beauftragt, die Ehefrau diskret zu überwachen, weil er den Verdacht hatte, sie würde ihm untreu sein. Und der Klient hatte recht behalten. Der Rechnungsbetrag war kurze Zeit später auf Sontheims Konto eingegangen. Knapp fünfhundert Euro, leicht verdientes Geld. Aktuell arbeitete er an einem Fall, bei dem ein Unternehmer mehrere Mitarbeiter des Abrechnungsbetruges bei ihren Spesen verdächtigte. Schon allein aufgrund der Kilometerpauschale, die er kassierte, war durch die Beschattung der Außendienstmitarbeiter bei deren Touren innerhalb von zwei Wochen ein stattliches Sümmchen zusammengekommen. Der Auftraggeber hatte wie vereinbart Ende Januar bereits die erste Rate bezahlt, sodass Sontheim ganz gut über die Runden gekommen war.

Er schmiss die dicke Winterjacke über die Stuhllehne, füllte Wasser in den Tank der Senseo-Maschine und legte einen Kaffeepad in den Halter. Er brauchte dringend etwas Heißes zu trinken, es war saukalt draußen. Im Büro streikte die Heizung, der Monteur ließ seit letzter Woche auf sich warten. Während der Kaffee durchlief, rieb er die Hände aneinander, um die Durchblutung anzuregen. Er hatte gerade Platz genommen und den Computer hochgefahren, als die Eingangstür geöffnet wurde und eine hochaufgeschossene Brünette eintrat. Sie hatte eine Pudelmütze bis zu den Augenbrauen in die Stirn gezogen und sich einen Schal um den Hals gewickelt, der bis zur Nase reichte. Beides legte sie umgehend ab, als sie sich dem Schreibtisch näherte. Zum Vorschein kam ein attraktives Gesicht mit hohen Wangenknochen, zierlicher Nase und mandelbraunen Augen.

»Herr Sontheim?« Sie sprach mit angenehm weicher Stimme.

»Live und in Farbe. Und mit wem habe ich das Vergnügen?«, fragte er und erhob sich von seinem Schreibtischstuhl, um der Besucherin die Hand zu reichen. Vermutlich eine Klientin, die ihren treulosen Ehemann überführen wollte, dachte er.

»Katja Brandt.« Sie zupfte sich einen Handschuh von den Fingern und erwiderte den Händedruck.

Er bat sie, Platz auf einem der beiden Besucherstühle vor dem Schreibtisch zu nehmen, die modernen Sitzmöbel aus Chrom und Kunstleder hatte er ebenfalls günstig im Internet erstanden. Dankend nahm die Frau, die Sontheim auf Mitte bis Ende dreißig schätzte, das Angebot an, allerdings ohne den Wintermantel abzulegen – angesichts der frostigen Temperaturen in seinem Büro durchaus nachvollziehbar. Jetzt erst fielen ihm die dunklen Schatten unter den Augen der Besucherin auf.

»Darf ich Ihnen einen Kaffee anbieten?«, fragte er die potenzielle Mandantin. Sie verneinte.

»Ich will gar nicht lange um den heißen Brei reden, Herr Sontheim. Ich habe Sie aufgesucht, weil ich möchte, dass Sie meine Nichte finden. Sarah Weinert«, kam sie ohne Umschweife zur Sache und holte ein Foto aus der Manteltasche, das sie vor ihn auf den Schreibtisch legte.

Sontheim betrachtete das Bild einer jungen Frau. Sie war ebenso hübsch wie ihre Tante, die ihm gegenübersaß, aber im Gegensatz zu Frau Brandt hatte das Mädchen blaue Augen und langes blondes Haar. »Was heißt das konkret?«, hakte er nach.

»Sarah ist seit genau zehn Tagen verschwunden. Wie vom Erdboden verschluckt.«

Sontheim rechnete schnell im Kopf nach. »Also seit

dem sechsundzwanzigsten Januar«, murmelte er. Vor einer Weile hatte es tatsächlich einen Suchaufruf in den Medien gegeben, die Zeitungen hatten ein anderes Foto verwendet.

Katja Brandt nickte. »Sie war an diesem Abend bei ihrem Freund. Seitdem fehlt von ihr jede Spur.« Sie begann erneut, in ihrer Manteltasche zu kramen, und zog ein Päckchen Zigaretten und ein Feuerzeug heraus. »Darf ich?«

»Nur zu.« Sontheim holte einen Aschenbecher aus der untersten Schublade des Schreibtisches und stellte ihn vor Frau Brandt auf die Tischplatte, woraufhin sie sich umgehend eine Kippe anmachte. »Ich nehme an, dass die Eltern Ihrer Nichte bei der Polizei waren und eine Vermisstenanzeige aufgegeben haben?«

»Natürlich, also, ich habe das gemacht. Lydia, meine Schwester, ist dazu leider nicht mehr in der Lage. Krebs im Endstadium. Einen Vater gibt's nicht – der hat sich noch vor Sarahs Geburt aus dem Staub gemacht«, erklärte die Besucherin und zog an der Zigarette. »Aber rausgefunden haben die Bullen bisher überhaupt nix. Nada, niente. Und genau aus diesem Grund bin ich jetzt hier.«

»Gab es eine Lösegeldforderung?«, wollte Sontheim wissen. Er nippte am Kaffee.

»Nein. Und auch sonst keine Kontaktaufnahme.«

»Hm, dann können wir vermutlich eine Entführung ausschließen«, stellte er fest.

»Ach ja, können wir das?«, kam es mürrisch zurück.

Er ließ sich von der Reaktion nicht beirren. »Hat die Polizei Anhaltspunkte dafür gefunden, dass Sarah ausgerissen sein könnte? Gab es vielleicht einen Streit – zum Beispiel mit ihrem Freund, sofern es den gibt? Eine Auseinandersetzung, die sie veranlasst haben könnte, einfach abzuhauen?« Sontheim hatte bereits in den Ermittlermodus umgeschaltet.

»Und ihre todkranke Mutter in Stich lassen?« Katja Brandt schüttelte verächtlich den Kopf. »Niemals! Und selbst wenn, wäre sie dann jetzt vermutlich kaum seit anderthalb Wochen verschwunden, ohne in irgendeiner Form ein Lebenszeichen von sich zu geben«, erwiderte sie scharf.

Sontheim musste zugeben, dass die Frau vermutlich recht hatte.

»Abgesehen davon hätte sie am Tag nach ihrem Verschwinden ihren ersten Laufsteg-Walk hier in Köln gehabt«, fuhr sie fort. »Sarah hat erst vor Kurzem einen Vertrag bei einer Modelagentur unterschrieben. Das ist seit Jahren ihr großer Traum gewesen. Um nichts in der Welt hätte sie das verpasst!« Ihre Stimme überschlug sich fast bei ihren Schilderungen. »Ich weiß genau, was Sie jetzt denken. Aber ich sage Ihnen, Sarah ist nicht tot. Sie ist auch nicht abgehauen oder irgendwo untergetaucht. Ich weiß, dass es sich völlig idiotisch anhört, aber ihr ist irgendetwas Schlimmes zugestoßen. Sie braucht Hilfe, ich spüre das! Deshalb bin ich hier: weil ich weiß, dass Sie unkonventionelle Wege gehen. Ihr Ruf eilt Ihnen seit der Sache mit dem Schlächter von

Köln und der Jagd auf diesen irren Orkus-Mörder voraus. Ich habe von all dem gelesen. Die Polizei geht der Sache nur halbherzig nach, aber Sie – Sie geben nicht so schnell auf.« Katja Brandt zog an der Zigarette, die mittlerweile fast heruntergebrannt war, und legte den Kopf in den Nacken.

»Warum glauben Sie – im Gegensatz zur Polizei –, dass Sarah entführt wurde?«

Verständnislos starrte Sarahs Tante ihn an. »Weil es die einzige Hoffnung ist, an die ich mich noch klammern kann«, gab sie unumwunden zu. Dann drückte sie die Zigarette derartig energisch im Aschenbecher aus, dass Sontheim fast befürchtete, sie würde sich dabei die Finger verstauchen. Ihre Anspannung war mit jedem Wort, mit jeder Geste zu spüren. »Und weil ich Alexei nicht über den Weg traue«, schob sie mit einem Unterton hinterher, der Fragen aufwarf.

»Wer ist Alexei? Und warum vertrauen Sie ihm nicht?«, hakte er nach.

»Das ist Sarahs Freund. Oder besser gesagt Ex-Freund, jedenfalls hat er das den Bullen bei der Befragung erzählt. Sarah ist an diesem Abend zu ihm in die Wohnung gefahren und hat sich von ihm getrennt. Kurz danach ist sie verschwunden. Komischer Zufall, oder?«

Sontheim wurde hellhörig und richtete sich kerzengerade in seinem Stuhl auf. »Ich nehme an, dass Sie das von der Polizei wissen?«

»Woher denn sonst?«, erwiderte sie gereizt. »Sorry, war nicht so gemeint. Es ist nur …« Sie atmete einmal tief durch. »Ich mach mir einfach große Sorgen um Sarah. Diesem Alexei traue ich ehrlich gesagt alles zu. Ein seltsamer Typ, wenn Sie mich fragen. Er ist jähzornig und extrem eifersüchtig. Habe ich selbst an Sarahs Achtzehntem erlebt, letztes Jahr. Ich habe sie immer vor ihm gewarnt, aber sie hat das als Blödsinn abgetan.«

»Ich nehme an, dass Sie das der Polizei ebenfalls erzählt haben?«

»Die Polizei meinte, er hätte nichts mit Sarahs Verschwinden zu tun.«

»Aber Sie glauben das nicht?«

»Ich weiß nicht, was ich noch glauben soll.«

»Mehr als ein Bauchgefühl gibt es wegen Alexei aber nicht?«, bohrte Sontheim nach. Als sie nur mit einem Kopfschütteln reagierte, fuhr er fort: »Wo wohnt dieser Alexei und wie lautet sein Nachname?«

»Schneider, er ist Russlanddeutscher. Wohnt in Neubrück, die Adresse habe ich Ihnen aufgeschrieben.« Sie zog einen Zettel aus der Manteltasche, den sie ihm reichte.

»Und bei welcher Modelagentur war Sarah unter Vertrag?«

»Cologne Faces«, gab sie zurück, was er auf einem Post-it notierte.

»Gibt es sonst irgendetwas, was sie über Ihre Nichte wissen und das im Zusammenhang mit ihrem Verschwinden stehen könnte?«

»Nein«, erwiderte Katja Brandt nach kurzem Grübeln. Tränen stiegen ihr in die Augen, und sie begann zu weinen, wobei ihre Mascara verschmierte. Sie holte ein gebrauchtes Papiertaschentuch aus der Manteltasche und schnäuzte sich geräuschvoll. Schniefend stopfte sie das Taschentuch wieder in die Tasche und wischte sich mit den Händen die Tränenspuren fort. »Also, übernehmen Sie den Fall?«, fragte sie schließlich.

Er seufzte, eigentlich war er schon durch die Beschattung der Außendienstmitarbeiter seines aktuellen Klienten voll ausgelastet. Andererseits tat ihm die Frau leid, und der Fall reizte ihn.

Vielleicht würde er Jürgen anrufen, um ihn zu fragen, was er über das vermisste Mädchen wusste. »Mein Tagessatz liegt bei zweihundert Euro zuzüglich Spesen«, sagte Sontheim. »Wenn Sie damit einverstanden sind, fange ich sofort an.« Irgendwie mussten sich beide Aufträge unter einen Hut bringen lassen.

Katja Brandt nickte. Zum ersten Mal, seit sie das Büro betreten hatte, war der Anflug eines Lächelns auf ihrem Gesicht zu erkennen. »Ach ja, hätte ich fast vergessen«, sagte sie und zückte ein Portemonnaie, was sie aus der Manteltasche gezogen hatte. »Hier – meine Karte mit meiner Handynummer. Sie erreichen mich Tag und Nacht.«

Architekturbüro Brandt, las Sontheim und nahm das Kärtchen entgegen. Er nickte der Frau zu. Ihn interessierte brennend, ob hinter dem mysteriösen Verschwinden von Sarah Weinert tatsächlich ein Gewaltverbrechen steckte.

3. Kapitel

Nachdem Frau Brandt gegangen war, zückte der Ermittler das abhörsichere Handy, das er ebenfalls von Ali erhalten hatte, und rief Jürgen Brenner an, den Leiter der Kölner Mordkommission.

»Was verschafft mir so früh am Morgen die Ehre deines Anrufs?«, begrüßte ihn der glatzköpfige Ermittler mit dem Schnauzbart mürrisch.

»Welche Laus ist dir denn schon über die Leber gelaufen?«, wollte Sontheim wissen.

»Hast du vom Tod des Kölner Verlagschefs Sven Borchert gehört?«

»Dem Selbstmörder aus dem Stadtwald? Klar, hab ich mitbekommen. Ging ja durch die gesamte Presse.«

»Angeblicher Selbstmörder«, korrigierte der sechsundvierzigjährige Ermittler. »Wir haben das in den Medien so lanciert. Aber der Fall ist äußerst merkwürdig. Borchert hat sich eindeutig selbst gerichtet, die Schmauchspuren an der rechten Hand belegen das. Auch der Schusswinkel, den das Geschoss genommen hat, passt. Allerdings haben wir keine Waffe und keinerlei Blutspuren bei der Leiche gefunden.«

»Hm«, brummte Sontheim, »das ist allerdings mehr als seltsam.«

»Und es wird noch viel seltsamer. Vor knapp acht Jahren gab es einen ähnlichen Fall in Stuttgart. Und laut ballistischem Bericht wurde damals wie heute dieselbe Munition und Waffe verwendet. Eine Python 357, ein sechsschüssiger Revolver des Herstellers Colt. Und wie bei den Kollegen in Baden-Württemberg wurde bei Borchert ein Zettel in der Hosentasche gefunden: *Es tut mir leid* stand darauf. Mit Computer getippt.«

»Puh, äußerst mysteriös«, erwiderte Sontheim und rieb sich das Kinn. »Gab es nur den einen Fall in Stuttgart, oder habt ihr noch Morde mit ähnlichem Muster gefunden?«

»Haben wir, allerdings keine mit demselben Tatmuster. Insgesamt gibt es in den Datenbanken mehr als zwanzig weitere Fälle in ganz Deutschland, bei denen das Obduktionsergebnis zwar eindeutig auf Selbstmord hindeutet, aber die Spurenlage an den Fundorten der Leichen eine andere Sprache spricht. Die Morde werden allesamt demselben Täter zugesprochen, den die Presse ‚Der Bestrafer' getauft hat.«

Als Brenner den Namen erwähnte, machte es bei Sontheim Klick. Er konnte sich vage daran erinnern, schon einmal über die Morde gelesen zu haben. Als er selbst noch bei der Polizei gearbeitet hatte. »Ein Serienkiller, der die Taten als Selbstmord hinstellt und gleichzeitig so gestaltet, dass es sich offenkundig um Mord handelt. Was für eine seltsame Vorgehensweise«, sinnierte er.

»Du sagst es.«

»Gab es bisher einen Tatverdächtigen?«

»Nicht wirklich. Es gab Anfangsverdachte gegen

verschiedene Personen, aber nichts Konkretes. Aber du hast ja kaum angerufen, um mit mir über meine Arbeit zu plaudern. Also, raus mit der Sprache.«

»Was fällt dir spontan zu dem Namen Sarah Weinert ein?«

Brenner stöhnte kurz auf. »Noch so eine merkwürdige Geschichte. Warum fragst du?«

»Ihre Tante, eine gewisse Katja Brandt, hat mich eben beauftragt, ihre Nichte zu finden, weil sie der Polizei unterstellt, dem Verschwinden des Mädchens nicht offensiv genug nachzugehen«, erklärte der Privatdetektiv. Nachdem er einen Schluck des mittlerweile eiskalten Kaffees getrunken hatte, verzog er das Gesicht, als hätte er in eine Zitrone gebissen.

»Das ist natürlich ihr gutes Recht, dich zu beauftragen, auch wenn's die Arbeit der Kollegen nicht gerade einfacher macht, wenn man bedenkt, wer ihnen da jetzt dazwischenfunken wird. Viel weiß ich nicht über den Fall Weinert. Die Ermittlungen fallen ja nicht in unser Ressort – und ich hoffe inständig, dass das auch so bleibt«, erklärte der Leiter der Mordkommission seufzend.

»Immer positiv denken, Jürgen. Sonst hätte ich den Auftrag gar nicht erst angenommen. Die Tatsache, dass das Mädchen spurlos verschwunden ist, muss ja nicht zwingend bedeuten, dass sie nicht mehr lebt. Es gibt andere Möglichkeiten, die man leider in Betracht ziehen muss. Sarah könnte beispielsweise in die Hände irgendwelcher Menschenhändler geraten sein, und man hat sie an irgendein Hinterhofbordell verscherbelt. Könnte auch ein Grund dafür sein, warum bisher keine Lösegeldforderung gestellt wurde.«

»Das ist eine von vielen Möglichkeiten, welche wir in Erwägung gezogen haben«, räumte Brenner ein.

»Und was haben die Kollegen sonst noch herausgefunden?«

»Selbst wenn ich das wüsste, dürfte ich es dir nicht sagen. Frag sie doch am besten selbst«, erwiderte Brenner genervt.

»Ach komm schon, tu deinem alten Kollegen doch den Gefallen und wirf einen kurzen Blick in die Ermittlungsakten. Ein paar Klicks nur, und du bist mich wieder los.«

»Frag doch deinen Busenfreund Lichtenstein. Der kennt sich doch bestens mit unserem Computersystem aus«, meinte Brenner sarkastisch und spielte darauf an, dass Ali sich in Sontheims Auftrag immer wieder in das Computernetzwerk der Polizei hackte. »Ich muss jetzt los, hab 'ne Besprechung. Man hört sich«, verabschiedete sich der Leiter der Mordkommission und legte auf.

Also gut, alter Freund, du willst ja es ja nicht anders, dachte Sontheim und wählte anschließend Alis Nummer. Ein Blick auf die Armbanduhr verriet ihm, dass er keine Zeit verlieren durfte. Auch wenn ihn Sarah Weinerts Fall deutlich mehr reizte, musste die Suche nach dem Mädchen noch warten. Er brauchte zunächst ein paar Informationen zu dem Fall, die ihm Ali hoffentlich besorgen konnte. Nach dem Telefonat würde er sich um den Abrechnungsbetrug der Außendienstler kümmern.

4. Kapitel

Gabi Engelbrecht hatte die Beine angezogen, die Arme um die Knie geschlungen und wippte unaufhörlich auf dem Bett vor und zurück. Wie lange sie bereits eingesperrt war, wusste sie nicht, sie hatte jegliches Zeitgefühl verloren. Es mussten mehrere Wochen vergangen sein, seit der Mann mit der Affenmaske sie auf offener Straße verschleppt hatte. Herbert Schlebusch war der letzte Patient an jedem Abend gewesen. Sie war bereits auf dem Weg zu dem Dienstwagen des Pflegedienstes, für den sie seit sieben Jahren arbeitete, und hatte gerade die Autotür öffnen wollen, als sie einen stechenden Schmerz im Hals verspürte. Innerhalb weniger Sekunden war sie in eine tiefe Dunkelheit geglitten, aus der sie später in diesem fensterlosen Raum erwacht war, in den kein Strahl Tageslicht drang.

Die ständige Finsternis wurde lediglich unterbrochen, wenn eine Klappe in der Tür geöffnet wurde, um Essen durchzureichen, oder wenn sie das leere Tablett wieder zurückschieben sollte. Dann spendete eine nackte Glühbirne an der Zellendecke für ein paar Minuten Licht, das in ihren Augen brannte, als würde ihre Netzhaut von Nadelstichen traktiert. Schon nach kurzer Zeit war das Aufleuchten der Lampe eher Fluch statt Segen gewesen. Sie fühlte sich wie ein Vampir, der Angst vor dem Tageslicht hatte. Alle zwei Tage erlaubte man ihr, sich zu waschen – eine Schüssel mit Wasser und ein Waschlappen wurden ihr hingestellt. Ihre Notdurft verrichtete sie in einen Blecheimer, der täglich wie von Geisterhand geleert wurde. Irgendwann wachte sie auf und das Ding war sauber, wie sie erkannte, sobald die Lampe aufleuchtete, das Signal zum Essen.

Kein einziges Wort hatte man bisher mit ihr gesprochen. Sie hatte in die Dunkelheit geschrien, um Gnade gefleht, doch wer auch immer ihr Essen brachte, zeigte kein Erbarmen und ignorierte sie einfach. Niemals hätte sie sich vorstellen können, dass man derart darunter leiden würde, wenn man sich nicht mit irgendjemandem unterhalten konnte. Auch die Selbstgespräche hatten nach kurzer Zeit keinen Trost mehr gespendet, sie fühlte sich wie eine Laborratte in einem verdammten Experiment. Ohne Aussicht, das hier zu überleben, davon war sie überzeugt. Was auch immer mit der Entführung bezweckt wurde: Geld zu erpressen konnte nicht der Grund sein. Bei ihr war nichts zu holen, sie hatte keinerlei Familie oder Verwandtschaft, die ein Lösegeld hätte zahlen können. Nein, hier ging es um etwas ganz anderes. Doch sie hatte nicht die geringste Ahnung, was der Anlass für ihre Entführung sein konnte.

Mittlerweile war sie auch gar nicht mehr in der Lage, über diese Frage nachzudenken oder überhaupt einen klaren Gedanken zu fassen. Der ständige Reizentzug seit sie verschleppt wurde zeigte seine Wirkung. Halluzinationen aller Art hatten sich eingestellt. Sie hörte Stimmen oder sah trotz der permanenten Dunkelheit, die sie umgab,

Menschen, die nicht da waren. Sie drohte, langsam, aber sicher den Verstand zu verlieren. »Sensorische Deprivation« nannte man den Entzug von äußerlichen Reizen wie Hören oder Sehen, das wusste sie als examinierte Krankenschwester. Jahrelang hatte sie in einer psychiatrischen Klinik gearbeitet. Schon bald wäre ihr Gehirn nur noch nutzloses Gemüse. Sie wimmerte. Tränen rannen ihr übers Gesicht, als sich ihre tote Mutter neben sie auf das Bett setzte und ihr tröstend den Arm um die Schulter legte.

5. Kapitel

Die heutige Verfolgungstour war beendet. Sontheim hatte genügend Futter gesammelt, um seinem Auftraggeber – dem Inhaber eines Elektrogroßhandels – beweisen zu können, dass der von seinem Außendienst-Mitarbeiter nach Strich und Faden verarscht wurde. Dank der Hilfe eines Spionageprogramms von Ali, das er in einem unbeobachteten Moment auf dem Laptop des Verdächtigen installiert hatte, konnte er den Betrug beweisen. Die Einträge, die der Mitarbeiter für den heutigen Tag bezüglich der Kilometerangaben und des Bewirtungsbeleges gemacht hatte, waren schlichtweg gelogen. Die Kilometerabrechnung eines Besuchs in einem Fliesenfachgeschäft abseits der Kundenbesuchsroute sowie ein ausgiebiges Mittagessen mit der vollbusigen Freundin des Mannes waren wohl kaum im Sinne des Chefs. Zufrieden mit den heutigen Rechercheergebnissen befand sich Sontheim jetzt auf dem Weg zurück nach Kalk, um Alexei Schneider, dem Ex-Freund von Sarah, einen Besuch abzustatten.

Der junge Mann arbeitete, so hatte es seine Recherche ergeben, in einer Autowerkstatt als Mechatroniker, Sontheim wollte den Deutschrussen rechtzeitig zum Feierabend abpassen. Ali hatte ihm vor knapp zwei Stunden eine Zusammenfassung der bisherigen Ermittlungsergebnisse der Polizei im Fall der verschwundenen Schülerin Sarah Weinert zukommen lassen. Natürlich hatte sich sein Kumpel ins polizeiinterne Computersystem gehackt, wie es Jürgen Brenner vermutet hatte. Sontheim hatte die Akte mittlerweile überflogen. Eins konnte man den ehemaligen Kollegen der Kölner Polizei nach Durchsicht der Unterlagen jedenfalls nicht vorwerfen: Untätigkeit. Katja Brandts Unterstellung diesbezüglich war definitiv nicht gerechtfertigt. Die Fahnder verfolgten mehrere Ermittlungsansätze, doch bisher gab es für keine der Theorien Beweise. Es ließ sich weder belegen, dass die angehende Abiturientin einfach nur von zu Hause abgehauen war, noch gab es stichhaltige Anhaltspunkte dafür, dass sie entführt wurde oder sogar tot war. Aus den Papieren ließ sich allerdings auch ableiten, dass die Ermittler am wahrscheinlichsten fanden, dass die Gesuchte nicht mehr lebte. Unter den gegebenen Umständen konnte er das durchaus nachvollziehen.

Es war kurz nach siebzehn Uhr, als er in die Dillenburger Straße einbog. Es dämmerte bereits, und die Temperaturanzeige in seinem klapprigen Mazda zeigte minus zwei Grad an. Er hasste den Winter. Die Autowerkstatt, in der Alexei Schneider arbeitete, lag zwar ganz in der Nähe von Sontheims Wohnung, dennoch war er noch nie hier gewesen.

Er parkte direkt gegenüber des Kfz-Betriebs. Auf dem gegenüberüberliegenden Parkstreifen entdeckte er einen tiefergelegten knallgelben 2019er-Golf mit schwarzen Sportfelgen: Alexeis Wagen, wie er aus den Unterlagen wusste, die Ali ihm zugespielt hatte. Die Akte beinhaltete auch ein Foto von Sarah Weinerts Ex-Freund. Es dauerte nicht lange, bis der hochaufgeschossene junge Blonde mit dem akkuraten Seitenscheitel auf den Golf zusteuerte. Sontheim sprang aus dem Wagen, schmiss die Tür hinter sich zu und lief über die Straße, direkt auf Schneider zu. Der zog gerade lässig an einer Zigarette und bemerkte Sontheim erst, als seine weggeschnippte Zigarette vor dessen Füßen landete.

»Haben Sie vielleicht einen Moment Zeit, um mir ein paar Fragen zu beantworten, Herr Schneider?«, kam der Privatermittler sofort zur Sache. Der Mechatroniker legte den Kopf leicht schief und musterte Sontheim aus stahlblauen Augen.

»Bist'n Bulle?«, fragte er schließlich mit recht hoher Stimme, die Hand schon am Türgriff.

»Nicht ganz. Privatermittler. Ich suche Ihre Freundin Sarah Weinert. Und man sagte mir, dass Sie das Mädchen vor ihrem Verschwinden zuletzt gesehen haben.«

»Ex-Freundin, sie hat mich abserviert«, murmelte der Mann mit dem Dreitagebart.

»Wie auch immer. Sie wollen doch auch, dass man Sarah findet. Oder nicht?«, fragte Sontheim.

»Hab der Polente doch schon alles erzählt«, knurrte der Mechatroniker und öffnete die Wagentür.

Der Ermittler machte einen Schritt auf den jungen Burschen zu. »Wie gesagt, bin ich kein Polizist. Ich möchte einfach nur mit Ihnen über Sarah sprechen, um mir ein besseres Bild machen zu können, was sie für ein Mensch war und was der Grund für ihr plötzliches Verschwinden sein könnte. Frau Brandt, Sarahs Tante, hat mich …«, doch weiter kam er gar nicht.

»Ach, daher weht der Wind! Hat die blöde Alte dich auf mich angesetzt, weil sie denkt, ich hab Sarah abgemurkst, oder was?«

Alexei Schneider sprach mit jetzt noch höherer Stimme und plusterte sich auf wie ein eitler Gockel. Der Typ sah selbst in der dicken Winterjacke durchtrainiert aus.

Sontheim legte keinen Wert auf eine körperliche Auseinandersetzung, daher hob er beschwichtigend die Hände. »Nein, hat sie nicht. Frau Brandt hat mich lediglich beauftragt, ihre Nichte zu finden, weil sie der Meinung ist, die Ermittlungen müssten schneller vorangehen. Ist doch klar, dass ich mich mit Ihnen unterhalten will«, erwiderte er ruhig.

Alexeis Gesichtszüge entspannten sich ein wenig, doch er presste die Lippen aufeinander.

»Hören Sie«, begann Sontheim und rieb sich demonstrativ die Hände. »Es ist scheißekalt hier draußen. Wie wär's mit 'nem Kaffee? Ich zahl auch. Da vorn ist ein kleines Café«, fuhr er fort und deutete in die Richtung.

Schneider verdrehte die Augen und warf den Kopf in den Nacken. »Zehn Minuten«, brummte er dann und schloss die Wagentür wieder. Mit der Fernbedienung verriegelte er den aufgemotzten Golf.

»Sie erwähnten eben, dass Sie und Sarah getrennt sind. Seit wann?«, fragte Sontheim wenig später, nachdem sie sich an einen Stehtisch in der Ecke gestellt hatten. Er kannte die Details zwar schon aus den Ermittlungsakten, wollte sie aber aus dem Mund des jungen Mannes hören.

Schneider antwortete nicht sofort, stattdessen rührte er sekundenlang mit einem kleinen Plastikstäbchen den Kaffee um. »Sie hat an dem Abend mit mir Schluss gemacht, als sie verschwunden ist. Und ja, ich weiß, dass das beschissen aussieht. Der gehörnte Ex, der seine Freundin umbringt und verschwinden lässt«, zischte er durch die Zähne und pfefferte das Rührstäbchen auf die Tischplatte.

»Da Sie auf freiem Fuß sind, haben Sie offenbar ein Alibi?«, meinte Sontheim nur. Er kannte die Antwort bereits aus der Ermittlungsakte, wollte es aber noch mal von dem jungen Mann persönlich hören.

»Ich war bei meinem Bruder. Bin gleich zu ihm rüber, als Sarah weg war. Seine Kumpels und er haben mein Alibi bestätigt. Kannst gern bei ihm nachfragen, wenn du mir nicht glaubst«, erwiderte Sarahs Ex-Freund und nippte am Kaffee.

»Was war der Grund für die Trennung?«

»Na, was wohl. Sie hatte 'nen anderen Stecher, auch wenn sie das abgestritten hat.«

Das hatte Sontheim ebenfalls bereits in der Akte gelesen. »Gibt's einen konkreten Namen, wer in ihr Verschwinden verwickelt sein könnte?«, bohrte er nach.

Schneider reagierte nur mit einem Schulterzucken, während Sontheim einen Schluck der schwarzen Brühe trank, die den Namen Kaffee eigentlich nicht verdient hatte.

»Hab schon die ganze Zeit drüber nachgedacht, hab aber keinen Peil. Eins ist jedenfalls klar: Seit sie mit dem

Modelscheiß angefangen hat, war sie irgendwie komisch drauf, hatte kaum noch Zeit für mich.« Melancholie mischte sich in den Klang seiner Stimme.

»Heißt …?«, hakte Sontheim nach.

»Sarah hing in letzter Zeit oft mit ihrer neuen Clique ab, die Leute hatte sie durch die Agentur kennengelernt. Die spielen in 'ner anderen Liga als ich. Und ich bin mir sicher, dass sie seitdem Drogen genommen hat.«

»Und das hat sie vorher nicht?«

»Nee, im Gegenteil. Sie hat schon 'nen Abdreher gekriegt, wenn ich ab und zu mal gekifft habe«, sagte der Mechatroniker.

»Was für Drogen hat sie Ihrer Meinung nach genommen?«

»Speed oder Koks – was weiß ich denn, was sich Models reinpfeifen, um dünn zu bleiben. Irgendwas in der Art halt.«

Sontheim runzelte die Stirn und legte die Information in den Tiefen seines Langzeitgedächtnisses ab. Katja Brandt hatte nichts in der Richtung erwähnt, und er konnte sich nicht erinnern, etwas dazu in der Ermittlungsakte gelesen zu haben. Von einem Drogenfund im Zimmer des Mädchens war auch nicht die Rede gewesen, was aber nichts bedeuten musste.

»Das mit den Drogen haben Sie den Ermittlern der Polizei gegenüber doch sicherlich auch angedeutet?«

»Kann sein, weiß nicht mehr«, antwortete der Mechatroniker schulterzuckend.

»Kannten Sie ihre neuen Freunde? Gibt's einen Namen,

den Sie mir nennen könnten?«, wollte Sontheim wissen.

»Haste mir eben nicht zugehört? Ich war nicht deren Kragenweite. Sarah wollte nicht, dass ich mit denen losziehe.«

»Sie haben also wirklich nie einen ihrer Bekannten persönlich getroffen?«, ließ der Privatermittler nicht locker.

»Ich kann's dir auch schriftlich geben, wenn's sein muss«, erwiderte Schneider genervt. Er kippte den restlichen Kaffee hinunter, zerknüllte den Plastikbecher und schmiss ihn in den Abfalleimer, der direkt neben ihnen in der Ecke stand.

»Kommen wir noch einmal kurz auf den Abend von Sarahs Verschwinden zurück. Wann genau hat sie bei Ihnen vor der Tür gestanden?«

»Was weiß ich? So gegen acht, glaub ich.«

»Wie lange ist sie bei Ihnen geblieben?«

»Zehn Minuten oder so.«

»Sie waren fast zwei Jahre zusammen, und dann kommt sie einfach vorbei, macht mit Ihnen binnen zehn Minuten Schluss und fährt sofort wieder? Merkwürdig, oder?«

»Auch wenn Sie's nicht glauben wollen, aber genau so war's. Sarah hat an dem Abend Schluss gemacht, ja, das stimmt. Aber zu Ende war unsere Beziehung eigentlich schon länger. Ganz überraschend kam es also nicht für mich.«

»Sie sind ihr also nicht gefolgt, nachdem sie Ihre Wohnung verlassen hatte?«

»Nein, hab ich den Bullen doch schon erzählt! Und jetzt wird mir das ganze hier zu blöd, ich hau jetzt ab!«, rief Schneider und zog sich hastig die Jacke an.

»Es kann Ihnen doch nicht egal sein, was mit Sarah passiert ist«, versuchte es Sontheim noch einmal. »Jeder Hinweis kann helfen, sie zu finden. Hat sie wirklich nicht erwähnt, wohin sie damals wollte?«

»Nein, verdammt. Und natürlich ist es mir nicht egal, wo sie ist! Aber ich weiß halt auch nicht mehr.«

»Gut. War einen Versuch wert«, meinte Sontheim nur und schlüpfte ebenfalls in seine Jacke.

6. Kapitel

Letztlich hatte die Befragung von Alexei Schneider immerhin eine neue Info gebracht, dachte Sontheim zufrieden, als er den Mazda startete. Sarahs angeblich neu entfachtes Interesse an Drogen war möglicherweise eine interessante Spur. Hatte sie sich mit den falschen Leuten eingelassen? Stand ihr Verschwinden damit in Zusammenhang? Warum hatte Katja Brandt ihm dann Sarahs neuen Freundeskreis verschwiegen? Laut ihrer eigenen Aussage war sie doch so dicke mit ihrer Nichte. Er würgte den Motor wieder ab, zog die Visitenkarte der Architektin aus dem Portemonnaie und wählte die Nummer.

»Brandt«, meldete sich die Frau schon nach dem dritten Klingeln, und Sontheim nannte ebenfalls seinen Namen.

»Kurze Frage. Ist Ihnen bekannt, ob Ihre Nichte in letzter Zeit mit Drogen experimentiert hat?«, fiel er gleich mit der Tür ins Haus. Die Frau antwortete zunächst nicht, stattdessen hörte er sie schnaufen.

»Wer erzählt denn so einen Blödsinn?«, polterte sie dann los.

»Das spielt keine Rolle. Also ist Ihnen nichts dergleichen aufgefallen?«

»Sarah und Drogen? Das ist Bullshit.« Sie lachte kurz auf.

»Könnte Ihre Schwester mir diesbezüglich weiterhelfen?«

»Sie kann Ihnen auch nicht mehr erzählen als ich. Und wie ich Ihnen ja bereits heute Morgen sagte, geht es Tanja sehr schlecht. Mir wäre es lieber, wenn Sie sie nicht behelligen würden. Die ganze Geschichte setzt ihr ohnehin schon mehr zu, als gut für sie ist.«

»Verstehe«, meinte Sontheim nur. »Was wissen Sie über die neue Clique, der sich Ihre Nichte offenbar angeschlossen hat?«

»Nicht viel. Da ist dieses Mädchen, Jasmin heißt sie, glaube ich. Sie haben sich in der Modelagentur kennengelernt. Mit ihr ist Sarah ein paarmal feiern gegangen in letzter Zeit.«

»Wie heißt diese Freundin mit Nachnamen?«

»Puh, da muss ich leider passen.«

»Kein Problem, ich wollte ohnehin bei Cologne Faces vorbeifahren. Da werde ich den vollständigen Namen sicherlich in Erfahrung bringen.«

»Haben Sie sonst noch Fragen? Ich möchte nicht unhöflich sein, aber es sind gerade Kunden zu Besuch«, meinte die Frau.

»Nee, hab ich nicht, ich melde mich wieder. Auf Wiederhören«, sagte Sontheim und beendete das Gespräch, nachdem Katrin Brandt sich verabschiedet hatte.

Den Weg zur Modelagentur von *Cologne Faces* in Nippes hatte er zu seinem großen Unmut umsonst gemacht. Niemand öffnete ihm, es war auch kein Licht hinter den Fenstern zu sehen. Unverrichteter Dinge machte er sich auf den Weg nach Hause. Sein Arbeitstag war noch lange nicht zu Ende. Am späten Abend wollte er die Clubs und Diskotheken rund um Köln abklappern, die Sarah Weinert regelmäßig besucht hatte. Dank der Polizeiakten kannte er die Adressen der Ziele bereits, doch zuvor musste er noch etwas anderes erledigen. Er wählte über die Freisprecheinrichtung Alis Nummer.

»Wenn das mal nicht mein Lieblings-Privatermittler ist«, begrüßte ihn sein Kumpel gutgelaunt.

»Höchstpersönlich, und er braucht mal wieder deine Hilfe«, begann Sontheim. Ohne die Unterstützung seines Freundes wäre er schon oft aufgeschmissen gewesen. Sontheim hätte es kaum für möglich gehalten, dass aus einer Zweckgemeinschaft eine langjährige Freundschaft entstehen würde. Ali war damals als Hacker aufgeflogen, und man hatte ihm Straffreiheit angeboten, wenn er inoffiziell für die Polizei arbeitete, wann immer die gesetzlichen Rahmenbedingungen unorthodoxe Ermittlungsmethoden erforderten. Das Schicksal hatte die beiden Männer Jahre nach Sontheims Suspendierung vom Polizeidienst wieder zusammengeführt. Er konnte immer auf Alis Unterstützung zählen, wie auch jetzt wieder im Fall Sarah Weinert.

»Ich hoffe, das hat bis morgen Zeit. Ich muss nämlich ausnahmsweise mal meinem Broterwerb nachgehen und ein Konzept für das größte Kölner Versicherungsunternehmen ausarbeiten, das nicht gerade über die sicherste Firewall verfügt. Ich häng eh schon hinter meinem Zeitplan und hab vor, heute 'ne Nachtschicht einzulegen, damit ich bei meinem Meeting am Montag glänzen kann.«

»Tu, was du nicht lassen kannst. Info morgen reicht. Heute Abend habe ich ohnehin schon andere Pläne«, antwortete der ehemalige Polizist. »Kannst du bitte alles über die Modelagentur *Cologne Faces* herausfinden. Konzentrier dich auf ein Mädchen mit dem Namen Jasmin – soll eine Freundin der Vermissten sein. Ich brauche ihre Adresse und alles, was du über sie finden kannst. Check bitte auch mal die Mitarbeiter des Ladens. Alexei scheint davon überzeugt, dass seine Ex-Freundin in die falschen Kreise geraten ist und angefangen hat, Drogen zu nehmen. Ihre Tante wusste angeblich nichts davon … Pass doch auf, du Idiot!«, rief er plötzlich. »Sorry, Ali, musste gerade einem Typen ausweichen, der die Tür seines parkenden Wagens aufgerissen hat. Wo waren wir stehen geblieben?«

»Drogen und Tante«, erwiderte Lichtenstein nur.

»Ach ja, die fürsorgliche Tante will rein gar nichts davon mitbekommen haben, dass Sarah Drogen genommen hat, und in den Polizeiakten habe ich auch keinen Hinweis darauf gefunden. Vielleicht war die Info ja auch nur ein Ablenkungsmanöver ihres Ex-Freundes. Wobei wir beim nächsten Thema wären. Ich möchte, dass du dich auch noch mal mit dem Entführungsopfer beschäftigst. Grab so tief, wie du nur kannst, durchforste vor allem die Social Networks. Sie war ja wirklich aktiv auf Instagram, Snapchat und Facebook, wie man sehen kann. Vielleicht findest du was, das meine ehemaligen Kollegen übersehen haben. Und wenn du schon dabei bist, fühl diesem Alexei Schneider auch noch mal auf den Zahn. Der war mir eine Spur zu gelassen.« Sontheim hörte Ali am anderen Ende der Leitung durchpusten.

»Okay«, sagte sein Kumpel schließlich. »Wollte ja eh 'ne Nachtschicht einlegen, da werd ich auch noch ein paar Minütchen für dich aufbringen können. Sonst noch was?«

»Das war's für den Moment, danke dir«, meinte Sontheim und verabschiedete sich.

***

Es war bereits weit nach Mitternacht und der siebte Club, den Sontheim ansteuerte, als er endlich ein kleines Erfolgserlebnis feiern konnte.

»Die Kleine ist definitiv nicht deine Tochter«, blaffte der circa eins neunzig große Türsteher der Diskothek, ein echter Kleiderschrank. Sontheim hatte sich dafür entschieden, sich bei den Recherchen als Vater von Sarah Weinert auszugeben, auch wenn es ihn eine Menge Überwindung kostete, den Satz über die Lippen zu bringen. Zu schmerzhaft waren die Erinnerungen an seine eigene Tochter, die niemals einen Club wie diesen von innen sehen würde, weil ein durchgeknallter Psychopath sie in den Tod geschickt hatte. »Aber ich kenne das Mädchen«, fuhr der Hüne zu seiner Überraschung fort. »Erkennst mich wohl nicht mehr?«

Sontheim starrte den Mann mit dem Bürstenhaarschnitt, der trotz der eiskalten Temperaturen mit geöffneter Bomberjacke vor ihm stand, mit großen Augen an.

Er konnte sich beim besten Willen nicht daran erinnern, ihm schon einmal begegnet zu sein. Vielleicht war das zu der Zeit gewesen, als er die Tage nur stockbesoffen ertragen hatte? »Um ehrlich zu sein, nein«, gestand er nur.

»Ist auch kein Wunder, Lukas. Ist bestimmt fast neun Jahre her. Grillfest im Kindergarten, wir haben ein paar Bierchen zusammen gezischt.«

Sontheim erinnerte sich an das Fest, die letzte gemeinsame Feier mit Linda. Der Gedanke daran versetzte ihm einen Stich ins Herz. »Ähm, sorry, kann mich trotzdem nicht an dich erinnern«, meinte er dennoch.

»Kein Problem. Ich vergesse nie ein Gesicht. Na ja, und du warst ja immer mal wieder in den Medien in letzter Zeit, daher hab ich dich sofort wiedererkannt. Warum suchst du das Mädchen?«

»Auftrag, bin Privatermittler. Sie ist seit zehn Tagen spurlos verschwunden.«

»Der Aufruf in der Presse, klar!« Der Mann nickte.

»Richtig. Kennst du sie?«

»Sie war öfter im Club«, bestätigte der Türsteher.

»Ich suche nach Hinweisen, die ihr Verschwinden erklären, und soviel ich weiß, hat sich die Polizei bisher nicht die Mühe gemacht, hier danach zu suchen«, erklärte Sontheim. »Was weißt du über das Mädchen, abgesehen davon, dass sie hier Stammgast war?« Um das herauszufinden, war er nicht mal auf Alis Hilfe angewiesen gewesen. Ein paar Klicks auf Sarah Weinerts Seite, und er hatte so einige hilfreiche Informationen für seine heutige Suche entdeckt.

»Lass uns drinnen weiterreden. Ich sag nur eben meinem Kollegen Bescheid, dass er hier draußen allein weitermachen soll. Ist grad eh nicht viel los. Am besten, wir verziehen uns in den Aufenthaltsraum für die Mitarbeiter, dort sind wir ungestört«, schlug der Unbekannte erstaunlich freundlich vor.

Zwei Minuten später hatten sie auf einer bequemen Rundcouch im Pausenraum für die Mitarbeiter des angesagten Kölner Clubs Platz genommen. Das Zimmer war deutlich komfortabler eingerichtet als sein eigenes Büro, dachte Sontheim. »Also, was weißt du über Sarah?«, fragte er und trank einen Schluck von dem heißen Tee, den ihm der Türsteher, der sich als Richard Stark, kurz Richi, vorgestellt hatte. Erst jetzt merkte er, wie durchgefroren er nach seiner nächtlichen Tour von Club zu Club war.

»Nicht viel. Außer dass sie seit ein paar Wochen zur Entourage von Moritz Gaedicke gehört.«

»Dem Fotografen?« Der Name war in den Ermittlungsakten aufgetaucht, erinnerte sich Sontheim. Gaedicke arbeitete regelmäßig für *Cologne Faces*.

»Genau. Stammgast hier, ein großkotziges Arschloch. Aber die Mädels stehen auf ihn. Gutes Aussehen und reichlich Kohle vernebeln einem schon mal den Verstand«, erwiderte der Rausschmeißer mit verächtlichem Gesichtsausdruck.

»Und Sarah hat ihn auch angehimmelt?«

»Korrekt. Dürfte so knapp drei bis vier Monate her sein, dass ich sie das erste Mal im Club gesehen hab. Ich arbeite nicht nur an der Tür, musst du wissen. Gaedicke ist hier wie so oft mit zwei, drei Mädels aufgetaucht. Die Vermisste gehörte dazu. Sie ist mir sofort aufgefallen. Auch wenn sich der Schnösel nur mit Models umgibt – sie fällt da aus dem Rahmen, sie ist … außerordentlich schön«, meinte Richi.

»Kannst du Gaedicke eigentlich nur nicht leiden, weil er gutaussehend und stinkreich ist, oder gibt's da noch einen anderen Grund?«, fragte Sontheim.

Richi schnaubte verächtlich. »Ach, das ist mir so was von latte, ob der Typ Kohle hat und jede Woche 'ne andere pimpert. Die Mädels, die den anhimmeln, sind zwar jung, aber trotzdem alt genug, um zu wissen, worauf sie sich einlassen. Mich kotzt viel mehr an, dass Gaedicke sie zum Koksen verführt. Ist ein offenes Geheimnis hier im Club, aber man lässt ihn machen, weil er regelmäßig viel Patte hier lässt. Außerdem ist Gaedickes Alter ein ehemaliger Schulfreund vom Chef.« Der Türsteher hatte sich in Rage geredet und schlug mit der Faust auf die Couchlehne.

»Hast du Sarah mal koksen sehen?«, hakte Sontheim nach. Der Hüne nickte. »Also hatte ihr Ex recht mit seiner Vermutung«, sagte der Privatdetektiv mehr zu sich selbst. Richi warf ihm einen fragenden Blick zu.

»Die Info wird aber kaum dazu beitragen, sie zu finden«, meinte Richi schließlich.

»Wohl kaum. Aber jedes Detail könnte wichtig sein. Und im Moment weiß ich noch reichlich wenig über Sarah, um ehrlich zu sein. Aber dieser Gaedicke ist ja schon mal ein guter Anhaltspunkt.« Laut Ermittlungsakte hatte die Polizei den Mann nicht genauer unter die Lupe genommen, weil er ein Alibi für den Abend ihres Verschwindens hatte. Er war nachweislich nicht mal in der Stadt gewesen.

»Glaubst du, dass sie noch lebt?«, riss der Türsteher ihn wieder aus den Gedanken.

»Ich hoffe es, sonst hätte ich den Job kaum angenommen. Aber es … nun ja … ist natürlich nicht auszuschließen, dass sie längst tot ist und der oder die Mörder die Leiche haben verschwinden lassen«, erwiderte Sontheim wahrheitsgemäß. »Ich mach dann jetzt die Biege. Danke für die Information und den Tee«, sagte er und erhob sich.

»Gern geschehen. Ich hoffe, du oder die Bullen findet das Mädchen, und zwar lebend. Will mir gar nicht ausmalen, was die Eltern gerade durchmachen.«

»Nein, solltest du auch nicht«, erwiderte Sontheim nachdenklich. Er hoffte inständig, dass man der Mutter, die selbst mit dem Tod rang, nicht die Nachricht vom gewaltsamen Tod der eigenen Tochter überbringen musste.

Kurz darauf stürmte er aus dem Aufenthaltsraum und wählte Alis Nummer. Der Hacker ging sofort ran. »Hallo, Edward«, begrüßte Sontheim seinen Kumpel in Anlehnung an den Hollywood-Vampir. »Da du ja auch eine Nachtschicht einlegen wolltest, dacht' ich mir, ich kann dich noch mal stören.«

»Oha, der alte Mann kennt *Twilight*, ich bin überrascht«, konterte Ali. »Was gibt's?«

»Ich muss alles über einen gewissen Moritz Gaedicke wissen – ein Fotograf, der auch für *Cologne Faces* arbeitet. Er könnte der Grund dafür sein, warum Sarah angefangen hat, Drogen zu nehmen. Der Name taucht auch in den Polizeiakten auf, aber da war der Typ eher 'ne Randnotiz, weil er ein Alibi für den Abend des Verschwindens hat.«

»Sonst noch was?« Ali klang genervt.

»Für den Moment nicht. Danke und bis morgen. Also, bis später …«, sagte Sontheim. Er brauchte jetzt dringend eine Mütze Schlaf.

7. Kapitel

Als sie aufwachte, brannte Licht, und sie war nicht allein. Jedenfalls suggerierte das ihr verwirrter Geist. Jemand saß in der Ecke auf einem Stuhl: ein Mann, den sie zuvor noch nie gesehen hatte. Sie schloss die Augen, kniff die Lider fest zusammen, dass es fast schon schmerzte. Dann öffnete sie die Augen ein Stück und blinzelte … Aber der Mann saß immer noch da und starrte sie an. Sie schüttelte vehement den Kopf, schrie »Nein, nein, nein! Du existierst nur in meiner Fantasie!«

Der Unbekannte schlug die Beine übereinander und verschränkte die Arme vor der Brust, während sie sich langsam aufrichtete und sich gegen die Wand lehnte. Die Hände krallte sie in die Bettdecke. Dabei ließ sie ihn nicht aus den Augen.

»Bin ich real oder doch nur eine Fiktion? Bin ich Freund oder Feind?«, fragte der Mann mit dem unscheinbaren Gesicht plötzlich.

Es waren die ersten Worte seit Wochen, die sie hörte, sah man von den Selbstgesprächen einmal ab. Sie zuckte beim Klang der Stimme unweigerlich zusammen. Ungläubig musterte sie den Unbekannten. »Bist du real?«, flüsterte sie nach einer Ewigkeit. Dann vergrub sie das Gesicht in den Händen.

»Wer weiß?«, erwiderte die Stimme.

Sie begann, mit dem Oberkörper vor und zurück zu

wippen, schlug sich die flache Hand vor die Stirn. Und dann sprang sie, wie von der Tarantel gestochen, vom Bett auf, dem Mann entgegen, von dem sie nicht wusste, ob er nur ein Trugbild ihres desorientierten Geistes war oder nicht. Unmittelbar vor ihm blieb sie stehen. Er lächelte sie an. Aber das war kein warmherziges gütiges Lächeln, eher eine groteske Fratze. Langsam streckte sie einen Arm aus. Sie verspürte den dringenden Wunsch, das Gesicht des Unbekannten mit der Hand zu berühren, um sich davon zu überzeugen, dass er wirklich existierte. Als sie die stoppelige Wange berührte, zuckte sie zusammen und machte einen Satz rückwärts. »Nein, nein, nein, das kann nicht sein«, stotterte sie und schlug sich erneut mit der flachen Hand mehrmals vor die Stirn.

Der Unbekannte grinste. »Wir wissen beide, dass ich in Fleisch und Blut vor dir sitze. Oder?«

Noch einmal machte sie einen Schritt auf den Mann zu. Diesmal stieß sie mit der Hand gegen seine Schulter. »Warum tun Sie mir das an?«, flüsterte sie schließlich.

»Sag du es mir.«

Tränen bahnten sich jetzt den Weg über ihre Wangen. »Ich … weiß es nicht«, wisperte sie kopfschüttelnd. Warum stürzt du dich nicht einfach auf ihn?, fragte eine innere Stimme.

»Weil es deine Bestimmung ist«, beantwortete der Fremde ihre laut ausgesprochene Frage. Als er aufstand und ihr fast fürsorglich über die Wange strich, lief ihr ein eiskalter Schauer über den Rücken. Sie wich vor dem Fremden zurück und stieß mit den Kniekehlen gegen den Bettrahmen, woraufhin sie auf die Matratze plumpste.

Wortlos verließ er den Raum, um gleich darauf mit einem kleinen quadratischen Tisch zurückzukehren, den er genau in der Mitte zwischen dem Stuhl, auf dem er kurz zuvor noch gesessen hatte, und ihrem Lager platzierte. Noch einmal verließ er den Raum, um kurz darauf mit einem Messer in der Hand wiederzukommen. Die Waffe mit der langen Klinge und dem schwarzen Griff legte er auf die Tischplatte, bevor er sich wieder setzte.

So soll es also enden, schoss es ihr durch den Kopf. Unwillkürlich begann sie zu schluchzen.

»Lass uns ein Spiel spielen«, sagte er ungerührt. »Wenn du gewinnst, lass ich dich gehen.«

Spätestens jetzt war sie davon überzeugt, dass ihr eigener Verstand ihr einen Streich spielte. Ungläubig schüttelte sie den Kopf und pustete sich eine blonde Haarsträhne aus der Stirn.

»Ich weiß, dass das alles sehr verstörend für dich sein muss. Tage der Ungewissheit hier bei völliger Dunkelheit. Aber es war nur zu deinem Besten, glaube mir. Du solltest optimal vorbereitet sein auf diesen Moment. Deinen Moment«, schnarrte der Unbekannte so ruhig, als würde er übers Wetter sprechen.

Nicht sie hatte den Verstand verloren, sondern dieser Wahnsinnige, dachte sie, wobei sie das Messer nicht mehr aus den Augen ließ.

»Die Regeln sind ganz einfach. Wenn es dir gelingt, das Messer an dich zu bringen und mich umzubringen, bist du frei. Die Klinge ist also nichts anderes als dein Schlüssel in die Freiheit. Du oder ich, so einfach ist die Sache«, erklärte er gelassen. »Hast du das verstanden?«

Ausdruckslos starrte sie in das Gesicht des Entführers, der sie nahezu emotionslos musterte. Der Typ ließ ihr eine Wahl, die im Grunde keine war. Er oder ich, wiederholte sie immer wieder stumm in ihrem Geiste.

»Hast du die Regeln verstanden?«, fragte er und beugte sich nach vorn, was sie erneut unweigerlich zurückzucken ließ. Sie nickte. »Gut«, sagte er, lehnte sich zurück und schlug die Beine übereinander.

Jetzt oder nie! Sie gab sich einen Ruck, sprang vom Bett auf, schnappte sich das Fleischermesser und ging in Angriffsposition. Der Mann blieb einfach ruhig sitzen, beobachtete sie ungerührt und machte nicht die geringsten Anstalten, sich zur Wehr zu setzen, was sie völlig irritierte. Noch war sie nicht nahe genug, um zustechen zu können. Deshalb machte sie einen weiteren Schritt auf ihn zu, das Messer fest umklammert und bereit für einen Kampf. Doch noch immer rührte sich der Unbekannte nicht.

»Worauf wartest du?« Er breitete die Arme aus, schloss die Augen und legte den Kopf in den Nacken.

»Stirb, du Schwein!«, schrie sie und stürzte sich mit dem Messer auf ihn.

Wieselflink ließ er sich zur Seite fallen und wich damit dem unkontrollierten Angriff aus. Gleichzeitig schmetterte er ihr laut und deutlich »Mortem!« entgegen, woraufhin die Gefangene wie paralysiert innehielt und die Waffe wie von Geisterhand geführt Richtung Hals bewegte.

Ohne auch nur mit der Wimper zu zucken, zog sie sich die messerscharfe Klinge mit aller Kraft einmal quer über den Hals, wobei sie die Halsschlagader und den Kehlkopf durchtrennte. Blut strömte fontänenartig aus der klaffenden Wunde, verteilte sich auf dem Stuhl und auf dem Boden. Er war zurückgewichen und beobachtete das Schauspiel zufrieden. Das Messer hatte die Altenpflegerin mittlerweile fallen gelassen, ihre Augen schienen hervorzuquellen. Mit beiden Händen umklammerte sie ihren Hals, aber das Blut sprudelte nur so zwischen den Fingern hindurch. Sie röchelte, verkrampfte, Sekunden später sank sie auf die Knie. Offensichtlich versuchte ihr Geist, zu verstehen, was eigentlich gerade passiert war, fand aber keine Antwort darauf. Sie verharrte einen Moment in kniender Position, als würde sie beten. Im gleichen Maß, wie das Blut vor ihr auf den Boden platschte, musste sie spüren, wie die Lebensgeister ihren Körper verließen und sie allmählich in eine tiefe Dunkelheit gezogen wurde. Dann kippte sie nach vorn und sank in ihr eigenes Blut. Den Aufprall nahm sie garantiert schon nicht mehr wahr.

Er grinste zufrieden und betrachte stolz sein Werk. Tiefenhypnose mit Schlüsselwort-Verankerung war eine prima Sache.

8. Kapitel

Samstag, 6. Februar

Am nächsten Morgen stand Sontheim gegen halb acht auf. Die Laufrunde, die eigentlich zu seiner morgendlichen Routine gehörte, musste auch heute wegen der eisigen Temperaturen ausfallen. Minus zwölf Grad zeigte das Außenthermometer. Deshalb verlegte er seine Trainingseinheit in die Wohnung, eine halbe Stunde auf dem Ergometer, anschließend ein paar Sit-ups und Liegestütze mussten reichen. Nach einer schnellen Dusche pflanzte er sich mit einer Schüssel Müsli vor den Laptop im Wohnzimmer und checkte seine Mails.

Ali hatte Wort gehalten. Um 4:07 Uhr hatte er ihm eine Mail geschickt, die mehrere Anhänge enthielt – sein Kumpel hatte also tatsächlich die Nacht zum Tage gemacht. Er öffnete die erste Datei, ein Kurz-Dossier über den Starfotografen Moritz Gaedicke. Der Typ hatte wahrlich einen kometenhaften Aufstieg hingelegt, in der Branche nannte man ihn ehrfurchtsvoll »Das magische Auge«. Trotz seines jungen Alters waren ihm bereits mehrere internationale Auszeichnungen verliehen worden. Er pendelte in der Weltgeschichte umher und übernahm Aufträge in Metropolen wie New York, London oder Paris. Diverse Topmodels und Promis hatte er in den letzten Jahren abgelichtet. Zudem sah der Kerl auch noch unverschämt gut aus, wie Sontheim bei Betrachtung des beigefügten Fotos neidlos anerkennen musste. Nach allem, was er nach einigen Minuten gelesen hatte, fragte er sich, weshalb der Mann mit einer unbedeutenden Agentur wie *Cologne Faces* zusammenarbeitete und sich mit so jungen Dingern wie Sarah Weinert abgab. Darüber hinaus gab es keine Informationen, die sein Interesse geweckt hätten, der Mann hatte noch nicht mal einen Strafzettel fürs Falschparken bekommen.

Der zweite Dateianhang, den Ali geschickt hatte, enthielt zusätzliche Infos über Sarah. Dass sich das Leben der verschwundenen Gymnasiastin in den vergangenen Monaten rasant verändert hatte, war auch anhand der Beiträge auf Instagram und Facebook zu erkennen. Seit sie den Vertrag bei der Modelagentur unterschrieben hatte, waren immer neue Gesichter auf den zahlreichen Fotos aufgetaucht, die sie gepostet hatte. Auch Gaedicke war darauf zu sehen. Außerdem hatte sie kurz vor ihrem Verschwinden in einem Musikvideo mitgewirkt: Ein Selfie vom Set zeigte sie zusammen mit einem Rapper namens Hood Boy. Sontheim hatte noch nie von dem Typen gehört, konnte aber ohnehin nicht viel mit dieser Art von Mucke anfangen. Sein Herz schlug ausschließlich für Rock und Metal. Knapp vierundzwanzig Stunden nachdem sie das Foto mit dem Musiker hochgeladen hatte, war Sarah spurlos verschwunden. Er hoffte inständig, dass es in naher Zukunft wieder Bilder von ihr geben und es nicht der Gerichtsmediziner sein würde, der sie ein letztes Mal fotografierte.

Als er die Aufnahme von Sarah und diesem Hood Boy genauer betrachtete, fiel ihm im Hintergrund ein Mann auf. Obwohl der Schnappschuss etwas unscharf war, glaubte er, das Konterfei der Person zu kennen. Aber woher? Sekundenlang starrte er auf die Aufnahmen, aber es wollte einfach nicht *Klick* machen. Ach, es würde ihm schon wieder einfallen, dachte Sontheim und öffnete den dritten Dateianhang. Der Ordner war mit »Jasmin Pütz« bezeichnet, dem Namen des Models, das Sarah bei der Agentur kennengelernt und mit dem sie sich angefreundet hatte. Die beiden jungen Frauen waren auf diversen Schnappschüssen zu sehen, die Sarah in den vergangenen Monaten gepostet hatte. Er würde der Freundin der Vermissten später auf jeden Fall einen Besuch abstatten, genauso wie diesem Fotografen, nahm sich Sontheim vor. Doch zunächst stand noch ein Abstecher zu *Cologne Faces* auf dem Programm.

9. Kapitel

Anders als am Vortag hatte er diesmal nicht vor verschlossenen Türen gestanden. Trotzdem musste er den Ausflug nach Nippes, dem linksrheinischen Stadtteil, in die Kategorie »vertane Zeit« einordnen. Die Agenturchefin war ihm gegenüber nicht gerade sehr auskunftsfreudig gewesen. Vom ausschweifenden Partyleben des Nachwuchsmodels habe sie gewusst, aber ihrer Einschätzung nach habe sich das alles noch in einem vertretbaren Rahmen bewegt. Bei beiden Fotoshootings hatte das Mädchen jedenfalls trotz ihrer Unerfahrenheit einen sehr guten Eindruck bei den Auftraggebern hinterlassen, was kaum der Fall gewesen wäre, wenn sie dort vollgekokst aufgetaucht wäre. Die Frage danach, wer Sarah womöglich entführt oder ihr möglicherweise sogar Schlimmeres angetan haben könnte, hatte die Frau mit einem Schulterzucken quittiert. Niemand aus dem Umfeld der Agentur käme infrage, dafür würde sie ihre Hand ins Feuer legen. Mit diesen Worten hatte sie ihn verabschiedet. Eine Befragung der anderen Angestellten von *Cologne Faces* war leider nicht möglich gewesen, da außer der Agenturchefin noch niemand anwesend war. Aber aufgeschoben war nicht aufgehoben, hatte sich Sontheim gesagt und war wieder abgezogen.

Das nächste Ziel war der Hohenzollernring, wo der Fotograf Moritz Gaedicke in einem modernisierten

Mehrfamilienhaus wohnte. Luxusmodernisiert traf es besser. Die ehemaligen Mieter der Wohnungen waren ungalant aus dem Haus geekelt worden. Der Fall hatte damals Schlagzeilen gemacht, Sontheim konnte sich noch gut daran erinnern. Jetzt stand er vor der videoüberwachten Haustür und klingelte. Es dauerte einen Moment, bis aus dem Lautsprecher unterhalb des Kameraauges ein genervtes »Ja?« erklang.

»Sontheim, Privatermittler. Hätten Sie vielleicht einen Augenblick Zeit, um mit mir über Sarah Weinert zu sprechen, Herr Gaedicke?«, fragte er freundlich.

»Ich hab doch schon mit den Cops gesprochen. Was wollen Sie von mir?«

»Vielleicht können wir das bei Ihnen in der Wohnung besprechen, es ist wirklich kalt hier draußen. Sie wollen doch auch, dass man das Mädchen findet? Ihre Tante hat mich mit der Suche nach Sarah beauftragt, und ich versuche, mir ein Bild von ihrem Umfeld zu machen. Vielleicht lässt sich anhand ihrer privaten Beziehungen feststellen, was es mit ihrem Verschwinden auf sich hat«, versuchte Sontheim es diplomatisch. Direkt mit der Tür ins Haus zu fallen, schien ihm jetzt eher unangebracht.

»Wenn's unbedingt sein muss«, erwiderte die Stimme aus dem Lautsprecher wenig begeistert, und fast zeitgleich ertönte der Türsummer.

Gaedicke wohnte im dritten Stock, einen Aufzug gab es nicht. Als Sontheim den letzten Treppenabsatz erklomm, wurde die Wohnungstür geöffnet. Vor ihm stand der sonnengebräunte Fotograf, nur mit Boxershorts und einem offen klaffenden schwarzen, seidigen Morgenmantel bekleidet. Trotz des Partylebens, für das der Mann laut Klatschpresse bekannt war, schien er gut in Form zu sein. Sogar der Ansatz eines Sixpacks war zu erkennen. Das dunkelbraune Haar stand ihm wild vom Kopf ab. Neugierig musterte er ihn aus katzengrünen Augen, bevor er befand: »Einen Privatermittler habe ich mir immer ganz anders vorgestellt.«

»Ich bin eher Typ Matula und weniger Hercule Poirot«, konterte Sontheim in seiner gewohnt lässigen Art. Er war davon überzeugt, dass sein Gegenüber weder den Fernsehdetektiv aus dem ZDF noch Agatha Christies belgischen Privatermittler kannte.

»Folgen Sie mir unauffällig«, sagte Gaedicke und ließ ihn eintreten.

Als sich der Fotograf umdrehte, musste Sontheim unweigerlich grinsen. Auf der Rückseite des Bademantels prangte eine goldene Krone, über der in ebenfalls goldenen Buchstaben das Wort »King« stand. Wie passend, dachte er nur, als er die Haustür hinter sich schloss, und folgte dem Mann, der bereits das Ende des langen Flurs erreicht hatte. Just in dem Moment, als der Starfotograf die hintere Tür öffnen wollte, stürmte plötzlich eine barbusige Brünette, nur mit einem String bekleidet, aus einem Zimmer zu Sontheims Linken – direkt an ihm vorbei, um dann gleich wieder hinter der Tür auf der rechten Seite zu verschwinden. Offenbar das Bad, er hatte einen kurzen Blick hinein erhascht.

»Sorry«, rief die Unbekannte durch die Tür, die sie hinter sich ins Schloss geworfen hatte.

Sontheim kam sich vor wie in einem schlechten Film. Der Fotograf erfüllte auf Anhieb einige Klischees, die man mit den Reichen und Schönen des Jetset-Lebens verband. Als sie das Wohnzimmer betraten, fiel dem Ermittler die schlichte Eleganz des l-förmigen Raumes sofort ins Auge. Die beiden versetzten Kopfwände waren mit beige-braunen Bruchsteinen verziert und auch das übrige Mauerwerk passend dazu in warmen Farben gehalten, die Bodenfliesen in Holzoptik rundeten das Bild ab. In der Mitte des längeren Raumabschnittes stand ein großer Esstisch, der acht Personen Platz bot. Gaedicke führte ihn in den kleineren hinteren Bereich, in dem eine gemütliche Wohnzimmerecke eingerichtet war. Ein riesiger Flachbildschirm dominierte die Steinwand, rechts in der Ecke neben dem Fenster befand sich ein Kamin. Der Fotograf bot ihm einen Platz auf der cremefarbenen Ledercouch an, während er sich selbst in einen Sessel direkt gegenüber setzte. »Also, was wollen Sie wissen?«, kam er gleich zur Sache.

»Sie sind öfter mit der Vermissten auf der Piste gewesen. Zuletzt ein paar Tage vor Sarah Weinerts Verschwinden. Ist Ihnen da irgendwas aufgefallen?«

»Woran denken Sie?«, fragte Gaedicke sofort.

Die dicken Augenringe deuteten darauf hin, dass der Mann offenbar letzte Nacht wenig Schlaf bekommen hatte, was vermutlich nicht zuletzt an der jungen Dame lag, die eben im Flur an ihm vorbeigehuscht war.

»Hat sie sich zum Beispiel anders verhalten? Oder ist Ihnen jemand aufgefallen, der ihr auf die Pelle gerückt ist?«

»Wenn ich mit den Mädels auf Tour bin, will ich in erster Linie Spaß haben«, erwiderte der Mann grinsend, wobei er strahlend weiße, gerade Zähne entblößte. »Da krieg ich nicht viel mit. Abgesehen davon gibt's in den Clubs immer irgendjemanden, der Bräute wie Sarah anglotzt oder anbaggert. Das sind Models, Mann! Die meisten Typen hoffen doch, dass sie mal bei so einer landen können. Ob da einer dabei war, der seine Träume wahrwerden lassen wollte und sie entführt hat … was weiß ich«, erklärte er schulterzuckend.

Der Fotograf hatte ihn ungewollt auf einen Umstand aufmerksam gemacht, den er noch gar nicht in Betracht gezogen hatte. War es denkbar, dass Sarah entführt worden war, weil der Kidnapper sonst keine Chance gesehen hatte, ihr nahe zu sein? Er behielt den Gedanken einmal im Hinterkopf. »Und, sind Sie auch bei ihr gelandet?«

»Ob Sie's glauben oder nicht, aber sie ist nicht mein Typ. Außerdem ist sie mir persönlich zu jung, gerade mal achtzehn, soviel ich weiß.«

»Dann scheiden Sie vermutlich auch als Kidnapper aus«, meinte Sontheim bierernst. Er wusste bereits aus den Polizeiakten, dass der Fotograf über ein Alibi verfügte, weil er sich am Tag der mutmaßlichen Entführung in London aufgehalten hatte.

»Sehr lustig, Herr Sontheim. Ich war nicht mal in Köln an dem Abend, wo sie verschwunden ist.« Der junge

Mann gähnte ausgiebig und streckte sich. »Sorry, bin noch nicht ganz wach.«

»Gehen wir mal davon aus, dass Sarah tatsächlich entführt wurde. Irgendeine Idee, wer dahinterstecken könnte? Vielleicht jemand aus dem Drogenmilieu, zu dem Sie dem Hörensagen nach eine gute Geschäftsbeziehung hegen«, ging er in die Offensive, schniefte einmal demonstrativ und unterstrich das gestenreich mit dem Finger und der Nase.

»Wow, wow, wow«, rief Gaedicke entsetzt und sprang von seinem Sessel auf. »Was unterstellen Sie mir da?«, schrie er dann und stemmte die Hände in die Hüften.

»Mich interessiert nicht, ob Sie sich gelegentlich oder regelmäßig eine Line reinziehen. Ist Ihre Sache«, erwiderte Sontheim ruhig. »Ich finde es allerdings scheiße, wenn Sie die Mädchen, die Sie offensichtlich anhimmeln und mit Ihnen um die Häuser ziehen, dazu verführen, Drogen zu nehmen. Wobei ich auch darüber mal großzügig hinwegsehen will, weil ich zum einen nicht bei der Drogenfahndung arbeite und erst recht nicht hier bin, um den Moralapostel zu spielen. Wenn es aber zutreffen würde, dass Ihre Kontakte zu gewissen Kreisen über das übliche Maß eines Käufer-Verkäufer-Verhältnisses hinausgehen, wäre jetzt der richtige Moment, mir davon zu erzählen. Denn sonst könnte es sein, dass die Drogenfahnder einen Tipp von mir kriegen.« Es war ein Schuss ins Blaue, schließlich hatte ihm der Türsteher Richard Stark lediglich von dem ausschweifenden Partyleben des Fotografen und von dessen Drogenkonsum erzählt.

Gaedicke schnaubte wie ein Rennpferd, doch seine Gesichtszüge entspannten sich nach einer Weile wieder und er nahm wieder Platz. »Was auch immer man Ihnen erzählt hat, ist ausgemachter Blödsinn«, schnaubte er schließlich verächtlich. »Ich habe keine Kontakte zum Milieu, sieht man mal von meinem Stammdealer ab«, räumte er ein. »Wer erzählt so einen Schwachsinn?«

»Niemand«, antwortete Sontheim. »Ich wollte lediglich Ihre Reaktion testen. Jede Information kann wichtig sein, um das Verschwinden von Sarah zu erklären.«

»Ich würde Ihnen helfen, wenn ich könnte. Ich habe nicht die geringste Ahnung, ob sie einfach von selbst abgetaucht ist oder entführt wurde. Ich wünsche mir, dass sie bald wieder am Set auftaucht, die Kleine hat nämlich Potenzial und vermutlich eine große Karriere vor sich, müssen Sie wissen«, fuhr Gaedicke fort und strich sich mit der Rechten durchs zerzauste Haar.

»Unter den Models herrscht doch bestimmt ein enormer Konkurrenzkampf. Wär's nicht möglich, dass Sarah für eines der Mädchen zu einer Art Bedrohung geworden ist …«

»… und deshalb umgebracht wurde?« Der Mann im seidenen Bademantel zog die rechte Augenbraue hoch. »Wir sind doch nicht in Hollywood!«

»Es wurden schon Menschen aus weitaus kleineren Beweggründen umgebracht«, hielt Sontheim dagegen.

Gaedicke schüttelte den Kopf. »Ich kann's mir trotzdem nicht vorstellen. Klar, da gibt's Zickenkrieg untereinander, und alle Mädchen buhlen um die lukrativsten Jobs, aber letztlich liegt es ja auch am Auftraggeber, was für ein Typ Model gerade gesucht wird. Am besten unterhalten Sie sich mal selbst mit den Mädchen, allen voran mit Jasmin Pütz. Die beiden haben sich angefreundet.«

»Steht bereits auf meiner Agenda. Und jetzt sind Sie mich auch schon wieder los. Unsere Unterhaltung war sehr aufschlussreich.« Sontheim erhob sich. Immerhin war die Liste für die Gründe von Sarah Weinerts Verschwinden um einen Punkt erweitert worden: einen Romeo, der sich seiner Julia habhaft gemacht hat, weil er sonst keine Chance bei dem Mädchen gehabt hätte.

»Ich hoffe wirklich, dass Sarah bald wieder auftaucht«, meinte Gaedicke, der nun ebenfalls aufstand.

»Da sind wir einer Meinung.«

10. Kapitel

Drei Stunden später

»Freundinnen? Das is'n schlechter Witz, oder? Klar, am Anfang vielleicht. Aber zuletzt …«, erwiderte Jasmin Pütz naserümpfend. Das gertenschlanke Model mit den schulterlangen schwarzen Haaren und dem markanten Pony saß im Schneidersitz auf dem Küchenstuhl vor ihm und verschränkte die Arme vor der Brust. »'ne blöde Bitch ist das! Hat sich an meinen Freund rangemacht«, fuhr sie fort. Energisch griff sie nach dem Wasserglas und leerte die Hälfte in einem Schluck.

Mit einer derart heftigen Reaktion hatte Sontheim nicht gerechnet, nachdem er der jungen Frau keine zwei Minuten zuvor im Hausflur erklärt hatte, wer er war und was er wollte. Daraufhin hatte das Model ihn in die Küche ihrer kleinen Wohnung geführt.

»Kein feiner Zug, stimmt«, sagte er diplomatisch. »Wann haben Sie Sarah zuletzt gesehen?«

»Am Tag vor ihrem Verschwinden, in der Agentur. Besprechung für unseren Catwalk zwei Tage später.«

»Und wo waren Sie am Abend des sechsundzwanzigsten Januar?«

»Echt jetzt? Das fragen Sie mich ernsthaft?« Sie starrte ihn zornig an.

Sontheim hielt ihrem Blick stand. Aus den Polizeiakten wusste er, dass Jasmin Pütz nicht zum Kreis der Verdächtigen gehörte. Obwohl nicht einmal das Alibi der jungen Frau überprüft worden war, was ihm kaum nachvollziehbar vorkam. Es war offensichtlich, dass sie alles andere als gut auf Sarah Weinert zu sprechen war.

Dann grinste das Model plötzlich. »Ich hab ein Alibi für den Abend. Ich war bis zehn bei Jörn. Anschließend bin ich heimgefahren. Brauchte schließlich meinen Schönheitsschlaf für den Catwalk am nächsten Tag.«

»Jörn …?«

»Voigt, mein Freund. Wohnt in Frechen. Können Sie gern überprüfen«, gab sie schnippisch zurück.

Das waren knapp zwanzig Minuten bis Bickendorf, wo sich die Wohnung von Jasmin Pütz befand. Er würde Ali bitten, herauszufinden, wo das Handy der Frau am Tatabend eingeloggt war, dachte Sontheim. Sarahs Smartphone war kurz nach acht am Abend ihres Verschwindens das letzte Mal in der Nähe von Alexei Schneiders Wohnhaus in Neubrück geortet worden. Seither wurde es nicht mehr eingeschaltet.

»Das heißt, dass Sie gegen halb elf zu Hause waren. Kann das jemand bezeugen?«

»Sagen Sie, geht's noch? Ich glaub, es hackt! Sie können doch nicht ernsthaft glauben, dass ich was mit Sarahs Abgang zu tun hab!« Das Model verlor die Fassung und zeigte ihm den Scheibenwischer. Sie stemmte die Hände auf die Oberschenkel ihrer langen Beine und beugte sich weit nach vorn.

Wenn Blicke töten könnten, läge er jetzt vermutlich

auf dem Fußboden, dachte der Ermittler. »Ich muss alle Möglichkeiten in Betracht ziehen«, sagte er schließlich betont ruhig. »Immerhin haben Sie mir eben eins der klassischsten Motive für eine Straftat frei Haus geliefert: Eifersucht.« Er vermied bewusst das Wort »Mord« bei seinen Ausführungen.

Die junge Frau lehnte sich zurück in den Stuhl, legte den Kopf leicht schief und ließ ihn dabei nicht aus den Augen. Dann lächelte sie.

»Ich liebe Jörn, aber ich würde für ihn ganz bestimmt kein Verbrechen aus Leidenschaft begehen. Weder für ihn noch für irgendjemand sonst. Ja, ich war sauer auf die Bitch, aber ich hab 'ne klare Ansage gemacht und die Sache mit ihr geklärt. Das ist knapp einen Monat her. Seitdem war's das mit der Freundschaft, da versteh ich keinen Spaß. Wir sind noch ein paarmal mit der Clique ausgegangen, aber wir beide haben nur noch das Nötigste miteinander gesprochen. Abgesehen davon hatte sie seit Kurzem einen neuen Stecher, sie war keine Gefahr mehr für meine Beziehung.«

»Alexei, Sarahs Ex-Freund, hat auch so etwas erwähnt. Wissen Sie, wer dieser Mister X war?«

Er erntete ein Kopfschütteln. Aus den Ermittlungsakten wusste er, dass die Polizei auch noch keine Antwort auf diese Frage gefunden hatte.

»Hat Sarah vielleicht irgendwann eine Andeutung gemacht, aus Köln verschwinden zu wollen? War sie unzufrieden mit ihrem Leben?«

»Weiß nicht.« Jasmin Pütz biss sich auf die Unterlippe,

dachte offenbar nach. »Nee, hat sie nicht. Warum auch? Alle bei *Cologne Faces* haben ihr doch gesagt, dass sie 'ne große Karriere vor sich hat, wenn sie hart an sich arbeitet. Das Modeln war ihr großer Traum. Außerdem hätte sie ihre kranke Mutter niemals im Stich gelassen. Ich mein, wir kannten uns ja erst ein paar Monate, aber nein, sie hat ihre Mutter geliebt. Sie hätte ihr das niemals angetan, ohne ein Wort zu verschwinden.«

»Sie haben also auch keine Idee, was passiert sein könnte?« Sontheim trank einen Schluck Wasser, bisher hatte er das Glas, das ihm Jasmin Pütz eingeschenkt hatte, noch nicht angerührt.

»Nein, leider nicht. Auch wenn wir uns zuletzt nicht mehr gut verstanden haben, hoffe ich, dass ihr nichts passiert ist.« Es klang aufrichtig. »Glauben Sie, dass Sarah …« Sie stockte.

»… noch lebt?«, beendete er den Satz für die junge Frau. Sie nickte. Er zuckte mit den Schultern. »Ich weiß nicht, was ich denken soll. Aber man muss sich nichts vormachen. Wenn jemand von heute auf morgen einfach spurlos verschwindet, gibt es dafür mehrere Gründe. Entweder möchte der- oder diejenige selbst nicht gefunden werden. Oder jemand sorgt dafür, dass er oder sie nicht gefunden wird. Sei es, weil dieser Jemand die betroffene Person irgendwo festhält und wer weiß was mit ihr anstellt, oder weil die Leiche so entsorgt worden ist, dass sie auch nach fast zwei Wochen noch nicht gefunden wurde. Aber um ehrlich zu sein, glaube ich nicht, dass Sie über genügend kriminelle Energie verfügen, um so etwas getan zu haben«, sagte er versöhnlich, was Jasmin Pütz mit einem angedeuteten Lächeln quittierte. Dennoch wollte er daran festhalten, ihr Alibi zu überprüfen. Es konnte nicht schaden. »Fürs Erste habe ich keine weiteren Fragen mehr. Sollte Ihnen allerdings noch etwas einfallen, und sollte es auch auf den ersten Blick noch so unwichtig erscheinen, lassen Sie es mich bitte wissen«, erklärte er und holte eine der frisch gedruckten Visitenkarten aus dem Portemonnaie, die er auf den Tisch legte. Das hatte er seit seiner Zeit als Ermittler bei der Mordkommission nicht mehr getan, heute hingegen schon gleich mehrfach.

11. Kapitel

Insgesamt hatte die Befragung der Personen aus dem Umfeld von Sarah Weinert ein recht krudes Bild der jungen Frau gezeichnet. Ihre Mitschüler – Sontheim hatte am späten Vormittag fünf Adressen von Klassenkameraden abgeklappert, die er von Katja Brandt erhalten hatte – beschrieben sie als eher bescheidenes, hilfsbereites Mädchen. Betrachtete man die Informationen des Ex-Freundes Alexei sowie die Aussagen des Fotografen Moritz Gaedicke oder des Models Jasmin Pütz, konnte man einen völlig anderen Eindruck gewinnen. Da drängte sich fast schon der Gedanke auf, es mit einem Partygirl zu tun zu haben, das gerne mal über die Stränge schlug. Wie passte das zusammen, und hatte das etwas mit ihrem plötzlichen Verschwinden zu tun?

Warum herrschte in den Ermittlungsakten der Polizei diesbezüglich gähnende Leere? Hatten die ehemaligen Kollegen doch schlampig gearbeitet? Er musste noch einmal dringend mit Katja Brandt reden. Und mit Sarahs Mutter – auch wenn die Schwester, seine Auftraggeberin, das wegen deren schwerer Erkrankung nicht wollte. Doch das nächste Ziel lag erst mal in der Sporergasse. Er musste mit Ali sprechen.

Aus den Boxen des Autoradios dröhnte gerade *Too Mean To Die* vom gleichnamigen Album der deutschen Metal-Urgesteine *Accept*. Er liebte die neue CD, auch wenn er persönlich immer noch der Meinung war, dass Udo Dirkschneider, der ehemalige Sänger und Gründer der Band, der bessere Frontman der Gruppe war. Als er den Musiker vor seinem geistigen Auge sah, machte es plötzlich *Klick*, und ihm fiel ein, wer der Mann im Hintergrund auf dem Selfie war, das Sarah Weinert von sich und diesem Hood Boy gemacht hatte. »Bernd Grabowski«, murmelte er und schlug mit der flachen Hand aufs Lenkrad.

Er hatte bereits zweimal gegen den Mann ermittelt. Zunächst, als er bei der Drogenfahndung gewesen war – Grabowski war ein Schwergewicht im Kölner Drogengeschäft -, aber es war ihm und den Kollegen nie gelungen, genügend Beweise für einen Haftbefehl zu sammeln. Und dann noch einmal, als Leitender Ermittler der Mordkommission. Der Drogenhändler hatte einen Konkurrenten ausgeschaltet, ein Zeuge hatte ihn als Schützen wiedererkannt und schwer belastet. Doch Grabowski war ihnen damals durch die Lappen gegangen. Bevor die Handschellen klickten, war der Mann abgetaucht und, so viel er wusste, bis dato nie geschnappt worden. War der Schwerkriminelle wieder auf der Bildfläche erschienen, und ausgerechnet Sarah hatte ihn zufällig fotografiert? Konnte das ein Grund dafür sein, dass sie spurlos verschwunden war? Sontheim kratzte sich nachdenklich am Kopf. Ein weiterer Punkt, der auf die Agenda für den Besuch bei Ali wanderte.

Der Programmierer verfügte über eine ausgezeichnete selbst entwickelte Gesichtserkennungssoftware. Wenn ihm seine Sinne keinen Streich spielten und Grabowski tatsächlich in Köln umherstolzierte, dachte Sontheim, war er möglicherweise auf eine heiße Spur gestoßen. Dass der Mann in der Zwischenzeit eine Haftstrafe abgesessen hatte und bereits wieder auf freiem Fuß war, konnte er sich jedenfalls nicht vorstellen, davon hätte ihm Brenner sicherlich erzählt. Aber auch das ließ sich leicht überprüfen.

Lächelnd bog er in die Sporergasse ein. Die Ermittlungen schienen zumindest in seinem Kopf Fahrt aufzunehmen – und das hatte er auch *Accept* und Udo Dirkschneider zu verdanken!

12. Kapitel

Die Wollmütze tief in die Stirn gezogen und beide Hände tief in den Manteltaschen vergraben, hatte Jürgen Brenner das emsige Treiben der Spurensicherung *beobachtet*. Mit mürrischem Gesichtsausdruck trat er aus dem weißen Schutzzelt, in dem die Leiche einer unbekannten Frau lag, und stakste durch den Schnee an dem zweiten Zelt vorbei, in dem die Ermittler der KTU ihre Ausrüstung untergebracht hatten. Er hielt auf das nahe Seeufer zu. Obwohl es nach wie vor eisig kalt war, brauchte er ein wenig Abstand von dem Trubel am Leichenfundort. Vor nicht einmal einer Stunde war der Anruf in der Leitstelle der Kölner Polizei eingegangen.

»Leichenfund am Kiesgrubensee Gremberghoven«, hatte der Kollege gesagt, der ihn verständigt hatte. Ein Spaziergänger mit Hund hatte angerufen.

»Wer auch sonst verirrt sich bei dieser Scheißkälte in ein Naturschutzgebiet«, hatte Brenner dem Mann vom KDD geantwortet. Die Vierbeiner mussten ja immer ausgeführt werden, bei Wind und Wetter.

Eigentlich hatte er sich auf einen Nachmittag vor dem Fernseher eingestellt, um endlich mal wieder in Ruhe Bundesliga gucken zu können. Stattdessen stand er jetzt am Ufer des zugefrorenen Kiesgrubensees und fragte sich, ob es sich bei der Unbekannten um ein neues Opfer des Bestrafers handelte. Der Hals der Toten war komplett aufgeschlitzt, die Halsschlagader zerfetzt, der Kehlkopf durchtrennt, der Schlund nur noch eine einzige klaffende Wunde. Das Messer, die mutmaßliche Tatwaffe, hatte in unmittelbarer Nähe der toten Frau gelegen. Allerdings hatten sie rund um die Leiche überhaupt kein Blut gesehen, was angesichts des Ausmaßes der Wunde ein Ding der Unmöglichkeit war. Aber anders als bei Sven Borchert, dem ermordeten Verleger, war diesmal kein Zettel mit den Worten *Es tut mir leid* gefunden worden. Trotzdem, die Sache stank zum Himmel. Er würde ein Monatsgehalt darauf verwetten, dass diese Frau ebenfalls ein Opfer des Bestrafers geworden war, der in mehreren Bundesländern seine Spuren hinterlassen hatte und den Tod der Menschen wie einen Selbstmord aussehen ließ, obwohl es keiner war.

»Doktor Fahrenhorst wird ihre helle Freude an der Leiche haben. Kommt sicherlich nicht oft vor, dass ihre Kundschaft schockgefroren ist und erst mal auftauen muss«, riss David Jerat ihn aus den Gedanken. Sein Partner war ihm nachgegangen und jetzt neben ihm aufgetaucht und trat von einem Fuß auf den anderen. Trotz der sibirischen Temperaturen von minus dreizehn Grad trug er nur Sneaker.

»Vermutlich«, brummte Brenner, der sich fragte, wo die Gerichtsmedizinerin eigentlich blieb. Von ihr war am Fundort der Leiche noch nichts zu sehen. »Welcher Teufel hat dich eigentlich geritten, hier in Turnschuhen aufzukreuzen?«

»Ich war nicht drauf eingestellt, meinen Nachmittag

hier zu verbringen. War gerade im Fitnessstudio und wollte eben wieder nach Hause, als du angerufen hast«, meinte der Kollege.

»Du und dein Körperkult«, knurrte Brenner nur. Jerat war bis in die letzte Faser seines Körpers austrainiert. Gewichttraining, Kampfsport und eine gesunde Ernährung waren ihm mehr als wichtig. »Sag mir lieber, was du von der Sache hältst«, forderte er den Kollegen auf.

»Das würde mich allerdings auch interessieren«, ertönte hinter ihnen eine Stimme, die sie zunächst nicht zuordnen konnten. Nahezu gleichzeitig drehten sie sich um. Ein Mann in Daunenjacke und mit schwarzem Beanie auf dem Kopf, die fast bis zu den Augenbrauen reichte, steuerte auf sie zu.

»Zutritt verboten, Polizeieinsatz.« Brenner hatte keine Lust auf Schaulustige oder – noch schlimmer – Journalisten. Just in diesem Moment öffnete der Himmel seine Schleusen, und starkes Schneegestöber setzte ein.

»Dann trifft es sich ja gut, dass ich befugt bin, hier zu sein«, erwiderte der Mann mit dem Dreitagebart mit fester Stimme und fingerte ein Lederetui aus der Jackentasche. »Weghorst mein Name, BKA.« Er streckte den Ermittlern seinen Dienstausweis entgegen.

»Sorry, hab Sie nicht gleich erkannt. Und ehrlich gesagt habe ich auch nicht damit gerechnet, dass Sie hier aufkreuzen«, sagte Brenner überrascht.

Niklas Weghorst war Fallanalytiker beim BKA und maßgeblich dafür verantwortlich, dass mehrere spektakuläre Mordserien in Deutschland in den vergangenen sechs Jahren aufgeklärt und die Täter dingfest gemacht worden waren. Der Leiter der Kölner Mordkommission hatte den Ermittler unmittelbar nach Auffinden der sterblichen Überreste des Verlagschefs Sven Borchert kontaktiert. Weghorst machte bereits seit mehreren Jahren Jagd auf den Bestrafer. Eigentlich hatte er den BKA-Mann noch in Amsterdam vermutet, wo er an einer mehrtägigen Tagung teilgenommen hatte.

»Ihr Chef hat mich verständigt. Sein Anruf hat mich auf der Rückfahrt nach Bonn kurz hinter Düren erreicht. Kann ich einen Blick auf die Tote werfen?«, fragte der Profiler und deutete in Richtung der beiden SpuSi-Zelte.

»Ja, sicher. Bevor wir hier noch zu Schneemännern mutieren«, meinte Brenner und setzte sich in Bewegung. Jerat und Weghorst folgten ihm.

»Ich bin mir sicher, dass unser Mann dafür verantwortlich war.« Der Fallanalytiker wirkte nachdenklich, nachdem er einen fachmännischen Blick auf die sterblichen Überreste der Frau geworfen hatte. »Allerdings hat er bisher keine vergleichbare Tat begangen. Wir sollten abwarten, was die Auswertung der Fingerabdrücke auf dem Messer ergibt. Aber ich bin mir sicher, dass das Labor nur welche der bedauernswerten Frau finden wird. Außerdem sollten wir schnellstens in Erfahrung bringen, wer das Opfer war.« Ohne eine Antwort abzuwarten, verließ er das Schutzzelt und steuerte geradewegs auf den anderen Unterschlupf zu, den das Team der SpuSi direkt daneben aufgebaut hatte.

Kopfschüttelnd folgte Brenner. Auch Jerat betrat kurz darauf das zweite Zelt.

»Dacht ich's mir doch, dass es hier Kaffee gibt«, sagte der BKA-Mann, als er die beiden Thermoskannen auf einem Tisch entdeckte. Er schnappte sich einen der Plastikbecher neben der Kanne, schüttete sich die schwarze Brühe ein und legte die Mütze ab. Zum Vorschein kamen fast schulterlange braune Haare mit Mittelscheitel. Der Enddreißiger mit den dunkelbraunen Augen hatte eine schmale Nase und ein ovales Gesicht.

Da Weghorst keinerlei Anstalten machte, ihnen beiden ebenfalls einen Kaffee einzuschütten, übernahm Jerat das.

»Warum glauben Sie, dass es sich um den Serienmörder und nicht um einen Nachahmungstäter handelt, der die Gunst der Stunde genutzt hat?«, wollte Brenner wissen. Der erste Schluck Kaffee verströmte eine wohltuende Wärme.

»Haben Sie die Kratzspuren an beiden Armen der Frau gesehen?«, fragte der BKA-Mann, der Jerat um fast eine Kopfgröße überragte.

Brenner nickte. »Solche haben wir schon bei anderen Opfern festgestellt. In allen Fällen konnten die Gerichtsmediziner belegen, dass sich die Personen die Verletzungen selbst zugefügt haben. Und diese Opfer hatten noch etwas gemeinsam.«

»Sie waren mehrere Tage oder Wochen vor dem Auffinden der Leichen spurlos verschwunden«, fiel Jerat dem Mann ins Wort.

»Wie ich sehe, hat Ihr Kollege seine Hausaufgaben

gemacht und die Akten gelesen.« Weghorst nickte anerkennend. Vorsichtig nippte er an dem dampfenden Kaffee. »Warum sich die Opfer die Kratzer zugeführt haben, entzieht sich meiner Kenntnis – eine Hauterkrankung lag jedenfalls nicht vor. Hygienische Gründe kommen auch nicht infrage, Stress ist die wahrscheinlichste Ursache. Da die Frau dort drüben«, er deutete mit dem Daumen über die Schulter in Richtung des Zeltes, wo die Spurensicherung den Leichenfundort untersuchte, »solche Verletzungen aufweist, würde ich einen Nachahmungstäter zwar nicht grundsätzlich ausschließen wollen. Aber ich halte es nicht für wahrscheinlich. Dennoch haben Sie recht. Wir sollten uns nicht vorschnell auf unseren Serienmörder als möglichen Täter festlegen und in alle Richtungen ermitteln.«

13. Kapitel

»Hab mich schon gefragt, wann du hier aufschlägst«, begrüßte ihn Ali. Der IT-Experte hatte das strohblonde fast schulterlange Haar zu einem Zopf zusammengebunden. Die leichten Schatten unter den blauen Augen zeugten vom Schlafmangel in der vergangenen Nacht, die sich Ali wegen seines eigenen Auftrags für das Versicherungsunternehmen und der Recherchen rund um Sarah Weinert um die Ohren geschlagen hatte. Wie gewöhnlich kassierte er Sontheims Handy ein und verstaute es in der Metallbox. Paranoid, wie er war, hatte er immer noch Angst, dass man ihn ausspionierte – selbst wenn es sich bei dem Besucher um einen der engsten Freunde handelte. Er führte Sontheim ins Wohnzimmer der Wohnung in der Sporergasse.

»Wie ich sehe, sind deine neuen Möbel eingetroffen«, meinte der Ermittler, ließ einen Blick durchs Zimmer schweifen und zog die Jacke aus. Eine moderne weiße mehrteilige Wohnwand stand an der Kopfseite des Raumes. Eine schwarze Couch war mitten vor der langen Wohnwand mit dem Flachbildfernseher platziert. Sontheim ließ sich auf dem neuen Ledersofa nieder und legte die Jacke über die Lehne.

»Letzte Woche. Willste was trinken?« Ali stand mit verschränkten Armen vor ihm und wartete.

Sontheim schüttelte den Kopf. »Wir müssen dringend

etwas überprüfen«, kam er gleich zur Sache. »Es geht um das Selfie, auf dem Sarah mit diesem Rapper Hood Boy zu sehen ist. Im Hintergrund ist ein Mann zu sehen. Ich glaube, dass es sich um Bernd Grabowski handelt, einen Drogendealer und Mörder. Ich hab zweimal gegen ihn ermittelt, aber erfolglos. Zum einen will ich dich bitten, zu checken, ob sich's hier wirklich um Grabowski handelt. Und zum anderen muss ich wissen, ob man ihn in der Zeit, als ich noch ständig besoffen war und bei der Polizei rausgeflogen bin, geschnappt hat und ihm der Prozess gemacht wurde.«

»Dann sollten wir keine Zeit verlieren«, erwiderte der Mann, der optisch kaum einem typischen Nerd ähnelte – sonnengebräunt selbst jetzt im Winter, Armyhose. Er machte auf dem Absatz kehrt und steuerte geradewegs aufs Arbeitszimmer zu.

Sontheim folgte seinem Kumpel in den abgedunkelten Raum. Drei Monitore waren auf einem circa zwei Meter breiten Schreibtisch aufgebaut. Die Lüfter mehrerer PCs und Laptops summten leise vor sich hin. Ali setzte sich auf den ergonomischen Kniestuhl ohne Lehne und forderte Sontheim auf, neben ihm Platz zu nehmen. »Bernd Grabowski heißt der Mann, sagtest du?«, fragte Ali.

»Korrekt, Jahrgang siebenundsechzig, wenn ich mich recht erinnere.«

»Dann zäumen wir das Pferd mal von hinten auf und checken, ob Grabowski noch auf der Fahndungsliste steht. Das könntest sogar du ohne große PC-Kenntnisse hinbekommen, die Liste ist nämlich öffentlich einsehbar.

Schwerverbrecher dieses Kalibers sollten auch nach so vielen Jahren noch eingetragen sein«, erklärte Ali und nach wenigen Klicks hatte er die Internetseite aufgerufen. In die Suchmaske gab er den Namen des Mannes ein. »Et voilà, da haben wir ihn auch schon.« Er deutete auf den Bildschirm.

»Dann könnte ich tatsächlich richtig liegen mit meiner Vermutung. Kannst du bitte noch mal das Foto von Sarah mit diesem Rapper aufrufen«, meinte Sontheim, wobei er sich nachdenklich das Kinn rieb.

Ali öffnete einen Ordner mit der Bezeichnung »Kidnapping«, wenige Sekunden später lächelten die beiden jungen Leute sie vom Foto an. »Der Typ da im Hintergrund. Kannst du das Bild bearbeiten, sodass man das Gesicht besser erkennen kann?«

»War wohl eher rhetorisch gemeint«, erwiderte Ali mit breitem Grinsen. Und schon im nächsten Moment hatte das Computer-Ass bereits mit der Bearbeitung des Fotos begonnen. »Hat 'ne gewissen Ähnlichkeit mit Grabowskis Fahndungsfoto«, meinte Ali schließlich, als er die Bildbearbeitung beendet hatte. Mit verschränkten Armen vor der Brust richtete er sich auf und betrachtete das überarbeitete Foto.

Sontheim neigte sich ein Stück vor und starrte auf den Bildschirm. »Sag ich doch. Dann hoff ich mal, dass dein Gesichtserkennungsprogramm uns weiterhelfen kann. Ich will mir halbwegs sicher sein, dass ich keinem Phantom nachjage. Könnte immerhin eine heiße Spur sein, auf die wir da gestoßen sind.«

»Das *halbwegs* hab ich mal überhört. Meine Software ist vermutlich sogar besser als die der Ermittlungsbehörden«, erklärte Ali stolz. Dann startete er das Gesichtserkennungsprogramm, um die anatomischen Merkmale von Grabowskis Konterfei vom Foto der Fahndungsliste mit der überarbeiteten Aufnahme von Sarahs Instagram-Account zu vergleichen. Wenige Sekunden nachdem er die Enter-Taste gedrückt hatte, wurde das Ergebnis auch schon auf dem Monitor angezeigt. »Nicht schlecht, deine Spürnase.« Ali gab Sontheim anerkennend mit dem Ellenbogen einen Stupser in die Seite.

»Kannst du mir das bitte ausdrucken – oder besser noch auf USB ziehen?« Der frischgebackene Privatermittler fummelte einen kleinen Speicher-Stick aus der Tasche seiner Jeanshose.

»Du glaubst ernsthaft, dass Grabowski für das Verschwinden des Mädchens verantwortlich ist?«, fragte Ali. »Wie sollte der Typ erfahren haben, dass seine Visage gerade viral Karriere macht? Der sieht nicht so aus, als würde er Instagram und Co. durchforsten«, fuhr er fort, während er das Ergebnis des Gesichtserkennungsprogramms auf den Stick kopierte.

»Muss er ja auch nicht zwingend. Könnte ihm ja auch jemand zugezwitschert haben, der das zufällig entdeckt hat. Wenn ich richtig vermute, hat sich Grabowski wieder in Kölns Unterwelt breitgemacht. Ich werd mal Jürgen anrufen und ihn fragen, was er von der Sache hält. Ich verwette meinen Arsch darauf, dass meine ehemaligen Kollegen keinen blassen Schimmer davon haben, dass

Grabowski wieder in unsrer Domstadt weilt.« Sontheim griff in die Hosentasche, um sein Handy herauszuholen … wo es natürlich nicht war, weil Ali es einkassiert hatte. »Bemüh dich nicht, ich wollte ohnehin jetzt los. Danke für deine Hilfe«, beeilte er sich zu sagen, als er Alis pikierten Blick auffing. Dann erhob er sich von dem Schreibtischstuhl und holte die Jacke, die noch im Wohnzimmer hing.

»Ich hoffe, du findest Sarah. Wenn ich irgendwas …«

»Kannst du«, unterbrach Sontheim ihn, bevor er weitersprechen konnte. »Versuch doch mal bitte herauszufinden, wo das Video von diesem Hood Boy gedreht wurde. Ich würde mich da gern mal umhören. Und wenn du schon mal dabei bist, schick mir doch auch gleich die Adresse von diesem Hood Boy. Ich würde ihm gern mal auf den Zahn fühlen.«

»Alles klar, ich meld mich dann wieder.« Ali salutierte und grinste dabei frech, bevor er ihm im Flur das Handy aushändigte.

Kaum stand Sontheim draußen auf dem Gehsteig, rief er den Leiter der Mordkommission an. Der Fußweg in der Sporergasse war mittlerweile von einer dünnen Schneeschicht bedeckt. Brenner nahm das Gespräch zwar entgegen, wimmelte ihn aber sogleich wieder ab, wobei er etwas von »neuem Mord« und »keine Zeit« faselte.

»Dann eben nicht«, murmelte Sontheim, verstaute das Smartphone wieder in der Hosentasche und wischte mit einem Ärmel den Schnee von der Windschutzscheibe.

14. Kapitel

Die Heizung im Besprechungsraum der Kölner Mordkommission bollerte volles Rohr, sodass die Gliedmaßen der anwesenden Ermittler der neu gegründeten Sonderkommission langsam, aber sicher wieder auftauten. Erst hatten sie fast zwei Stunden bei klirrender Kälte am Kiesgrubensee Gremberghoven ausgeharrt und anschließend in der eiskalten Wohnung der ermordeten Frau zugebracht – die Heizung war defekt gewesen -, bevor sie zurück zum Walter-Pauli-Ring gefahren waren. Die Identität des Opfers hatten sie trotz fehlenden Ausweises noch am Leichenfundort klären können. David Jerat war auf die Idee gekommen, die Vermisstendatei zu überprüfen, wo sie den Namen des vermeintlichen Mordopfers tatsächlich fanden. Kurz darauf waren sie in die Wohnung der Frau in Kölns Süden gefahren.

»Also«, setzte Brenner gerade an, als die Tür aufflog und ein untersetzter Mann mit wehendem Mantel eintrat und geradewegs auf den freien Platz neben Jerat zusteuerte. Staatsanwalt Reiner Krömer gab sich die Ehre, wie der leitende Ermittler der Sonderkommission missmutig zur Kenntnis nahm. Brenner war in der Vergangenheit schon mehr als einmal mit dem Mann aneinandergeraten.

Der kahlköpfige Anklagevertreter knallte die beiden Aktenordner, die er unter dem Arm geklemmt hatte, auf den Tisch, hängte den Mantel über den Stuhl und nahm

Platz. »Fahren Sie bitte fort, Herr Brenner. Ich wollte Sie mit meinem Auftritt nicht aus dem Konzept bringen«, sagte Krömer mit nasaler Stimme und starrte ihn abwartend an.

Der Hauptkommissar räusperte sich kurz. »Nun denn, ich fasse kurz zusammen, was wir bisher wissen. Das mutmaßlich letzte Opfer des Serienmörders heißt Gabriele Engelbrecht, sechsundvierzig Jahre alt, gelernte Krankenschwester. Arbeitete seit sieben Jahren für einen hiesigen Pflegedienst. Verschwunden ist sie auf den Tag genau vor sechs Wochen, nachdem sie ihren letzten Patienten, einen gewissen Herbert Schlebusch, besucht hat. Bedenkt man die Todesumstände, die eher auf einen fingierten Mord als auf Selbstmord hinweisen – wir haben nicht einmal einen Tropfen Blut am Fundort der Leiche finden können – und berücksichtigt die Tatsache, dass die Frau über einen längeren Zeitraum spurlos verschwunden war, erkennt man den Modus Operandi unseres Serienmörders wieder.«

»Richtig«, ergriff Krömer ungefragt das Wort und erhob sich von seinem Stuhl. »Und es gibt noch einen weiteren Aspekt, der dafür spricht, dass dieser Schweinehund, der seit Jahren eine blutige Spur durch Deutschland zieht, seine Finger beim Tod von Frau Engelbrecht im Spiel hatte. Ich habe kurz vor dem Verschwinden der Altenpflegerin ein Ermittlungsverfahren gegen sie eingeleitet. Uns lag eine Anzeige vor, aufgegeben vom Sohn eines ehemaligen Patienten von Frau Engelbrecht. Der Mann hat behauptet, dass sie beim Tod des Vaters nachgeholfen habe. Laut Totenschein war der alte Herr eines natürlichen Todes gestorben. Aber der Sohn blieb bei der Version, dass der Vater noch am Abend des Ablebens putzmunter gewesen sei.«

»Darf ich fragen, wie alt der Mann war und was der Grund dafür war, dass er vom Pflegedienst betreut wurde?«, unterbrach Niklas Weghorst den Redeschwall des Staatsanwalts.

»Und Sie sind bitte wer?«, fragte Krömer überrascht, als er in die Richtung des Störenfrieds schaute.

»Weghorst, BKA.«

»Ach, der Fallanalytiker. Schön, Sie mal persönlich kennenzulernen«, erwiderte Krömer. »Dreiundachtzig war der gute Mann. Er litt an Parkinson.«

»Auch wenn er laut Aussage des Sohnes putzmunter war, als er ihn zuvor besucht hat, kann der Alte durchaus eines natürlichen Todes gestorben sein. Es hat schon zwanzigjährige Fußballer gegeben, die tot auf dem Sportplatz zusammengebrochen sind«, stellte der BKA-Ermittler fest. »Warum ist sich der Sohn sicher, dass die Frau nachgeholfen hat?«

»Angeblich hat der Senior selbst einmal geäußert, dass er der Pflegerin nicht über den Weg traut. Aber damals hat der Sohn das als Hirngespinst abgetan. Wie Sie alle wissen, meine Herren, sind wir von Amtswegen verpflichtet, jeder Anzeige nachzugehen. Leider hat sich der Sohn erst nach der Einäscherung des Vaters bei uns gemeldet. Eine Exhumierung und neuerliche Untersuchung des Leichnams war also unmöglich. Wir haben uns dennoch genauer mit Frau Engelbrecht beschäftigt. Unsere Recherchen ergaben, dass es in der Karriere der Dame auffällig viele Todesfälle gegeben hat, und zwar schon während ihrer Zeit im Krankenhaus. Ich habe Antrag auf Exhumierung der Leiche einer vor drei Monaten verstorbenen Frau gestellt – ähnlicher Fall wie bei diesem Schlebusch. Plötzlicher Herztod, die arme Frau war nach einem Unfall querschnittgelähmt und an den Rollstuhl gefesselt. Vielleicht gelingt es uns dank der gerichtsmedizinischen Untersuchung, nachzuweisen, dass die Patientin keines natürlichen Todes gestorben ist.« Krömer machte eine Pause, ließ die Worte auf die Anwesenden wirken und nutzte den Moment, um ein Stofftaschentuch aus der Hosentasche zu ziehen und sich die Schweißperlen von der Stirn zu tupfen, die sich dort gebildet hatten.

»Ein Todesengel also«, sagte Jerat bierernst.

»Wenn Sie so wollen«, meinte Krömer und steckte das Taschentuch wieder ein. »Ganz schön warm hier«, schnaufte der übergewichtige Staatsanwalt und setzte sich.

»Ich sehe, worauf Sie hinauswollen«, ergriff nun erneut Brenner das Wort, der in der Zwischenzeit ebenfalls Platz genommen hatte. »Genau wie im Fall des ermordeten Verlagschefs Sven Borchert, dem ersten Opfer hier in Köln, das wir dem Bestrafer zuschreiben, war die Frau offenbar kein unbeschriebenes Blatt. Während Borchert wohl regelmäßig seine Frau verprügelt hat und nur nicht eingefahren ist, weil sie ihn nicht angezeigt hat, hat sich unsere Altenpflegerin möglicherweise zur Herrscherin über Leben und Tod erhoben. Passt theoretisch ins Profil vom Bestrafer, der offenbar nur Leute tötet, die aus seiner Sicht den Tod verdient haben«, brachte es der Leiter der Mordkommission auf den Punkt.

»Wir müssen rausfinden, wie der Typ von den Verfehlungen der Opfer erfährt«, merkte einer der Anwesenden an, ein junger sommersprossiger Mann mit rotblonden Haaren.

»Diese Frage verfolgt mich schon seit Jahren«, knurrte Weghorst, während er sich die Nasenflügel massierte. »Und so leid's mir auch tut, ich habe bisher keine Antwort darauf gefunden.«

»Jedes halbwegs computerinteressierte Schulkind weiß doch heutzutage, wie man sich Infos über Personen beschaffen kann.« Brenner dachte spontan an Andreas Lichtenstein. Der Mann hatte sie bereits mehr als einmal mit seinen unorthodoxen Methoden bei den eigenen Ermittlungen unterstützt – sowohl offiziell als auch inoffiziell und nicht immer zum Wohlgefallen ihrer Vorgesetzten. »Trotzdem stellt sich natürlich die Frage, wie die Leute überhaupt in den Fokus des Killers geraten. Ich bin mir sicher, dass wir darauf auch bald eine Antwort finden werden. Dieser Typ gehört eingebuchtet, und das lieber gestern als heute!« Brenner hieb mit der Faust auf den Tisch.

»Und wie stellen Sie sich das vor?«, fragte Krömer. »Soviel ich weiß, sind Ihre bisherigen Ermittlungsergebnisse im Fall Borchert – nun ja, sagen wir es mal diplomatisch«, der Staatsanwalt machte eine bedächtige Pause, »eher überschaubar.« Er sah Brenner herausfordernd an.

»Könnte auch daran liegen, dass uns bisher die nötige Manpower gefehlt hat«, gab Brenner zähneknirschend zurück. »Aber das hat sich ja mittlerweile geändert, da man endlich die Soko bewilligt hat, um die ich ja bereits am ersten Tag der Ermittlungen gebeten hatte.« Er gab sich alle Mühe, nicht die Beherrschung zu verlieren. »Vorschlag: Wir durchleuchten sämtliche akten- und auch nicht aktenkundige Männer aus Köln und der näheren Umgebung, die aufgrund des vorliegenden Profils, das Kollege Weghorst über die Jahre hinweg erstellt und verfeinert hat, als möglicher Täter infrage kommen und überprüfen, ob es eine Verbindung zu den bisherigen Tatorten gibt. Vielleicht war jemand dort an mehreren der Orte auf Montage oder was auch immer.«

»Ich befürchte, dass wir hier unnötig unsere Kräfte verpulvern«, ergriff Niklas Weghorst wieder das Wort. »Wie Sie meinen Akten bereits entnommen haben dürften, sind wir bei den bisherigen Morden ähnlich vorgegangen. Mit sehr überschaubarem Erfolg, wie ich zugeben muss. Dabei war ich davon überzeugt, dass es uns irgendwann zwangsläufig auf die richtige Spur hätte führen müssen, je öfter der Täter zuschlägt. Nein, ich würde an Ihrer Stelle ganz anders vorgehen.« Der BKA-Mann sah nacheinander alle in der Runde an und unterbreitete den Anwesenden seinen Vorschlag.

15. Kapitel

Es war kurz nach halb sieben am Abend, als Sontheim auf den kleinen Plastikschalter mit der Aufschrift *Lydia Weinert* drückte – Sarahs Mutter. Es dauerte ein wenig, bis der Türsummer ertönte. Der Anordnung der Klingelknöpfe auf dem Board nach lebte die Frau in einer der beiden Wohnungen im zweiten Stock des Sechsparteienhauses mit der grauen Putzfassade. Er stapfte die Treppe hinauf, rubbelte sich die schneenassen Haare mit einer Hand trocken und staunte nicht schlecht, als er die Frau erblickte, die ihn an der Wohnungstür erwartete. »Hallo, Frau Brandt, ich bin überrascht, Sie hier anzutreffen.«

»Die Überraschung ist ganz meinerseits. Was wollen Sie hier? Ich hatte Ihnen doch klipp und klar gesagt, dass Sie meine Schwester nicht behelligen sollen!« Die leichte Schärfe in der gepressten Stimme war nicht zu überhören. Die zierliche Frau stand inmitten des Türrahmens und hatte die Arme verschränkt wie ein Türsteher, der niemanden durchlassen wollte.

»Die Umstände haben sich geändert, Frau Brandt. Ich brauche weitere Informationen über Sarah. Und wer könnte mir mehr darüber sagen als ihre Mutter?«

»Es gibt nichts, was ich Ihnen nicht auch erzählen könnte. Was sind das für Umstände?«

»Das müssen wir doch sicherlich nicht im Flur besprechen, oder?«

Die Frau mit dem Pferdeschwanz überlegte kurz, trat dann aber einen Schritt zur Seite. »Wir gehen in die Küche, ich möchte nicht, dass wir Lydia unnötig aufregen. Gleich da vorne rechts«, sagte sie und deutete in die Richtung.

»Wie geht es Ihrer Schwester?«

»Sie hat heute einen ihrer besseren Tage. Die Ungewissheit, was mit Sarah ist, macht ihr mehr zu schaffen als die eigentliche Krankheit«, erklärte die Architektin und bat ihn, auf der Eckbank der geräumigen Küche Platz zu nehmen. Die Tür schloss sie hinter sich. »Etwas zu trinken?«

»Nein, danke«, lehnte der Privatermittler ab.

»Wer ist der Besucher?«, ertönte die schwächlich klingende Stimme einer Frau aus einem anderen Zimmer. Wortlos verließ Katja Brandt die Küche.

»Nur ein Kunde, der unbedingt mit mir über die Änderung eines Entwurfs sprechen will. Er wohnt in der Nähe, und ich habe ihn hierher bestellt. Schlaf noch ein wenig, Liebes«, hörte Sontheim die Architektin sagen. Wenige Sekunden später betrat sie den Raum wieder und nahm ihm gegenüber auf einem Stuhl Platz.

»Also, was haben Sie herausgefunden?«, sagte sie und blickte ihn abwartend an.

»Mich würde interessieren, was Sie über den Videodreh mit diesem Rapper Hood Boy wissen?«

»Hat dieser Typ was mit Sarahs Verschwinden zu tun?«, fragte Katja Brandt mit aufgerissen Augen. Sie griff nach der Packung Zigaretten auf dem Tisch und zündete sich einen Glimmstängel an.

»Vermutlich nicht. Trotzdem könnten die Aufnahmen indirekt damit in Zusammenhang stehen. Sarah hat ein Foto gepostet, auf dem im Hintergrund eine Person zu erkennen ist, die nicht allzu glücklich darüber sein dürfte, ihr Konterfrei im Internet zu sehen. Wissen Sie, wo der Dreh stattgefunden hat?«

»In irgendeinem Club in der Innenstadt. Keine Ahnung, in welchem«, sagte sie schulterzuckend. »Was ist das für ein Typ auf dem Foto?«

»Ein Schwerverbrecher, der auf der Fahndungsliste steht. Ich weiß nicht, ob er überhaupt von dem Foto Kenntnis hat. Aber ein Zusammenhang wäre durchaus denkbar.« Dass Grabowski ein gesuchter Mörder war, verschwieg er bewusst.

»Verstehe.« Der Frau war trotzdem sämtliche Farbe aus dem Gesicht gewichen. Sie klemmte die Zigarette in den Aschenbecher. Dann erhob sie sich kommentarlos von ihrem Stuhl und verließ die Küche. Es verging etwas mehr als eine Minute, bis sie wiederkam. »Lydia ist sich sicher, dass der Dreh in der *Nachtresidenz* am Hohenzollernring stattgefunden hat«, sagte Katja Brandt, als sie sich setzte. Die Zigarette, die sie erst kurz zuvor angezündet hatte, drückte sie aus. Dann vergrub sie das Gesicht in den Händen. »Ich begreife das alles nicht! Drogen, Fotos, auf dem ein Schwerverbrecher zu sehen ist, die sie gepostet hat …«, presste sie hervor. »Mein Gott, wo ist Sarah da nur reingeraten?«, sagte sie nach langen Sekunden des Schweigens, als sie den Blick wieder auf Sontheim gerichtet hatte.

»Ich gebe zu, das alles ist sehr verwirrend. Nach allem, was die Polizei bisher herausgefunden hat, und wenn man die Informationen bedenkt, die ich zusammengetragen habe, ergibt sich kein klares Bild. Es findet sich kein Anhaltspunkt, der auch nur im Ansatz erklären würde, warum Ihre Nichte das Opfer einer Entführung geworden sein könnte. Die Tatsache, dass bisher keine Lösegeldforderung gestellt wurde, spricht auch eher gegen diese These. Ich glaube ehrlich gesagt auch nicht, dass man sie verschleppt hat, um sie als Zwangsprostituierte arbeiten zu lassen. Ist aber nur ein Bauchgefühl.« Bei den letzten beiden Sätzen war Katja Brandt unwillkürlich zusammengezuckt. Deshalb verkniff er es sich, weitere Gedankengänge der Ermittlung preiszugeben. »Jetzt, wo ich den Namen des Clubs kenne, in dem der Dreh stattgefunden hat, habe ich einen guten Ansatzpunkt, um mich dort mal umzuhören.«

»Bitte tun Sie alles, um Sarah zu finden!« Sie sah ihn flehend an. »Meiner Schwester bleibt nach Auskunft der Ärzte nicht mehr viel Zeit. Wir haben sie nach Hause geholt, damit …« Sie stockte, ihre Augen schimmerten feucht. »… damit sie hier daheim sterben kann. Sie wird palliativ betreut, ich verbringe so viel Zeit bei ihr wie möglich. Ich will nicht, dass sie mit der Ungewissheit von uns gehen muss, was mit Sarah geschehen ist.«

Sontheim neigte sich weit nach vorn und legte eine Hand auf die Schulter der Architektin. »Ich tue mein Möglichstes, versprochen«, sagte er aufmunternd, auch wenn er wusste, dass die Worte kaum eine beruhigende

Wirkung haben würden. Verlegen vergrub er anschließend die Hand in der Hosentasche, er war kein guter Trostspender, wie er wusste. »Eine Frage habe ich noch: Sowohl Sarahs Ex-Freund Alexei als auch Jasmin Pütz, eine Model-Kollegin von *Cologne Faces*, haben mir erzählt, dass Ihre Nichte einen neuen Freund hat. Aber sie konnten mir beide keinen Namen nennen. Was wissen sie darüber?«

Katja Brandt starrte ihn ungläubig an. Dann schüttelte sie den Kopf. »Darüber weiß ich nichts. Und ich kann's mir auch nicht vorstellen. Sarah hat mir immer alles erzählt, wir haben ein sehr inniges Verhältnis. Andererseits … ich hatte ja offenbar auch keine Ahnung von ihrem Lebenswandel zuletzt.« Sie sah ihn niedergeschlagen an.

»Wäre es möglich, dass ich mir Sarahs Zimmer mal ansehen kann?«

»Was erhoffen Sie sich, dort zu finden? Die Polizei hat schon alles auf den Kopf gestellt, die haben mitgenommen, was sie für wichtig hielten. Auch den Laptop.«

»Trotzdem wäre ich Ihnen dankbar, wenn ich mich dort mal umsehen kann«, sagte Sontheim freundlich.

Katja Brandt nickte. »Aber bitte seien Sie leise. Ich möchte nicht, dass Lydia etwas davon mitbekommt und sich unnötig aufregt.«

16. Kapitel

Sonntag, 7. Februar

Noch ein letzter Blick auf die Uhr, um sich Gewissheit zu verschaffen, dass er im Zeitplan lag. Dann nahm er das GHB ein, das er von einem der Mithäftlinge bekommen hatte, der den Knast mit Drogen versorgte. Natürlich mit Wissen einiger Wärter, die dafür ein ordentliches Sümmchen kassierten, diese Heuchler. Das Fläschchen mit den K.-o.-Tropfen ließ er in der Thermoskanne verschwinden. Scheißegal, ob die Schließer sie später dort finden würden. Er hatte nicht vor, noch einmal zurückzukehren. Dann legte er sich auf den Fußboden seiner Zelle, darauf bedacht, eine möglichst unnatürliche Haltung einzunehmen, und wartete. Er spürte, wie die Wirkung des Liquid Ecstasy langsam einsetzte. Mögen die Spiele beginnen, dachte er, als er allmählich das Bewusstsein verlor.

Um Punkt 06:17 Uhr öffnete Maximilian Müller die Haftraumtür von Zelle acht, um dem Gefangenen das Frühstückstablett zu überreichen. Als er einen Blick in den Raum warf und den Insassen auf dem Fußboden entdeckte, flogen Brot, Wurst und Butter im hohen Bogen durch die Luft. Müller eilte in den Haftraum, kniete sich zu dem bewusstlosen Mann hinunter und fühlte dessen

Puls. Schwach, aber zu spüren. Er schlug dem Gefangenen mehrfach leicht mit dem Handrücken auf die Wange, keine Reaktion. Panisch griff er nach dem Walkie-Talkie und setzte eine Meldung ab, bevor er mit den Wiederbelebungsmaßnahmen begann. Herzdruckmassage, Mund-zu-Nase-Beatmung im steten Wechsel, wie er es bei den vorgeschriebenen Erste-Hilfe-Kursen gelernt hatte. Doch der Gefangene zeigte nicht die geringste Reaktion.

»Der Notarzt ist verständigt«, knarzte es aus dem Walkie-Talkie.

Natürlich, heute war Sonntag – der Gefängnisarzt brauchte am Wochenende keinen Dienst schieben, ging es Müller durch den Kopf. Zwei Kollegen, die über Funk mitbekommen hatten, was passiert war, stürmten in die Zelle.

»Scheiße, er hat gestern was von Schmerzen in der Brust gefaselt«, sagte der Ältere der beiden. »Hab gesagt, er soll sich nicht so anstellen«, fuhr er fort und ließ sich direkt gegenüber von Müller auf die Knie sinken. »Lass mal, ich übernehme.« Der Schließer setzte die Wiederbelebungsmaßnahmen fort.

Weitere zehn Minuten später traf ein Notarztteam in der JVA Köln ein, das umgehend die Erstmaßnahmen einleitete. Sauerstoffzufuhr, Anschließen der bewusstlosen Person an ein EKG, Legen eines venösen Zugangs für Medikamente. Der Defibrillator wurde betriebsbereit gemacht.

»Hm, ich kann keine Anzeichen für einen Herzinfarkt erkennen«, sagte der Notarzt nach ein paar Minuten.

»Wie gesagt, er hat gestern von Schmerzen in der Brust gesprochen«, meinte der ältere Justizvollzugsbeamte.

Genau in dem Moment begannen die Augenlider des bewusstlosen Mannes zu flattern.

»Er kommt zu sich«, sagte einer der beiden Sanitäter.

»Können Sie mich hören?«, fragte der Arzt.

Der Strafgefangene nuschelte irgendwas Unverständliches.

»Wir müssen ihn mitnehmen.« Der Arzt begann eilig, seinen Notfallkoffer zusammenzupacken, während die Sanis den Gefangenen auf die Trage bugsierten, um den sofortigen Abtransport des Mannes vorzubereiten.

Mittlerweile war er weitgehend wieder bei Bewusstsein, noch ein bisschen schummrig im Kopf, und übel war ihm auch, aber ansonsten Herr seiner Sinne. Dem Arzt im hinteren Teil des Krankenwagens, der nach wie vor die Vitalfunktionen an einem Monitor überprüfte, gaukelte er immer noch Benommenheit vor. Er hoffte inständig, dass der Mann nicht ahnte, was hier vor sich ging. Die Vitalwerte würden dem Mediziner vermutlich allmählich ein Rätsel aufgeben und Zweifel an einem möglichen Herzinfarkt hervorrufen. Zu seiner großen Erleichterung hatte man versäumt, seine rechte Hand zu fixieren. Nur die linke war mit einer Handschelle an der Trage festgemacht worden. Das vereinfachte sein Vorhaben erheblich.

Die Augen zu Schlitzen verengt, checkte er die Lage. Der Arzt, der immer noch neben ihm hockte, starrte gedankenverloren auf den EKG-Bildschirm. Beide Sanitäter saßen vorn in der Fahrerkabine. Was für ein Glücksfall! Langsam schob er den rechten Arm unter der Decke, mit der man ihn zugedeckt hatte, hinüber zu seiner gefesselten Hand. Der Arzt schien keine Notiz davon zu nehmen, wie er erleichtert feststellen konnte, denn er zeigte keinerlei Reaktion. Er schob den Zeigefinger der rechten Hand unter die Metallplatte seiner Armbanduhr und versuchte, an die kleine Rasierklinge zu gelangen, die er zuvor in der Zelle mit Tesafilm darunter befestigt hatte. Das blöde Ding war störrischer als vermutet, jedenfalls ließ sich der Haftstreifen nicht ohne Weiteres lösen.

»Ruhig Blut, kein Grund, unruhig zu werden, wir haben hier alles im Griff, und Sie befinden sich in guten Händen«, sagte der Arzt plötzlich zu seiner Überraschung. Offenbar hatte der Mann mitbekommen, dass er nicht mehr weggetreten war, aber was tatsächlich vor sich ging, davon hatte der Typ nicht den blassesten Schimmer.

»Gu su wissn«, nuschelte er. Er hoffte, dass es nicht zu übertrieben klang.

»Was immer Sie umgehauen hat, ein Herzinfarkt war es vermutlich nicht. Haben Sie irgendwelche Drogen genommen?«

Er antwortete nur mit einem Kopfschütteln. Endlich gelang es ihm, mit einem Fingernagel den Tesafilm zu lösen, und er konnte die Rasierklinge herausziehen. Fast hätte er sich dabei geschnitten. Blitzschnell warf er die Decke zur Seite, ließ die Hand mit der Rasierklinge emporschnellen und verpasste den Mediziner einen tiefen

Schnitt auf der rechten Wange. Der Mann jaulte panisch auf und presste reflexartig eine Hand auf die stark blutende Wunde, dabei beugte er sich nach vorne.

Er machte sich das Überraschungsmoment zunutze, zog das rechte Bein an und verpasste dem Arzt einen gezielten Tritt mit dem Knie an die Schläfe. Ehe der wusste, was geschehen war, brach er bewusstlos wie ein nasser Sack quer über ihm zusammen. Seufzend schob er den Mann ein Stück von sich weg und machte sich daran, dessen Taschen nach dem Schlüssel für die Handschellen zu durchsuchen. Als er mit den Jackentaschen fertig war, stöhnte der Arzt plötzlich auf. Offensichtlich kam er schon wieder zu Bewusstsein.

»Verdammter Mist!«, fluchte er vor sich hin. Bis jetzt war alles so reibungslos gelaufen, sollte sein Fluchtplan an diesem blöden Schlüssel scheitern? Er richtete sich auf der Liege auf, wobei er den Arzt mit der ungefesselten Hand immer noch am Kragen der Jacke festhielt, sicher war sicher. Zum Glück war der Typ ein Leichtgewicht! Er sprang von der Liege und bugsierte den schlaffen Körper des benommenen Mannes darauf. Weil der Mediziner ein weiteres Mal aufstöhnte, verpasste er ihm sicherheitshalber einen Kinnhaken, um ihn wieder ins Land der Träume zu schicken. Anschließend machte er sich daran, die Hosentaschen des Bewusstlosen zu durchsuchen. Offenbar hatten die beiden Sanis noch immer nichts von dem Tumult hinter sich mitbekommen.

In der rechten Tasche des Arztes wurde er schließlich fündig. Er fingerte den kleinen Schlüssel heraus, und nur Sekunden später war er von der Handschelle befreit. Dann hieß es, warten. Und tatsächlich, nur wenige Augenblicke später stoppte der RTW. So leise er konnte, öffnete er die Heckklappe des Krankenwagens und sprang heraus, spurtete an dem völlig verdutzt dreinschauenden Autofahrer vorbei, der im Wagen direkt hinter dem Krankentransporter saß.

Der Plan war geglückt, er war wieder ein freier Mann – die Jagd konnte beginnen!

17. Kapitel

Sontheim wollte gerade auf den Bürgersteig treten und lief dabei geradewegs seinem ehemaligen Partner in die Arme. »Hoppala, du – so früh hier?« Als er in das Gesicht der Person neben Brenner blickte, stutzte er einen Moment. »Hast du ’nen neuen Partner?«

»Nein, nicht wirklich. Das ist Kollege Weghorst, Fallanalytiker vom BKA. Wir müssen dringend mit dir reden, Lukas.«

»Das ist gerade unglücklich, ich muss dringend los.«

»Glaub mir, es ist wirklich wichtig, und was immer du gerade vorhattest, das muss jetzt warten. Bitte! Lass uns hoch in deine Wohnung gehen, dann erklär ich dir alles in Ruhe.«

Der Tonfall verriet Sontheim, dass es sich dabei nicht bloß um eine einfache Bitte handelte. »Klingt ja wirklich sehr geheimnisvoll«, brummte er und schloss die Haustür wieder auf. Die beiden staksten hinter ihm die Treppen hinauf zu seiner Wohnung im zweiten Stock. Wenig später bot er den beiden Besuchern einen Platz auf dem abgewetzten blauen Doppelsofa an und holte sich selbst den Stuhl aus der Küche, auf der Linda in krakeliger Schrift *PAPA* auf die Rückenlehne geschrieben hatte. Es verging nahezu kein Tag, an dem er nicht an seine kleine Tochter denken musste, deren Leben viel zu früh geendet hatte. Der Stuhl war neben seiner Armbanduhr, die er von Nina geschenkt bekommen hatte und hütete wie einen Augapfel, sein wertvollster Besitz.

»Also, was liegt an?«, meinte Sontheim, nachdem er sich gesetzt und die Füße gekreuzt hatte.

»Halt dich fest, heute Morgen ist Christoph Laumann die Flucht aus der JVA Köln gelungen. Er hat nach jetzigem Kenntnisstand einen Herzinfarkt vorgetäuscht. Auf der Fahrt ins Krankenhaus hat er den Notarzt überwältigt und ist aus dem RTW geflohen. Cleverer Schachzug von dem Schweinehund, denn am Wochenende hat der Gefängnisarzt keinen Dienst. Bei schwerwiegenden Fällen wird dann sofort der Notarzt verständigt, das hat er sich offenbar zunutze gemacht.«

Sontheim schluckte. Diese Informationen musste er erst mal sacken lassen. Obwohl er sonst so schlagfertig war, wusste er nun nicht, was er dazu sagen sollte. Laumann, der Kerl, der für den Tod von Nina und Linda verantwortlich war, der so vielen anderen jungen Mädchen das Leben auf abscheulichste Art genommen hatte, war auf freiem Fuß? »Was für eine Scheiße, das ist doch unmöglich!«, schrie er, als er von dem Stuhl emporschnellte, der daraufhin umkippte und zu Boden polterte. Ungläubig starrte er auf das Möbelstück, bevor er es behutsam wieder aufstellte und anschließend wie in Trance über die Lehne mit Lindas Schrift strich.

»Ich weiß, das ist ein Schock für dich. War es für mich auch, als ich den Anruf erhalten hab«, erwiderte Brenner, der einen verstohlenen Seitenblick zu Niklas Weghorst warf. Der BKA-Ermittler saß ruhig neben ihm und beobachtete Sontheim, der inzwischen wieder Platz genommen hatte. »Ist dir klar, was das bedeutet?«

»Ich kann's mir in etwa vorstellen. Ich hoffe, ihr seid nicht hier, um mich davon zu überzeugen, mich in Unterbindungsgewahrsam zu begeben, wie es so schön im Beamtendeutsch heißt. Das wäre nämlich Zeitverschwendung.«

»Dich in Präventivhaft nehmen? Gott bewahre, die Diskussion mit dir erspar ich mir.« Brenner hob beschwichtigend die Hände. »Nein, ich will einfach nur, dass du auf deinen Arsch aufpasst und Augen und Ohren offen hältst. Es ist alles andere als unwahrscheinlich, dass er versuchen wird, auch dir das Licht auszuknipsen«, erklärte er mit ernster Miene. Dabei rückte er den Knoten seiner Krawatte zurecht. Brenner trug wie immer einen tadellos sitzenden Anzug. »Kollege Jerat dürfte übrigens gerade in der Sporergasse sitzen und deinem Freund Lichtenstein ebenfalls von Laumanns Flucht berichten. Deinem Spezi legen wir allerdings nahe, sich in Polizeischutz zu begeben und in ein Safehouse zu gehen«, fuhr der Leiter der Mordkommission fort.

»Hat ja beim letzten Mal auch so wunderbar funktioniert.« Sontheim konnte sich den ironischen Kommentar in Anspielung auf Orkus nicht verkneifen – der Serienmörder hatte Jagd auf Ali gemacht und ihn beinahe auch erwischt.

»Spar dir deinen Zynismus. Was damals passiert ist, konnte niemand vorhersehen. Schlimm genug, dass ein Kollege dabei ums Leben gekommen ist«, knurrte Brenner.

»Aber darüber will ich jetzt auch nicht diskutieren. Es liegt an Herrn Lichtenstein, ob er unser Schutzangebot annimmt oder nicht. Wir sind noch aus einem anderen Grund bei dir aufgekreuzt. Der Bestrafer hat wieder zugeschlagen.«

»Die Tote in der stillgelegten Kiesgrube, nehm ich an? Hab's im Netz gelesen.«

»Richtig«, kam Weghorst dem MoKo-Chef mit einer Antwort zuvor. Bisher hatte er sich nicht an der Unterhaltung beteiligt und nahezu regungslos auf der Couch gesessen. Lediglich das schulterlange Haar hatte er sich zweimal hinters Ohr geklemmt – die einzige Bewegung, die Sontheim registriert hatte. »Eine Krankenpflegerin, die sich mutmaßlich fast sechs Wochen in der Gewalt ihres Entführers befand, bevor er sie dazu gebracht hat, sich selbst zu richten. Dass es mehrere sind, können wir mittlerweile nahezu ausschließen«, fuhr der Fallanalytiker mit ruhiger Stimme fort.

»Wie?«

»Sie hat sich selbst die Kehle aufgeschlitzt. Die Obduktion hat das bestätigt. Auf dem Fleischermesser, das wir bei der Toten gefunden haben, waren nur ihre Fingerabdrücke. Die Blutspuren waren überlagernd. Manipulation ausgeschlossen«, erklärte Brenner, der an seinem Schnäuzer zwirbelte.

»Verdammter Mist«, sagte Sontheim nur, die Arme vor der Brust verschränkt. »Und was wollt ihr jetzt von mir?«

»Die Taten des Bestrafers weisen wiederkehrende Gemeinsamkeiten auf. Er verschleppt die Opfer, und sie bleiben mehrere Tage oder sogar Wochen verschwunden, bis man ihre Leichen findet. Der Typ bringt sie dazu, sich selbst das Leben zu nehmen! Und der wesentliche Aspekt, der die Presse dazu veranlasst hat, ihm den Spitznamen ›Bestrafer‹ zu verpassen: Alle Opfer haben wohl auf die eine oder andere Art gegen das Gesetz verstoßen, sind aber unterhalb des Radars der deutschen Justiz geblieben«, erklärte Weghorst, der die Beine übereinanderschlug und sich mit beiden Ellbogen auf die Rückenlehne stützte. »Das jüngste Opfer, das wir gestern aufgefunden haben, stand zum Beispiel unter Verdacht, das Leben einiger Patienten, die sie als Altenpflegerin betreut hat, vorzeitig beendet zu haben.«

Sontheim beugte sich nach vorn, die Stirn gerunzelt. »Und ihr glaubt jetzt, dass mein Fall etwas mit diesem Serienmörder zu tun hat und Sarah sich in der Gewalt von diesem Irren befindet?« Ungläubig schaute er erst Weghorst und dann Brenner an. Beide Ermittler nickten unisono.

»Wir ziehen es in Betracht. Herr Weghorst hat im Rahmen der Untersuchungen unserer Soko den Vorschlag unterbreitet, dass wir uns eingehender mit den aktuellen Vermisstenfällen auseinandersetzen und nach Auffälligkeiten suchen. Wir gehen davon aus, dass der Bestrafer sein Werk noch nicht vollendet hat und es weitere Opfer geben wird. Jedenfalls steht das zu vermuten, wenn man die bisherige Vorgehensweise zugrunde legt. In jeder Stadt, in der er zugeschlagen hat, gab es mindestens drei Tote. Natürlich ist mir da als Erstes auch der Fall Sarah Weinert in den Sinn gekommen.«

»Verstehe«, erwiderte Sontheim, der sich wieder zurücklehnte und auf der Unterlippe kaute. »Hat der Bestrafer bisher schon mal ein so junges Opfer ausgewählt? Oder anders gefragt: Passt sie ins Opferprofil?«

»Nein, um deine erste Frage zu beantworten«, räumte Brenner ein. »Und in der Ermittlungsakte der Kollegen habe ich auch nichts gefunden, das darauf hindeutet, dass sie was auf dem Kerbholz hatte, was den Mörder veranlasst haben könnte, sie auf seine Liste zu setzen. Trotzdem sitzen wir jetzt hier. Also, hast du irgendwas über das Mädchen herausgefunden, das wir wissen sollten?«

»Hab ich. Und wenn du mich gestern nicht einfach am Telefon abgewürgt hättest, wüsstest du das auch längst und ihr hättet euch den Weg hierher sparen können«, murrte Sontheim trotzig. »Um eins vorwegzunehmen: Ich halte eure Theorie für Blödsinn, dass Sarah in die Hände von diesem Irren gefallen ist. Abgesehen von ein bisschen Koks, das sie sich hin und wieder durch die Nase gezogen hat, ist da nix. Ihr Verschwinden könnte aber trotzdem mit einem anderen Verbrechen in Zusammenhang stehen. Erinnerst du dich an Bernd Grabowksi?« Er sah seinen Ex-Partner an.

Brenner hob erst beide Augenbrauen und zog dann die Stirn kraus, Weghorst blickte ihn fragend von der Seite an. »Grabowski, Grabowksi, irgendwas war da«, murmelte der Ermittler schließlich.

»Ich helf dir mal auf die Sprünge. Kaltblütiger Mord im Milieu vor knapp neun Jahren. Hat einem Konkurrenten das Licht ausgeknipst, um die Macht im Drogengeschäft an sich zu reißen. Klingelt's jetzt?«

»Ach, natürlich!« Brenner schlug sich mit der flachen Hand auf den Oberschenkel. »Aber was hat die Kleine damit zu tun?« Auch Weghorst wartete gespannt auf eine Erklärung.

Sontheim holte sein Handy aus der Hosentasche und suchte das Selfie von Sarah und dem Rapper, auf dem Grabowski im Hintergrund zu sehen war. »Als ich den Typen gesehen hab, bin ich auch nicht gleich drauf gekommen. Aber es besteht kein Zweifel, Ali hat mit einer Software die Aufnahme mit dem Bild von dem Fahndungsfoto von damals verglichen. Das ist Grabowski. Das Foto wurde einen Tag vor Sarahs Verschwinden in der Disco *Nachtresidenz* aufgenommen.« Er zeigte den beiden kurz das Bild und steckte das Smartphone dann wieder weg.

»Hm«, knurrte Brenner. »Und jetzt glaubst du, dass er das Mädchen aus dem Weg geräumt hat?«

»Ich zieh's in Betracht, auch wenn es eine gewagte These ist und mir der Gedanke ganz und gar nicht behagt, dass Sarah möglicherweise nicht mehr lebt.«

»Wäre schon eine plausible Erklärung, warum das Mädchen bisher nicht gefunden wurde«, ergriff nun wieder Weghorst das Wort. »Im Grunde gibt es ja nur drei Möglichkeiten: Erstens: Sie ist untergetaucht – aber nach allem, was mir Kollege Brenner erzählt hat, gilt das als unwahrscheinlich. Zweitens: Sie wurde entführt und wird irgendwo festgehalten, möglicherweise sogar als

Zwangsprostituierte in irgendeinem Bordell. Oder, und das wäre Option Nummer drei, sie wurde Opfer einer Gewalttat und man hat die Leiche verschwinden lassen. Wenn dieser Grabowski so ein kriminelles Schwergewicht ist, eine durchaus denkbare Möglichkeit. Irgendwelche Hinweise, die Ihre These untermauern könnten?«, wandte sich der Profiler an Sontheim.

Der schüttelte den Kopf. »Ich habe mich gestern Abend mal unauffällig bei den Mitarbeitern der Nachtresidenz umgehört. Angeblich kennt ihn dort niemand. War gerade auf dem Weg zu diesem Rapper, der da neben Sarah auf dem Foto zu sehen ist, als ihr mich abgefangen habt. Wollte ihm mal auf den Zahn fühlen, vielleicht bringt's ja was.« Dass er zuvor noch einen Abstecher zu Ali machen wollte, da er am Vorabend in Sarahs Zimmer eine interessante Entdeckung gemacht hatte, verschwieg er jedoch erst einmal.

In einem Dosensafe, der sich in einer Kerze aus echtem Wachs befand, hatte er ein kleines schwarzes Nokia-Handy gefunden. Ein einfaches Prepaidgerät ohne viel Schnickschnack. Katja Brandt hatte ihn mit großen Augen angeschaut, als er das Ding zu Tage befördert hatte. Er wusste noch nicht, ob es etwas zu bedeuten hatte, da das Mobiltelefon ohne Zugangscode nicht zu knacken war. Aber Ali würde ihm sicherlich helfen können. Den Mitarbeitern der SpuSi konnte man auf jeden Fall schlampige Arbeit vorwerfen, ansonsten hätten sie das Handyversteck entdeckt.

»Kannst du mir bitte das Foto schicken, auf dem Grabowski zu sehen ist. Wir werden uns der Sache annehmen«, bat Brenner ihn und erhob sich vom Sofa. »Solltest du irgendwas über ihn oder das verschwundene Mädchen herausfinden, erwarte ich, dass du mich umgehend informierst.« Er ging in den Flur, und auch Weghorst stand auf.

»Kennst mich doch«, erwiderte Sontheim, der die beiden zur Wohnungstür begleitete.

»Eben, genau das ist das Problem«, sagte Brenner mit biererernster Miene über die Schulter und zog eine Augenbraue hoch.

18. Kapitel

Sontheim traf kurz vor halb zehn in der Sporergasse ein. Er hatte frische Brötchen und zwei Becher Kaffee bei einem Bäcker in der Nähe geholt.

»Meine Güte, hier geht's heute Morgen zu wie im Taubenschlag«, begrüßte ihn der barfüßige Mann mit der Struwwelpeterfrisur. »Erst Jerat und sein Kollege, jetzt du. Aber wenigstens bist du nicht ohne Gastgeschenke hier aufgekreuzt.« Ali trat zur Seite. »Kennst dich ja aus. Und wenn du die Sachen auf dem Tisch abgestellt hast, legst du dein Handy … na, weißt schon. Ich verschwinde mal eben ins Bad«, erklärte Ali und schloss die Tür.

»Ich hoffe, du bist nicht hergekommen, um mich davon zu überzeugen, mir Polizeischutz angedeihen zu lassen? Ich hab Jerat schon gesagt, dass mich keine zehn Pferde in ein Safehouse bekommen. Ich hab keine Angst vor Laumann«, sagte Ali, als er sich auf dem Küchenhocker niedergelassen hatte. Das oft so zerzauste Haar war gekämmt und zu einem Zopf zusammengebunden, Socken hatte er auch angezogen.

»Ich habe Jürgen direkt gesagt, dass sie sich das abschminken können. Bei mir waren sie nämlich auch schon. Aber keine Angst, ich bin nicht hier, um dich weichzuklopfen. Allerdings solltest du die Sache auch nicht auf die leichte Schulter nehmen, Laumann könnte es immer noch auf uns abgesehen haben«, erwiderte Sontheim, während Ali sich einen der vollen Pappbecher und ein Brötchen schnappte, in das er sofort hineinbiss. »Dachte eigentlich, du spendierst ein bisschen Butter und Aufschnitt.« Der Ermittler rümpfte die Nase.

»Bedien dich, ist im Kühlschrank hinter dir. Mir reicht das so«, erwiderte der IT-Experte kauend. Mit einem Schluck Kaffee spülte er hinterher. »Mir ist klar, dass Laumann ein durchgeknallter Psycho ist, der mich in alle Einzelteile zerlegen will. Aber seit der Sache mit Orkus vor ein paar Monaten hab ich hier drinnen ordentlich aufgerüstet: zusätzliche Überwachungskameras, Bewegungssensoren, bruchsichere Fenster, das volle Programm. Und das Highlight befindet sich in meinem Schlafzimmer – ein Panikraum«, erklärte Ali. Dabei lächelte er wie ein Honigkuchenpferd.

»Du hast ’nen Panikraum hier in der Wohnung?« Sontheim war mehr als erstaunt. Er hatte nicht mal was von den Umbauarbeiten mitbekommen, obwohl er immer mal wieder vorbeischaute.

»Yep, dafür musste ich einen Teil meines Schlafzimmers opfern, um einen kleinen, aber feinen Rückzugsort zu schaffen, drei mal ein Meter groß. Gerade mal genug Platz für einen Tisch mit Stuhl und Computer natürlich. Absolut einbruchssicher. Da kommt nicht mal ’ne Laus rein, wenn ich mich da verschanzt habe. Und so blöd wie du jetzt hat Jerat eben auch aus der Wäsche geguckt.« Mit einem breiten Grinsen im Gesicht biss Ali wieder in die Semmel. »Und was verschafft mir jetzt die Ehre deines Besuchs?«

Sontheim zog das Prepaidhandy aus der Innentasche seiner Daunenjacke, die er auf den Hocker neben sich geschmissen hatte, und legte es auf den Küchentisch. »Das Teil habe ich zufällig in Sarahs Zimmer gefunden. Versteckt in einem Dosensafe, getarnt als Kerze. Habe einen Teller mit einer Handvoll Kerzen aus Versehen von ihrer Kommode gefegt, und – *tadaaa* … der SpuSi ist es nicht aufgefallen. Schafft es der Meister, das Ding zu knacken?«

Ali schnappte sich das Handy und betrachtete es kurz. »Vorsintflutliches Teil«, war der einzige Kommentar des ehemaligen Hackers, während Sontheim Butter und Marmelade aus dem Kühlschrank holte.

»Messer?«

»Schublade da vorn.« Ali deutete auf den entsprechenden Schrank. »Sollte kein Problem sein, mir Zugang zu den Daten zu verschaffen«, fuhr er fort und schoss an Sontheim vorbei, um im Arbeitszimmer zu verschwinden.

Der ehemalige Polizist legte das Messer unverrichteter Dinge auf den Tisch, griff nach dem Kaffeebecher und folgte seinem Freund. Als er sich auf den Stuhl neben seinen Kumpel setzte, hatte der bereits das Handy mit dem Computer verbunden. Ali rief ein Dekodier-Programm auf dem PC auf, tippte ein paar Befehle ein und drückte dann die Enter-Taste. In schneller Abfolge liefen Zahlen über den Bildschirm. Nach nicht einmal zwanzig Sekunden hatte er sich Zugang zu dem Handy verschafft.

»Hm, seltsam, nur ein Kontakt abgespeichert: Christian. Sie haben sich nur per SMS ausgetauscht. Kein Wunder, was anderes außer anrufen und simsen kann das Teil auch nicht«, sagte der Hacker grinsend, als er die Daten überprüfte.

»Lauter Liebesgesäusel und immer wieder diese seltsamen Zahlenkombinationen«, stellte Sontheim fest, den Blick auf den Monitor gerichtet. »Fing vor zwei Monaten an. Ich würde mal behaupten, dass wir den ominösen Liebhaber von Sarah gefunden haben.«

»Dieser Christian hat doch einen an der Murmel! Wer kommuniziert denn heutzutage auf so eine altmodische Art und Weise«, meinte Ali stirnrunzelnd. Er warf Sontheim einen fragenden Blick zu.

»Jemand, der was zu verbergen hat, wenn du mich fragst. Deshalb wusste auch keiner der Befragten, mit wem sie sich getroffen hat. Auch die Polizei tappt da völlig im Dunkeln.«

»Vielleicht liegst du ja völlig falsch mit der Grabowski-Theorie, und die Kleine ist doch mit ihrem Liebhaber durchgebrannt«, mutmaßte sein Kumpel.

Sontheim massierte sich die Schläfen, er atmete tief durch. »Ihre Mutter kurz vor ihrem Tod im Stich zu lassen? Nein. Nach allem, was ich über Sarah gehört habe, passt das einfach nicht zu ihr. Auch wenn sie zuletzt zur Partymaus mutiert ist«, sagte er dann kopfschüttelnd. »Irgendeine Idee, was diese Nachrichten mit den Zahlen zu bedeuten haben? Die letzte SMS mit so einer Info hat sie am Abend vor ihrem Verschwinden bekommen.«

Ali richtete sich stocksteif auf seinem ergonomischen Schreibtischstuhl auf und starrte mehr als eine Minute auf den Bildschirm, ohne ein Wort zu sagen. Dann nickte er mehrmals bedächtig, murmelte »Ich glaub, ich hab 'ne Idee«, und öffnete den Webbrowser. Er tippte die Zahlen 50.932714, 7.071569 ins Suchfenster ein, die in der letzten SMS des Absenders standen. Innerhalb eines Sekundenbruchteils erschien ein Treffer auf dem Bildschirm. Er quittierte das mit einer Becker-Faust.

Sontheim starrte gebannt auf den Kartenausschnitt mit dem roten Markierungspunkt. Zu sehen war der Rather See. »Du bist genial!« Anerkennend versetzte er Ali einen Klaps gegen den rechten Oberarm.

»I know«, erwiderte der staubtrocken. Mit einem Klick auf die Karte präzisierte er die Ortsangabe. Auf dem Satellitenbild war eine Stelle unweit des Rather Kirchwegs zu sehen. »Das war also Teil eins der Botschaft. Ich bin mir ziemlich sicher, dass der Rest der Nachricht – *M2030* – für ›morgen Abend um halb neun‹ steht.«

»Kannst du bitte mal prüfen, wie weit der Thomas-Dehler-Weg vom Rather See entfernt ist?«

Ali ließ die Finger über die Tasten fliegen, und wenige Sekunden später erschien das Ergebnis auf dem Bildschirm.

»Keine zehn Minuten von Alexei Schneiders Wohnung entfernt, das würde passen«, murmelte Sontheim aufgeregt. »Schneider hat mir erzählt, dass sie ihn gegen zwanzig Uhr aufgesucht hat, um ihn abzuservieren. Nach knapp zehn Minuten sei sie wieder abgehauen. Kurze Zeit später wurde Sarahs Handysignal zum letzten Mal geortet.«

»Apropos Handyortung«, fiel Ali ein. »Diese Jasmin Pütz, das andere Model, kannst du definitiv von der Liste der Verdächtigen streichen. Ihr Handy war zum Zeitpunkt von Sarahs mutmaßlicher Entführung in einer Funkzelle in Frechen eingeloggt. Um 22:31 erfolgte die Registrierung im Funkzellenbereich Bickendorf. Sie hat also die Wahrheit gesagt.«

»Hm, habe ich mir schon gedacht.« Sontheim rieb sich nachdenklich das Kinn. »Gibt's irgendeine Chance, herauszufinden, wer dieser ominöse Christian ist?«

»Hängt davon ab, wie vorsichtig der Typ ist. Prepaidnummern können genauso wie jedes Vertragshandy einem bestimmten Nutzer zugeordnet werden, sofern er es legal erworben hat. Wenn er es sich unter der Hand besorgt hat, besteht so gut wie keine Chance«, erklärte Ali.

»Versuch mal dein Glück für mich«, bat Sontheim seinen Kumpel. Dann verschwand er Richtung Küche, schmierte sich auf die Schnelle ein Brötchen und kehrte ins Arbeitszimmer zurück. »Und schick mir doch bitte die Koordinaten auf mein Handy. Ich muss wieder los. Lass mich wissen, wenn's was Neues gibt, ja?«

»Wir sollten mal über meine Gage verhandeln, du bist ohne meine Hilfe mal wieder völlig aufgeschmissen«, flachste Ali.

Sontheim schob das Brötchen zwischen die Zähne und stülpte die Innentaschen seiner Jeanshose nach außen. »Noch Fragen?«, nuschelte er.

19. Kapitel

Die auffällige Gefängniskleidung war Christoph Laumann nach seiner spektakulären Flucht aus dem Krankenwagen mittlerweile losgeworden. Er hatte neben einem überfüllten Altkleidercontainer mehrere Kleidersäcke entdeckt und sich dort bedient. Den dunkelbraunen Haarschopf hatte er unter einer Kappe verschwinden lassen, die ihm ebenfalls in einem der Plastiksäcke in die Hände gefallen war. Seine wertvollste Entdeckung war die gefütterte Jacke. Zwar eine Nummer zu klein, aber besser als gar nichts, dachte der Serienmörder, denn es war verflucht kalt.

Mehr als eine halbe Stunde war er durch die Straßen von Köln geirrt, um ein geeignetes Auto zu finden, das er stehlen konnte. Es sollte ein älteres Modell sein, ein Fahrzeug ohne elektronische Wegfahrsperre oder anderweitige Diebstahlsicherungen. Die Suche war wesentlich komplizierter gewesen, als er vermutet hätte. Zwei Mal waren plötzlich die Bullen aufgetaucht, ohne Notiz von ihm zu nehmen. Trotz der Eiseskälte war ihm der Schweiß ausgebrochen, als er die Streifenwagen entdeckt hatte. Ein alter Opel Astra G war dann seine Rettung gewesen. Nachdem er die alte Karre geknackt und kurzgeschlossen hatte, war er auf direktem Weg nach Niederkassel gefahren, wo er das Fluchtfahrzeug wieder losgeworden war. Sein neuer fahrbarer Untersatz war ein VW Polo, ebenfalls älteren Semesters. Mit dem schwarzen Kleinwagen war er nach Rondorf gebraust. Etwa einen Kilometer entfernt von seinem eigentlichen Ziel, dem Kleingartenverein Kuchenbuch, stellte er den Wagen ab und ging den restlichen Weg zu Fuß.

Das Wetter war sein größter Verbündeter, er begegnete keiner Menschenseele. Zwölf Minuten nachdem er das gestohlene Auto abgestellt hatte, splitterte das Türblatt der Schrebergartenhütte, die Laumann bereits vorher im Internet als Unterschlupf für die kommenden Stunden auserkoren hatte. Als er die Tür von innen schloss, indem er einen Stuhl mit der Lehne direkt unter die Klinke schob, sodass man diese nicht mehr hinunterdrücken konnte, war es stockduster. Er tastete nach einem Lichtschalter, das Risiko, entdeckt zu werden, tendierte seiner Meinung nach gegen null. Wer verbrachte die kalten Wintertage schon im Schrebergarten?

Die Laube war spärlich ausgestattet. Eine Miniküche, eine Eckbank, ein Tisch, verteilt auf etwa neun Quadratmetern, sonst nichts. Er durchsuchte das Häuschen nach etwas Essbarem, fand aber lediglich eine Dose Ravioli. Besser als zu hungern, dachte er sich, öffnete die Konserve mit dem Dosenöffner, den er in einer Küchenschublade gefunden hatte, und setzte sich auf die Bank. Er atmete einmal tief durch, ließ die Anspannung ein Stück weit von sich abfallen und schaufelte anschließend die kalten Ravioli in sich hinein. Er konnte nicht fassen, dass er jetzt hier saß und seine Freiheit genießen durfte – jedenfalls für einen kurzen Moment. Schon bald würde er weiterziehen und die Jagd auf sein eigentliches Ziel eröffnen. Er war zwar mit seiner Flucht aus dem Knast zum meistgesuchten Mann von Köln avanciert, und die Bullen hatten ihn zur Beute erklärt, aber gleichzeitig war er auch Jäger. Und diese Rolle behagte ihm weitaus mehr.

20. Kapitel

Nachdem er Alis Wohnung verlassen hatte, war Sontheim nicht wie geplant auf direktem Weg zu der Adresse des Rappers in Junkersdorf gefahren. Sein Freund hatte ihm die Anschrift von Hood Boy, der mit bürgerlichem Namen Björn Runge hieß, bereits am Vorabend aufs Handy geschickt. Schon gestern hatte er sein Glück bei dem Musiker versucht, ihn aber nicht zu Hause angetroffen. Anschließend war er zur *Nachtresidenz* gefahren, wo das Selfie von Sarah Weinert mit dem Musiker entstanden war, auf dem der polizeilich gesuchte Bernd Grabowski im Hintergrund zu sehen war. Neue Erkenntnisse gab es nach dem Besuch allerdings nicht. Bevor er den zweiten Anlauf bei Hood Boy wagen wollte, hatte Sontheim sich spontan entschlossen, zum Rather See zu fahren, obwohl der in der entgegengesetzten Richtung von Junkersdorf lag. Er hatte die GPS-Koordinaten ins Handy eingegeben und war losgebraust, ungeachtet der Tatsache, dass er dort vermutlich keine Spuren mehr finden würde, die auf eine Entführung oder gar den Täter hindeuteten.

Allein die Menge an Schnee, die in den beiden letzten Tagen gefallen war, hatte die Aussicht gen null tendieren lassen. Zudem waren bereits zwölf Tage seit Sarahs Verschwinden vergangen. Aber ein Gedanke hatte ihn dort hingetrieben: Der See eignete sich perfekt, um eine Leiche loszuwerden! Dass der Wagen des Mädchens in mehr als zwanzig Kilometer Entfernung abgestellt worden war, war vermutlich nur ein Ablenkungsmanöver gewesen – in diesem Fall deckte sich seine Meinung mit der der Ermittler der Kripo, wie er wusste.

Als er durch den knöchelhohen Schnee stapfte und sich dem Ufer des Baggersees näherte, pfiff ihm ein eisiger Wind ums Gesicht. Er zog sich die Mütze tiefer in die Stirn und klappte den Kragen seiner Daunenjacke hoch. Das Thermometer war auch heute nicht über minus zehn Grad hinausgekommen, die Kälteperiode dauerte schon ungewöhnlich lang in diesem Winter. Als Kind hatte er noch Jahreszeiten mit bitterkalten Temperaturen und regelmäßigem Schneefall kennengelernt, heutzutage war es für die Kids schon etwas Besonderes, wenn sie eine Schneedecke zu Gesicht bekamen, die ein paar Zentimeter hoch war.

Wie vermutet, war der See komplett zugefroren. Er blickte auf eine einzige weiße Fläche. Vorsichtig betrat er das Eis und tastete sich Stück für Stück vorwärts, bis er knapp drei Meter vom Ufer entfernt stand. Das Eis trug ihn ohne Probleme. Er zückte das Handy und suchte eine Internetseite, auf der man überprüfen konnte, welche Temperaturen an den zurückliegenden Tagen geherrscht hatten. Er begann mit dem sechsundzwanzigsten Januar, dem Tag von Sarahs Verschwinden. Minus sieben Grad wurde ihm angezeigt. Dann überprüfte er die Werte in den zehn Tagen vor besagtem Datum. Dauerfrost, schwankend zwischen minus zwei und minus acht. Genug Zeit, dass der See wenigstens zu einem

Großteil bereits zugefroren war. Grübelnd trat er den Rückweg zu seinem Mazda an. Auch wenn ihm der Gedanke nicht behagte, es war ein durchaus realistisches Szenario, dass an diesem Ort etwas geschehen war, das Sarah das Leben gekostet hatte. Denkbar, dass ihre Leiche irgendwo im See versenkt worden war.

Er warf kopfschüttelnd einen letzten Blick auf die schneeweiße Eisfläche, unter der das Gewässer schlummerte. Dann wandte er sich ab und eilte zurück zum Auto. Nachdem er den Wagen gestartet hatte, drehte er die Heizung voll auf. Obwohl die ganze Aktion auf dem Eis kaum zehn Minuten gedauert hatte, war er völlig durchgefroren. Im Gegensatz zu Nina, die den Winter geliebt hatte, war seine Jahreszeit eindeutig der Sommer.

Das Navi zeigte an, dass er das Fahrziel in wenigen Minuten erreichen würde. Ein Anruf störte James Hetfield mitten im Refrain von *For Whom The Bell Tolls*. Ali! Sontheim nahm das Gespräch über die Freisprechanlage an, die er sich vor Kurzem gegönnt hatte. Das Teil war im Grunde die einzige moderne Technik an Bord seines klapprigen Mazdas, der bald volljährig wurde. »Ich höre«, sagte er knapp.

»Warst du schon bei Runge, diesem Rapper?«, fragte Ali.

»Bin grad auf dem Weg, fast da.«

»Gott sei Dank! Ich hab da nämlich was ausgegraben, was dir vermutlich die Sprache verschlagen wird. Es geht um den Vater des Jungen: Es ist Bernd Grabowski!« Alis Stimme überschlug sich fast.

Sontheim konnte gerade noch den Impuls unterbinden, vor lauter Schreck ruckartig auf die Bremse zu treten. »Ach du Scheiße«, erwiderte er stattdessen.

»Du sagst es! Was glaubst du, wie ungläubig ich auf die Geburtsurkunde gestarrt hab? Aber es besteht kein Zweifel. Es ist genau *der* Grabowski. Ich hatte gehofft, dass ich dich noch rechtzeitig erwische. Wer weiß, was dich bei Runge erwartet«, meinte Ali.

Das fragte sich Sontheim allerdings auch. Er bedankte sich und beendete das Gespräch. Das Fahrziel war fast erreicht.

Hood Boy wohnte in einem neumodernen Flachdachbau im Stadtwaldviertel von Junkersdorf. Weiße Putzfassade, große Glasflächen. Vor dem Haus parkte ein schwarzer SUV, vermutlich standesgemäß in diesen Kreisen. Offenbar verdiente der Deutschrapper reichlich Kohle. Oder Papis Geld steckte dahinter.

Er parkte den Mazda direkt hinter dem Q7 des Musikers und steuerte anschließend auf den Hauseingang zu, der rechts und links von zwei Pflanzensäulen mit Buchsbaumkugeln gesäumt wurde. Er drückte auf den Messing-Klingelknopf. Für einen Star der deutschen Deutsch-Rap-Szene ganz schön spießig, fand Sontheim. Und der Eindruck wurde noch bestätigt, als Björn Runge, bekannt als Hood Boy, die Tür öffnete und ihn neugierig aus kleinen grünen Augen musterte.

Der junge Mann hatte auf den ersten Blick nur entfernte Ähnlichkeit mit dem Typen von dem Selfie, das ihn mit Sarah Weinert zeigte. Nichts war zu sehen von der Designer-Jogginghose, dem coolen Basecap, den übergroßen Klunkern an den Fingern oder den Goldkettchen, die er in seinen Videos oder in den sozialen Netzwerken zur Schau stellte. Stattdessen stand hier ein Mann in Jeans und Hoodie, der sich offensichtlich seit Tagen nicht mehr rasiert hatte. Einzig das tränenförmige Muttermal unter dem linken Auge überzeugte Sontheim, dass vor ihm die schmächtige Gestalt von Björn Runge stand.

»Ja?« Die Stimme klang tief, so sonor wie in den Musikstücken.

»Mein Name ist Lukas Sontheim, Privatermittler. Ich habe ein paar Fragen wegen des Mädchens auf dem Foto hier.« Sontheim hatte das Handy aus der Jacke geholt und hielt dem Hausherrn die Aufnahme unter die Nase, die ihn mit Sarah Weinert zeigte.

»Was ist mit Sandra?«, fragte der Rapper ohne erkennbare Emotion in der Stimme.

»Die junge Frau heißt Sarah und nicht Sandra«, korrigierte Sontheim ihn. »Und sie ist spurlos verschwunden, kurz nachdem diese Aufnahme entstanden ist.«

»Oh«, sagte Runge nur, und seine Überraschung wirkte nicht gespielt. »Hab davon gehört, wusste aber nicht, dass das die Kleine war.«

»Können wir uns vielleicht drinnen weiter unterhalten? Ist ziemlich ungemütlich hier draußen«, erwiderte Sontheim. Bei jedem Wort wurde eine kleine Atemwolke sichtbar.

Runge zögerte. »Wenn's unbedingt sein muss. Hab aber nicht viel Zeit.«

Sontheim wurde durch den langen Flur ins moderne, aber äußerst spartanisch eingerichtete Wohnzimmer geführt, das verglichen mit seiner eigenen Wohnung die Größe eines Tanzsaals hatte. Runge deutete auf die weiße Couch, auf der Sontheim Platz nahm und sich der Jacke entledigte, während sich der Chartstürmer auf einen Relaxsessel fallen ließ. Als der Privatdetektiv nach rechts blickte, sah er auf einem überdimensionalen Flachbildschirm, wobei er den Mann gestört hatte: Er zockte Basketball auf einer Spielkonsole.

»Gehe ich recht in der Annahme, dass Sie Sarah nicht näher kannten?«

»Yep, hab sie erst an dem Tag des Videodrehs kennengelernt. Süßes Ding, ist aber nix zwischen uns gelaufen, falls du das denkst.«

»Wie gut kennen Sie denn diesen Mann hier?«, fragte Sontheim. Er war aufgestanden und zeigte Runge das Foto von Bernd Grabowski. Er versuchte, so beiläufig wie möglich zu klingen.

Der Musiker warf einen flüchtigen Blick auf das Display. Für einen kurzen Augenblick lag Verunsicherung in der Miene des Mannes. Er richtete sich kerzengerade auf. »Nope.« Runge schüttelte den Kopf.

»Sicher?«

»Alter, hast du was an den Ohren? Ich kenn den Typen nicht!«, pflaumte ihn der Befragte genervt an. Dann lehnte er sich wieder zurück.

»Warum ist er dann im Hintergrund dieses Bildes zu erkennen, das Sie mit Sarah Weinert in der *Nachtresidenz* nach Drehschluss gemacht haben?«, hakte Sontheim nach und zeigte dem jungen Mann das entsprechende Foto. Dabei achtete er ganz genau auf die Mimik des Mannes. Zu seiner Überraschung blieb diesmal eine eindeutig sichtbare Reaktion aus.

»Vielleicht ein Buddy vom Club-Besitzer, was weiß ich«, erwiderte Runge trotzig.

Sontheim steckte das Handy in die Gesäßtasche und beugte sich zu dem Sänger, sodass sein Gesicht dessen Nasenspitze bedrohlich nahekam. Unangenehmer Mundgeruch des Musikers, der durch kalten Zigarettenrauch verstärkt wurde, schlug ihm entgegen. »Wollen wir nicht endlich mit den Spielchen aufhören, Björn?«, zischte er durch die Zähne. Er verzichtete jetzt auch darauf, den Musiker weiterhin zu siezen. »Ich weiß, dass Grabowski dein Vater ist. Und ich weiß, dass er, aus welchem Grund auch immer, an dem Tag in der *Nachtresidenz* war, als du Möchtegernmusiker dort dein neues Musikvideo gedreht hast. Du kannst weiterhin den Ahnungslosen spielen und zwingst mich dazu, andere Seiten aufzuziehen, oder du sagst mir einfach, was ich wissen will. Liegt ganz bei dir«, fuhr er fort und tippte Runge mit dem Finger gegen die Brust.

»Alter, geht's noch? Chill mal!«, rief der Musiker. Er versuchte, sich aufzurichten, aber Sontheim hatte ihn schon am Kragen gepackt und drückte ihn zurück in den Sessel, die freie Hand bedrohlich vor dem Gesicht des jungen Mannes zur Faust geballt. »Ich bin die Ruhe selbst«, presste er durch die Zähne. »Ich lass mich nur nicht gern verarschen.«

»Worum geht's jetzt eigentlich – um diese Sandra oder um meinen Erzeuger?«, fragte der Musiker, der sich offenbar nicht einschüchtern lassen wollte.

»Das Mädchen heißt Sarah, du Snoop Dog für Arme. Könnte sein, dass der Mann, den du angeblich nicht kennst, etwas mit ihrem Verschwinden zu tun hat. Also?«

Runge hob beschwichtigend die Hände. »Okay, okay, der Typ auf dem Foto ist mein alter Herr«, räumte er schließlich ein. »Aber was soll der mit Sarahs Verschwinden zu tun haben?«

Sontheim ließ wieder von ihm ab, blieb aber direkt vor dem Relaxsessel stehen. »Ein gesuchter Mörder, der seit Jahren untergetaucht und auf der Flucht ist, dürfte nicht allzu glücklich darüber sein, dass er auf einem Foto zu erkennen ist, das ein Nachwuchsmodel ins Netz gestellt hat. Was hat Grabowski überhaupt in dem Club zu suchen gehabt?«

»Frag ihn doch, wenn du ihn gefunden hast«, erwiderte Runge mit einem frechen Grinsen, das direkt wieder aus seinem Gesicht verschwand, als Sontheim die Fäuste ballte. »Er taucht immer mal wieder unangekündigt auf. Ich hatte keine Ahnung, dass er an dem Abend da sein würde.«

»Ihr steht also nicht in Kontakt?«

Runge schüttelte den Kopf. »Ist jetzt nicht grad so, dass ich Wert drauf lege. Trotzdem glaub ich nicht, dass mein Alter was mit dem Verschwinden der Kleinen zu tun hat. Nicht mal ich hab von dem Foto gewusst. Und selbst wenn er davon erfahren hätte, warum sollte er Sarah um die Ecke bringen?«

»Es geht nicht nur um das Foto, sie ist auch eine Zeugin, die ihn gesehen hat. Grabowski dürfte nicht scharf darauf sein, wenn es die Runde macht, dass er wieder in Köln ist. Er hat 'ne Menge Feinde hier, nicht nur die Polizei ist hinter ihm her«, hielt Sontheim dagegen.

Runge zuckte die Schultern. »Und wenn schon. Ist mir ehrlich gesagt scheißegal, ob sie ihn schnappen. Trotzdem glaub ich nicht, dass er oder einer seiner Leute die Kleine kaltgemacht hat.«

»Du hast also wirklich keine Ahnung, wo Grabowski steckt?«, versuchte es Sontheim noch einmal.

»Bist wohl schwer von Begriff, Mann?« Runge sprang auf, in seinem Gesicht bildeten sich rote Flecken. »Noch mal zum Mitschreiben: Wir – haben – keinen – Kontakt!«

»Sollte ich herausfinden, dass du mich angelogen hast, sehen wir uns wieder. Und das wird kein spaßiges Aufeinandertreffen, das verspreche ich dir. Ich finde allein raus«, sagte Sontheim nur, schnappte sich die Jacke und stapfte Richtung Haustür. Er hatte fürs Erste genug gehört. Grabowski stand zwar immer noch ganz oben auf der Liste der Personen, die möglicherweise etwas mit dem Verschwinden von Sarah Weinert zu tun hatten. Aber ihn ließ der Gedanke nicht los, dass die Antwort auf die Frage, wer dieser Christian war, mit dem sich Sarah womöglich am Rather See getroffen hatte, ihn näher an die Lösung um das Rätsel des Verschwindens der jungen Frau brachte, als Grabowski aufzuspüren.

»Fuck you«, schmetterte ihm der Hausherr hinterher, als er die Tür öffnete. Sontheim quittierte es mit einem ausgestreckten Mittelfinger, bevor er in die Kälte hinaustrat.

Runge war dem ungebetenen Besucher hinterhergegangen, und nachdem dieser die Tür hinter sich geschlossen hatte, war er in die Küche gelaufen, um ihm durchs Fenster nachzublicken. Er beobachtete, wie der Mann in seine Schrottkiste einstieg und wegfuhr. Dann zückte er sein Handy und wählte die Nummer, die auf der Kurzwahltaste mit der Ziffer zwei eingespeichert war.

»Was verschafft mir die seltene Ehre deines Anrufs?«, schnarrte die Stimme dem Hörer.

»Hast du diesem Model aus der *Nachtresidenz* irgendwas angetan?«, kam der Rapper sogleich zur Sache.

»Wovon sprichst du?«

»Die Kleine, mit der ich nach dem Videodreh abgehangen habe, die hübsche Blonde«, rief Runge aufgebracht. Die Worte überschlugen sich regelrecht.

»Bist du noch ganz bei Trost? Warum sollte ich?«, fragte der Mann am anderen Ende der Leitung amüsiert.

»Hier war gerade ein Schnüffler, der die Kleine sucht. Hat nach dir gefragt und angedeutet, dass du sie um die Ecke gebracht hast, weil sie dieses Selfie ins Netz gestellt hat.«

»Wovon zum Teufel redest du eigentlich? Hast du wieder irgendwas eingeworfen?«

»Auf dem Selfie von mir und der Kleinen bist du im Hintergrund zu sehen, Mann! Der Typ meinte, dass du womöglich ’ne Zeugin beseitigt hast, damit keiner mitbekommt, dass du wieder in der Stadt bist.«

»Interessant«, murmelte der Angerufene. »Aber absoluter Blödsinn.«

»Du verarschst mich nicht, oder? Ich will nichts mit deinen krummen Geschäften zu tun haben.« Runge spie die Worte regelrecht aus.

»Hat dir aber ein angenehmes Leben beschert und deiner Karriere auch nicht geschadet, meine Kohle. Was bist du für eine Memme! Und so was will mein Sohn sein«, blaffte Grabowski schroff und legte auf.

21. Kapitel

Was zum Henker ging hier vor sich? Ohne Vorwarnung hatte der Privatschnüffler vor der Tür gestanden und ihn gefragt, ob er Sarah Weinert kannte. Als Sarahs Name gefallen war, hatte er sich mit aller Macht zusammenreißen müssen, um sich nicht zu verraten. Zu allem Überfluss war Manuela in diesem Moment auch noch hinter ihm aufgetaucht und hatte wissen wollen, was dieser Unbekannte wollte. Hastig hatte er seine Frau abgewimmelt. Er hatte mit aller Macht verhindern wollen, dass dieser Lukas Sontheim noch einmal Sarahs Namen in Gegenwart seiner Ehefrau erwähnte. Da Manuela das Mädchen kannte, hätte sie sein Lügengebäude sofort zum Einsturz bringen können, bevor er es überhaupt hatte errichten konnte. Neugierige Nachbarn waren bei der Scheißkälte zum Glück keine zu sehen gewesen.

Er hatte abgestritten, das Mädchen, das wie ein Komet in sein Leben gerauscht war und es ins Wanken gebracht hatte, überhaupt zu kennen. In Wahrheit war er dem blonden Engel mit den stahlblauen Augen verfallen gewesen. Seit zwei Monaten schwebte er auf Wolke sieben – Manuela hatte zwar die Veränderung bei ihm bemerkt, aber offenbar bisher keinen Verdacht geschöpft. Und das sollte auch so bleiben.

Knapp zwei Wochen waren jetzt seit Sarahs spurlosem Verschwinden vergangen. Die Wände hätte er hochgehen können vor lauter Verzweiflung, was ihr zugestoßen sein mochte. Hinzu kam noch die Angst, dass die Polizei bei ihm aufkreuzen würde, weil sie hinter sein kleines Geheimnis gekommen waren. Zu seiner Erleichterung war ihm wenigstens das bislang erspart geblieben. Dafür war jetzt dieser Schnüffler aufgetaucht und hatte ihn unverblümt gefragt, ob er ein Verhältnis mit der Schülerin hatte. Gelacht hatte er und das ins Reich der Fantasie verwiesen, er hoffte inständig, dass er überzeugend genug gewesen war. Richtig hartnäckig war dieser Typ gewesen. Hatte wissen wollen, ob er ein Faible für verschlüsselte Nachrichten hätte, ihm mehrere Daten und Uhrzeiten um die Ohren gehauen und ihn unverblümt gefragt, wo er an den fraglichen Terminen gewesen sei? Offenbar war dem Privatermittler das Prepaidhandy in die Hände gefallen, das er Sarah geschenkt hatte. Eine andere Erklärung gab es aus seiner Sicht nicht, wie der Kerl an die Informationen gelangt war.

Natürlich konnte er sich an jeden einzelnen Tag erinnern, an dem er sich mit seinem blonden Engel getroffen hatte. Und genauso selbstverständlich hatte er diesem Sontheim anhand seines Terminkalenders belegen können, dass er sich zu den fraglichen Zeiten nicht mit Sarah verabredet hatte. Die Alibis waren wasserdicht, dafür hatte er gesorgt. Allein schon, damit Manuela nicht misstrauisch wurde, sollte sie einmal einen Blick in das kleine Heftchen werfen und sich fragen, wo er sich rumtrieb, wenn er nicht zu Hause war.

Nur für den Tag von Sarahs Verschwindens hatte es keinen Eintrag gegeben. Ein wasserdichtes Alibi hatte er für den Abend auch nicht. Während er daheim auf die Kinder aufgepasst hatte, war Manuela mit einer Freundin ausgegangen und erst spät wieder heimgekommen. Doch es war nicht einmal die Frage nach einem möglichen Alibi, die ihn in diesem Zusammenhang beunruhigt hatte, sondern vielmehr der Umstand, dass der Schnüffler von einer SMS gesprochen hatte, in der Sarah zum Rather See bestellt worden war. Klar hatte der Typ mit den direkten Fragen seine Reaktion testen wollen. Doch er hatte nicht einmal eine Miene verzogen. Aber viel schlimmer für ihn war, dass er Sarah diese Nachricht nie geschickt hatte.

22. Kapitel

Kurz nach achtzehn Uhr stürmte Sontheim in das Büro von Jürgen Brenner am Walter-Pauli-Ring. Feierabend kannten die Ermittler nicht, wenn es darum ging, einen Serienmörder dingfest zu machen. Der Leiter der Mordkommission blickte nicht mal auf, als er den Raum betrat. Brenner und der BKA-Profiler Weghorst waren in irgendein Video vertieft, das sie sich gerade am Computer ansahen. Sontheim räusperte sich. »Stör ich?«

»Ehrlich gesagt, ja«, brummte Brenner. Kurz darauf tauchte das schnauzbärtige Gesicht des Ermittlers hinter dem Bildschirm auf. »Andererseits …«, er stockte, »… betrifft dich das indirekt auch. Wenn du schon mal hier bist, kannst du dir das auch mal anschauen.«

Weghorst warf dem Leiter der Soko einen fragenden Blick zu, sagte aber nichts. Sontheim ging um den Schreibtisch herum und postierte sich hinter den beiden Ermittlern.

Brenner startete das Video. »Eine Aufnahme aus der JVA Ossendorf. Christoph Laumann hat letzten Montag Besuch von diesem Mann hier erhalten.« Der Chefermittler tippte auf den Monitor. Zu sehen war ein grauhaariger Mann, schätzungsweise Anfang bis Mitte sechzig. »Hast du den Typen schon mal gesehen?«, fragte Brenner, der sich zu ihm umgedreht hatte.

Sontheim starrte auf den Monitor. Das Gesicht kam ihm nicht bekannt vor. »Noch nie gesehen. Was hat es mit dem Typen auf sich?«

»Wenn wir das mal wüssten«, kam der Fallanalytiker des BKA Brenner mit einer Antwort zuvor. »Eingetragen hat er sich als Peter Hochmut, hat sich als neuer Anwalt von Laumann ausgegeben. Aber es gibt in ganz Köln oder Umgebung keinen Juristen mit diesem Namen.«

»Seltsam«, murmelte Sontheim, den Blick immer noch auf den Monitor gerichtet, auf dem das Video weiterlief.

»Mehr als das. Es ist nicht nur die offensichtlich gefälschte Identität. Was uns zu denken gibt, ist auch der zeitliche Zusammenhang des Besuchs mit Laumanns Flucht. Irgendwas ist zwischen den beiden Männern vorgefallen. Du wirst es gleich sehen. Achte mal darauf, was gleich passiert«, erklärte Brenner. Er lehnte sich zurück und verschränkte die Arme vor der Brust, während Weghorst das Kinn in die Hände stützte.

»Er zeigt ihm irgendwas auf dem Handy«, stellte Sontheim fest.

»Gut erkannt. Dann dürfte dir ja Laumanns anschließende Reaktion auch nicht entgangen sein«, erwiderte Brenner.

»Würde mal sagen, dass er ziemlich wütend war. Weit aufgerissene Augen, der Versuch, dem Besucher an die Gurgel zu gehen, was ihm dank der an den Tisch gefesselten Hände nicht gelungen ist. Wisst ihr, was Laumann auf die Palme gebracht haben könnte?«

»Das ist die Gretchenfrage«, meinte Weghorst lakonisch.

»Mikros?«

»Nicht erlaubt. Solltest du eigentlich als ehemaliger Hauptkommissar noch wissen«, knurrte Brenner.

»Gibt's hier jemanden, der sich mit Gebärdensprache auskennt? Vielleicht kann man von den Lippen ablesen«, schlug der Privatermittler vor.

»Brillante Idee, Herr Sontheim. Warum sind die Kollegen der Kölner Polizei da nicht selbst drauf gekommen?«, erwiderte Weghorst. Seine Stimme triefte vor Zynismus. »Sorry, war nicht so gemeint. Ich bin ein klein wenig genervt, weil wir im Fall des Bestrafers auf der Stelle treten. Die Videoanalyse eines entflohenen, psychisch gestörten Serienmörders ist im Grunde eine willkommene Abwechslung, obwohl es nicht in unser Aufgabengebiet fällt«, schob der BKA-Mann hinterher, als er sich zu Sontheim umdrehte.

»Ein Experte für Lippenlesen hat die Aufnahmen bereits geprüft, bevor die Jungs von der Fahndung uns das Material geschickt haben. Sie wollten unsere Einschätzung dazu, weil ich den Fall Laumann damals bearbeitet habe. Die Kollegen gehen davon aus, dass seine Flucht in direktem Zusammenhang mit dem Besuch dieses falschen Anwalts steht.«

»Weil …?«, unterbrach Sontheim.

»Die Reaktion Laumanns auf das, was ihm da gezeigt wurde, war: ›Du Schwein, ich bring dich um, wenn du ihr auch nur ein Haar krümmst!‹«

»Wem?«

Weghorst verdrehte erneut die Augen.

»Wissen wir nicht«, erwiderte Brenner geduldig. »Wie unschwer zu sehen ist, ist das Display des Handys nicht zu erkennen. Was auch immer der Kerl Laumann gezeigt oder zu ihm gesagt hat, bleibt das große Geheimnis. Nach dem Gefühlsausbruch sitzt Laumann mit verkniffenem Gesichtsausdruck da, nickt ab und zu, das war's.«

»Welche Frau könnte ihm denn so nahestehen, dass er dafür aus dem Knast ausbricht?«, sprach Sontheim aus, was sie wohl alle dachten, und nahm auf dem Besucherstuhl vor dem Schreibtisch Platz.

»Wie du dir sicherlich denken kannst, beschäftigen sich gerade eine Menge Leute damit, genau das herauszufinden. Du brauchst dir also nicht auch noch den Kopf darüber zu zerbrechen. Was wolltest du eigentlich von mir?«, wechselte Brenner das Thema.

»Möglicherweise habe ich noch mehr Arbeit für euch«, begann Sontheim. »Ich habe zufällig ein Handy – ein ganz einfaches Prepaidteil - in Sarahs Zimmer gefunden, das eure Jungs von der SpuSi offenbar übersehen haben. War versteckt in einem als Kerze getarnten Mini-Safe. Darauf haben wir Nachrichten gefunden, die sie mit einem Typen namens Christian ausgetauscht hat. Liebesgesäusel und geheime Botschaften, die sich als Uhrzeit und Koordinaten für heimliche Treffen herausgestellt haben. Die letzte Nachricht hat Sarah am fünfundzwanzigsten Januar erhalten, also am Tag vor ihrem Verschwinden. Demnach sollte das Treffen am Rather See stattfinden. Ich habe mich dort mal umgesehen.«

»Du hast uns also wieder mal Beweismaterial vorenthalten?« Der Groll in Brenners Stimme war kaum zu überhören.

»Das eure Jungs wie gesagt übersehen haben. Ich erzähl euch ja jetzt davon«, hielt Sontheim ruhig dagegen.

»Habt ihr, du und dein Kumpan, wenigstens rausgefunden, um wen sich's bei diesem Unbekannten handelt?« Der Hauptkommissar sah ihn forsch an.

»Dazu komme ich gleich noch. Der Rather See befindet sich knapp zehn Minuten von Alexei Schneiders Adresse entfernt. Das ist Sarahs Ex-Freund. Soviel ich weiß, wurde ihr Handysignal wenige Minuten, nachdem sie seine Wohnung verlassen hat, zuletzt geortet. Wäre doch möglich, dass sie zum See gefahren ist, um sich dort mit ihrem heimlichen Liebhaber zu treffen«, mutmaßte Sontheim.

»Und was ist Ihrer Meinung nach dann passiert?«, fragte Weghorst. Er runzelte die Stirn.

»Ich halte es für möglich, dass Sarah dort ermordet und ihre Leiche bisher nicht gefunden wurde, weil der See komplett zugefroren ist. Ich habe mal die Wetterlage der Tage vor ihrem Verschwinden gecheckt. Sarah ist seit dem sechsundzwanzigsten Januar verschollen. Seit dem sechzehnten gab es Dauerfrost, die Temperaturen lagen auch tagsüber konstant bei minus zwei bis minus acht Grad. Bei der Größe des Sees war er höchstwahrscheinlich noch nicht komplett zugefroren. Das müsste man mal von einem Fachmann berechnen lassen. Aber wenn ich nicht komplett falsch liege, könnte«, er schluckte kurz, »ihre Leiche dort versenkt worden sein.«

Weghorst schürzte nachdenklich die Lippen, während Brenner geräuschvoll die Luft einsog.

»Starker Tobak«, sagte Sontheims alter Partner schließlich. »Aber ist nicht von der Hand zu weisen, dass an deiner Theorie etwas dran sein könnte. Es wäre auf jeden Fall eine nachvollziehbare Erklärung, warum das Mädchen von einen auf den anderen Moment spurlos verschwunden ist.«

»Ich hatte gehofft, dass du das auch so siehst.«

»Und wer ist der ominöse Unbekannte, mit dem sich Sarah angeblich getroffen hat? Sie erwähnten diesen Christian«, wollte der Fallanalytiker wissen.

»Ali und ich haben drei mögliche Kandidaten ins Visier genommen. Ich habe auch schon mit ihnen gesprochen, aber ich habe keine Ahnung, wer von ihnen es gewesen sein könnte«, räumte der Privatermittler ein.

»Natürlich hast du schon mit ihnen gesprochen«, murmelte Brenner leise vor sich hin. Er rieb sich nachdenklich das Kinn.

»Brauchst gar nicht so abfällig daherzureden. Du hättest doch an meiner Stelle vermutlich nicht anders gehandelt. Schließlich wurde ich *privat* beauftragt, das Mädchen zu finden.«

Brenner schlug derartig heftig mit der flachen Hand auf die Tischplatte, dass Weghorst und Sontheim zusammenzuckten. »Dass du da möglicherweise jetzt einen Mörder gewarnt haben könntest, ist dir dabei nicht in den Sinn gekommen, oder?«, blaffte er lautstark.

»Und wenn schon«, gab Sontheim mürrisch zurück.

»Falls ich da in ein Wespennest gestochen habe, könnte es uns genauso gut in die Hände spielen und den Täter nervös machen.«

»Da hat er recht«, erwiderte Weghorst, der Brenner von der Seite musterte. »Sofern Herrn Sontheims Fantasie in diesem Fall nicht mit ihm durchgegangen ist.«

Der Hauptkommissar massierte sich die Schläfen, dann sah er Sontheim an. »Lass mich raten, Lukas, du erwartest jetzt von mir, dass wir den See nach Sarah Weinerts Leiche absuchen.«

Sontheim nickte bedächtig. »Dann wüssten wir wenigstens, ob an meiner Theorie etwas dran ist. Die drei möglichen Tatverdächtigen liefere ich euch obendrein frei Haus.«

»Ich glaube kaum, dass ich für so eine Seedurchsuchung eine Genehmigung erhalten werde.«

»Wäre einen Versuch wert. Abgesehen davon könnte ich mir vorstellen, dass der Staatsanwalt aufgrund der Indizienlage durchaus zustimmen würde. Vorausgesetzt, Herr Sontheim händigt uns das Handy aus, das er streng genommen unrechtmäßig an sich genommen hat.« Weghorst zog die Augenbrauen hoch.

»Ihr könntet sagen, dass ich euch das Handy auf dem schnellsten Weg ausgehändigt habe. Der Staatsanwalt muss ja nicht erfahren, wie's wirklich gelaufen ist. Meine Auftraggeberin wird da sicherlich mitspielen.«

»Hm«, brummte Brenner. »Ich werde mir was einfallen lassen und mich drum kümmern. Ich vertraue da auf dein Gespür.« Er schüttete sich ein Glas Wasser ein und trank einen Schluck. »Wer sind denn nun die drei Männer, die du ins Visier genommen hast?«

»Christian Thiel, Lehrer an Sarahs Schule. Christian König, Inhaber einer Werbeagentur. Und der letzte im Bunde heißt Christian Hochstein, der Vater eines Mitschülers aus Sarahs Oberstufe. Wir glauben, dass es sich bei dem Unbekannten unmöglich um einen Jungen ins Sarahs Alter handeln kann. Die Kommunikation mit einem Prepaidhandy per SMS oder die Art und Weise, wie die Nachrichten verfasst wurden, sprechen unserer Meinung dagegen. Für uns liegt auf der Hand, dass diese Faktoren eher für jemanden sprechen, der deutlich älter als sie ist und mit hoher Wahrscheinlichkeit etwas zu verlieren hat, wenn die Affäre ans Licht kommt. Ein verheirateter Mann womöglich. Jemand, der seine berufliche Karriere nicht gefährden will …«

»… oder eine Kombination aus beidem«, beendete Weghorst den Satz. »Der Mann ist gut«, sagte der Fallanalytiker zu Brenner.

»Was glauben Sie, warum ich ihn gerne wieder hier bei uns gesehen hätte«, antwortete der Hauptkommissar nur. »Aber er hatte eigene Pläne. Wie auch immer, wir werden der Sache nachgehen, versprochen.«

»Das wollte ich hören«, erwiderte Sontheim. Er sprang von seinem Stuhl auf und schnappte sich die Jacke, die er sogleich überzog. »Ach ja, was gibt's eigentlich Neues in Sachen Laumann?«, fragte er, als er den Reißverschluss hochzog.

»Fehlanzeige. Wie vom Erdboden verschluckt.« Brenner

klang zerknirscht. »Halt also bitte weiterhin die Augen auf. Wer weiß, was dieses kranke Arschloch im Schilde führt. Vor Lichtensteins Haus haben wir übrigens ein Überwachungsteam abgestellt.«

»Kann nicht schaden.« Sontheim behielt wohlweislich für sich, dass Ali in der Wohnung einen Panikraum eingerichtet hatte, in den er sich jederzeit zurückziehen konnte, sollte er Gefahr wittern. Paranoid, wie sein Kumpel war, schien es nicht unwahrscheinlich, dass er schon manche Stunde dort verbracht hatte, seit er von Laumanns Flucht erfahren hatte. »Ich mach mich dann jetzt vom Acker. Lass mich bitte wissen, wenn's was Neues gibt, Jürgen. Schönen Abend noch, die Herren«, verabschiedete er sich. Auf ihn wartete auch noch eine Menge Arbeit.

23. Kapitel

Um zwanzig vor neun trat Christoph Laumann aus der Tür der Gartenlaube auf dem Gelände des Kleingartenvereins Kuchenbuch, die in den letzten Stunden sein Unterschlupf gewesen war. Eisiger Abendwind wehte ihm ins Gesicht. Er stellte den Kragen der Winterjacke auf, die er aus einem Altkleidersack gefischt hatte. Viel brachte das allerdings nicht. Auf dem Weg zurück zum Gartentor blickte er sich immer wieder um. Niemand war zu sehen, stellte er erleichtert fest.

Sobald er auf die Straße trat, hielt er Ausschau nach einem fahrbaren Untersatz. Der geklaute Polo, den er am Vormittag in der Nähe abgestellt hatte, war keine Option mehr. Zu riskant, dass jemand entdeckt hatte, dass der Wagen aufgebrochen worden war. Zeit, sich eine neue Karre zu organisieren. Fünf Minuten später wurde er in der August-Wegelin-Straße fündig und machte sich mit dem gestohlenen Kia auf in Richtung Industriegebiet Lövenich. Noch vor einer Woche hätte er es als völlig absurd abgetan, zu fliehen. Er hatte im Knast ein neues Leben beginnen wollen, sogar eine Therapie angefangen. Aber die Umstände hatten ihm keine Wahl gelassen. Und jetzt war er wieder auf der Jagd. Der vereinbarte Treffpunkt im Gewerbepark war nur ein Zwischenziel. Tagelang hatte er sich den Kopf zerbrochen, wie er das Blatt zu seinen Gunsten wenden konnte. Und dann war ihm eine zündende Idee gekommen.

24. Kapitel

Langsam kämpfte sich sein Bewusstsein an die Oberfläche. Es war keine normale Schlaftrunkenheit, offenbar hatte der Unbekannte ihn wieder außer Gefecht gesetzt, wie schon vor einigen Tagen, als er ihn überfallen und verschleppt hatte. Seitdem versauerte er in diesem Raum, in dem es neben der Pritsche nur einen Metalleimer für die Notdurft gab. Der wurde zwar täglich geleert, waschen durfte er sich, und zu essen bekam er auch zweimal am Tag. Dem Entführer war offenbar daran gelegen, dass es ihm gutging. Ansonsten jedoch hielt er ihn wie einen Hund in einem Zwinger, mit einem dicken Eisenring, dessen Kette von seinem Hals zu einem massiven Haken an der Wand führte.

Doch jetzt war etwas anders, als er an sich hinunterblickte. Er lag nicht mehr auf der Matratze, sondern saß mit dem Rücken an die Wand gelehnt auf dem Boden. Auch das Metallhalsband war verschwunden. Dafür steckte nun seine linke Hand in einer Handschelle, von der eine Kette nach oben wegführte. Langsam drehte er den Kopf nach links und erschrak fast augenblicklich. Knapp einen Meter von ihm entfernt saß ein schlafender Fremder auf dem Boden, der Kopf ruhte auf der Brust. Die rechte Hand des Unbekannten steckte ebenso in einer Handschelle mit Eisenkette, die, wie er jetzt erkannte, zu dem Haken an der Wand führte. Durch die Nebelschwaden seines Bewusstseins drang die Erkenntnis, dass der Kidnapper sie beide aneinandergekettet hatte.

»Was zum Teufel hat das nun wieder zu bedeuten?«, murmelte er leise kopfschüttelnd vor sich hin. Genau in dem Moment vernahm er ein leises Ächzen von dem Fremden neben sich, der offenbar zu sich kam und den wuscheligen Kopf mit den fettigen abstehenden dunkelblonden Haaren – seine Mutter hätte »Straßenköterblond« dazu gesagt – hob. Die Bartstoppeln verrieten, dass der Typ offenbar auch schon länger ein Gefangener war, so wie er.

Neugierig betrachtete er den Mitgefangenen, der nun ebenfalls ungläubig auf die gefesselte Hand starrte, sie dann Richtung Gesicht führte und mit großen Augen anstarrte. Der Typ hatte immer noch nicht die geringste Notiz von ihm genommen. Dann ließ der Unbekannte die Hand in den Schoß fallen, die Kette schepperte.

»Keine Ahnung, was dieses kranke Arschloch mit uns vorhat, aber ich fürchte, wir sitzen im selben Boot«, sagte er. Der Fremde zuckte vor Schreck regelrecht zusammen. Mit zusammengekniffenen Augen musterte er ihn. Erst jetzt schien der Unbekannte zu registrieren, dass er nicht allein war. »Er hat uns aneinandergekettet«, fuhr er fort und hob demonstrativ die gefesselte Hand. »Die Kette hat er durch den Haken dort oben geführt. Schränkt unseren Bewegungsradius ein«, erklärte er und deutetet auf die Stelle. Der Blick des Mitgefangenen wanderte von ihm zu dem Haken und wieder zurück zu ihn. Immer noch sagte der Typ keinen Mucks. »Da uns jetzt ganz offensichtlich eine Schicksalsgemeinschaft verbindet, sollten wir uns vielleicht vorstellen, was? Also, ich bin Gernot, Gernot Seifert. Werde seit hundertvier Stunden hier festgehalten. Und auch wenn's vielleicht nicht den Anschein macht, ich habe eine Scheißangst.« Der Unbekannte schwieg immer noch, die Sekunden der Stille kamen Seifert wie eine gefühlte Ewigkeit vor.

»Du gehörst offenbar zu der Sorte Leute, die pausenlos quatschen, wenn sie sich in ausweglosen Situationen befinden«, sagte der Mann schließlich mit sonorer Stimme. Er versuchte, sich aufzurappeln, was ihm offenbar schwerfiel, vermutlich eine Nachwirkung des Betäubungsmittels. Als es ihm endlich gelungen war, untersuchte er den in der Wand eingelassenen Haken. Er nahm die Kette in beide Hände und zog mit aller Gewalt daran. Um mehr Kraft aufwenden zu können, stemmte er zusätzlich den rechten Fuß gegen die Wand. »Hättest du vielleicht die Güte, mir zu helfen?«, knurrte er plötzlich.

»Kannst du dir sparen«, meinte Seifert nur. »Das Ding sitzt bombenfest.« Er deutete auf den Haken. »Bin wie gesagt bereits seit mehr als vier Tagen hier und war vorher auch schon da angekettet. Zwei Tage lang habe ich mich an dem Teil abgerackert, ohne Erfolg, wie du siehst.« Er reckte die wunden Handgelenke in die Höhe.

»Aber jetzt sind wir zu zweit, ist einen Versuch wert«, blieb der Mann hartnäckig.

Seifert stand auf, er brauchte einen Moment, da sein Kreislauf streikte, dann zog er gemeinsam mit dem

Mithäftling an der Kette. Der Haken bewegte sich kein Stück.

»Noch mal«, sagte der Fremde keuchend.

Doch auch der zweite Versuch blieb erfolglos. Immer wieder trieb ihn der Unbekannte an, aber nach dem siebten Anlauf kapitulierte er schließlich auch. »Verdammte Scheiße«, fluchte Seifert, ging in die Hocke und verharrte dort einen Moment. Die Unterlippe des Fremden bebte, er kämpfte mit den Tränen. Seifert hatte sich wieder auf den Boden gesetzt. »Wie lange bis du schon hier?«, fragte er den Mann, der sich immer noch nicht vorgestellt hatte.

Langsam drehte sich der Stoppelbärtige zu ihm um. »Keine Ahnung, Mann. Vielleicht drei Tage oder so. Hab keine Uhr«, erklärte er und schob einen Ärmel seines Hemdes hoch. Seufzend ließ auch er sich auf den Hosenboden sinken. »Ich war gerade auf dem Weg zur Arbeit und zack, aus die Maus. Dieses Arschloch, das mich in diese Dreckszelle gebracht hat, muss mich mit einem Elektroschocker ausgeknockt haben.«

»Bei mir war's ganz ähnlich, nur dass ich gerade von der Arbeit nach Hause gekommen bin. Hab plötzlich einen Stich in den Hals gespürt. Bin anschließend in dieser Zelle hier aufgewacht«, erzählte Seifert.

»Das ist alles sowas von bizarr!«, jammerte der Unbekannte und raufte sich die Haare. »Ich habe nicht die geringste Ahnung, warum der mich hier festhält. Kohle gibt's bei mir keine zu holen. Meine Freundin und ich haben kaum was.«

»Bizarr umschreibt es ganz gut. Das Ganze hier«,

Seifert hob den angeketteten Arm, »erinnert mich irgendwie an den ersten Teil von *Saw*. Fehlt nur die blutüberströmte Leiche.« Er stieß ein freudloses Lachen aus.

»Saw?«, fragte der Unbekannte.

»Ein Horrorfilm. Ein Arzt und ein Fotograf wurden entführt und wachen angekettet auf. Ein Serienkiller hat die beiden entführt. Sie müssen …«

»Mann, das hier ist die Scheißrealität und kein Blockbuster!«, unterbrach ihn der Unbekannte brüsk, richtete sich wieder auf und machte zwei Schritte nach vorn. Er steuerte auf eine Wasserflasche zu, die der Kidnapper in die Mitte des Raumes auf den Boden gestellt hatte.

Seiferts gefesselte Hand wurde abrupt nach oben gerissen. »Hey, hey, hey, sachte!«, rief er, und der Unbekannte warf ihm einen verächtlichen Blick zu. »Mein Arm!«, fuhr Seifert fort und deutete auf die Hand, die kopfüber mit nach oben gezogen worden war.

»Dann beweg halt deinen Arsch. Ich habe Durst«, giftete der Mitgefangene ihn an.

»Ist ja schon gut«, erwiderte er, rappelte sich wieder auf und machte einen Schritt zu Seite, sodass die Kette nun lang genug war, damit der Unbekannte nach der Flasche greifen konnte.

Gierig drehte der Wuschelkopf den Verschluss auf und trank einen Schluck. »Auch mal?«, fragte er ihn.

Erst jetzt bemerkte Seifert, wie durstig er war. Er nickte, der Mann reichte ihm die Wasserflasche. Seifert setzte den Flaschenhals an die schmalen Lippen und trank gierig. Erst als er die Pulle fast halb geleert hatte, hielt er sie dem Unbekannten wieder hin. »Schmeckt irgendwie seltsam«, meinte er.

»Dafür hast du aber 'nen ziemlich guten Zug gehabt«, erwiderte der Fremde ungerührt. »Aber nett, dass du mir auch noch was drin gelassen hast«, schob er hinterher, als er sich setzte und einen Blick auf den Inhalt der Flasche warf, die Seifert immer noch in der Hand hielt.

»Stell dich nicht so an. An Verpflegung mangelt's in der Regel nicht. Solltest du eigentlich wissen, wenn du schon ein paar Tage hier bist«, meinte Seifert mit einer wegwerfenden Handbewegung. Auch er ließ sich wieder sinken, dann stellte er die Flasche auf den Boden.

»Haste auch wieder recht«, sagte der Mann und lehnte sich gegen die Wand, bevor er die Beine anzog, beide Arme um die Knie schlang und den Kopf dazwischen vergrub. Es dauerte nicht lange, und der Unbekannte fing an zu schnarchen.

Ungläubig starrte Seifert den Mitgefangenen an. »Ich fass es nicht«, murmelte er kopfschüttelnd. Wütend schlug er mit der flachen Hand auf den Betonboden. Es konnte unmöglich daran liegen, dass in dem Wasser ein Betäubungsmittel war. Der Typ hatte nur einmal kurz genippt, während er die halbe Flasche leer getrunken hatte. »Hey«, rief er und zog heftig an der Kette, sodass er den Unbekannten unsanft weckte.

»Spinnst du?«, murmelte dieser wenig erbaut.

»Sollten wir nicht lieber zusammen versuchen, einen Weg hier raus zu finden?« Seifert schaute den Unbekannten verwundert an.

»Hast du irgendwo Werkzeug in deiner Zelle versteckt?«

»Nein«, gab er kleinlaut zur Antwort, und fast zeitgleich wurde ihm kotzübel.

»Geht's dir nicht gut? Du bist blass wie 'ne Kalkwand.«

»Weiß auch nicht, mir ist auf einmal furchtbar schlecht.« Seifert atmete ein paarmal tief durch. Aber es wurde nicht besser.

»Mir ist auch ein bisschen flau im Magen. Liegt bestimmt an dem Betäubungsmittel, das uns der Wahnsinnige verabreicht hat, bevor er uns hier zusammengekettet hat wie ein blödes Ehepaar.«

»Vermutlich hast du recht.« Seifert musste mehrmals kurz hintereinander aufstoßen, bevor er im hohen Bogen den Inhalt seines Magens auf dem Boden verteilte. In seinem Bauch grummelte es ebenfalls verdächtig. »Nein, nicht das auch noch«, wimmerte er leise vor sich hin, als er sich den Mund mit dem Ärmel des Pullovers sauberwischte. Verstohlen warf er einen Blick zu dem Unbekannten, der ihn interessiert musterte. Noch ehe er sich Gedanken darüber machen konnte, bahnte sich weiterer Mageninhalt die Speiseröhre hinauf und auf den Boden. Magen- und Bauchschmerzen setzten kolikartig ein, er kniete sich nach vorn und krümmte sich vor Schmerzen. Vor seinen Augen tanzte der Raum, alles drehte sich, der Kreislauf schien schlappzumachen. Er begann stark zu schwitzen, außerdem spürte er, dass sein Puls sich verlangsamte. »Hilf mir«, flüsterte er dem Mithäftling zu.

»Dir ist nicht mehr zu helfen, lieber Gernot«, säuselte der Unbekannte, der nun einen kleinen Schlüssel aus der Tasche der Jeanshose herauszog.

Von wahnsinnigen Schmerzen geplagt, blickte Seifert zu dem Typen auf, der sich soeben von der Handschelle befreite. »Was … was soll das heißen?«

Seifert nahm das Grinsen des Zellengenossen mit weit aufgerissenen Augen zur Kenntnis, und noch ehe er etwas sagen konnte, erbrach er sich zum dritten Mal. Zeitgleich entleerte sich sein Darm. Was konnte entwürdigender sein?

»Das bedeutet, dass du in deiner Zelle einen elenden Tod sterben wirst«, erwiderte der Mann, als er Seiferts Kopf an den Haaren hochriss. »In dem Wasser, das, wie du richtigerweise festgestellt hast, etwas seltsam schmeckte, war eine absolut tödliche Dosis Fingerhut, das ich aus den Blättern der Pflanze gewonnen habe. Die letale Dosis liegt normalerweise bei circa zweieinhalb Gramm. Ich habe einen besonders giftigen Cocktail für dich zusammengebraut, mit einer doppelt so hohen Menge.«

»Aber du … du hast doch auch davon …«, keuchte Seifert, der für die wenigen Worte seine ganze Kraft zusammennehmen musste. Es kam ihm vor, als wolle sein Schädel zerspringen, so unglaubliche Kopfschmerzen hatten mittlerweile eingesetzt. Der gesamte Körper schien von einer einzigen Welle des Schmerzes erfasst worden zu sein.

»Richtig, habe ich. Aber im Gegensatz zu dir besitze ich das entsprechende Digitalis-Antidot, ein Gegenmittel, das mich, rechtzeitig eingenommen, vor dem sicheren Tod bewahren wird«, erwiderte der Unbekannte.

Er ließ Seifert los, der unweigerlich nach vorn kippte und auf dem Boden aufschlug. »Abgesehen davon habe ich natürlich nicht annähernd so viel getrunken wie du. Um kein unnötiges Risiko einzugehen, wird es jetzt aber Zeit, dass ich mich vom Acker mache, damit ich das Gegenmittel einnehmen kann. Aber ich möchte dich natürlich nicht im Ungewissen lassen, was dich in den nächsten etwa dreißig Minuten noch erwartet. Deine Pulsfrequenz wird immer weiter absinken, während der Blutdruck gleichzeitig massiv ansteigen wird und Herzrhythmusstörungen auftreten. Aber sterben wirst du letztlich an einem Herzstillstand. Und das Beste daran: Du erlebst das alles bei vollem Bewusstsein.« Der Unbekannte erhob sich lächelnd aus der Hocke und marschierte Richtung Tür.

Langsam hob Seifert den Kopf und stierte ihm hinterher. »W-warum?«, war alles, was er imstande war zu sagen.

Der Kidnapper blickte sich noch einmal zu ihm um, schüttelte langsam den Kopf und erwiderte nur: »Du kennst die Antwort. Übrigens lagst du gar nicht so verkehrt damit, dass dich das alles an *Saw* erinnert. Ich muss zugeben, dass mich Hollywood zu diesem kleinen Schauspiel durchaus inspiriert hat.« Dann öffnete er die Tür, die kurz darauf ins Schloss fiel, während Gernot Seifert weiterhin dahinsiechte und dem sicheren Tod ins Auge blickte.

25. Kapitel

Montag, 8. Februar 2021, 10:00 Uhr

Sontheim saß wie auf heißen Kohlen in einem Sessel des Büros seines Auftraggebers. Aus der Ahnung des Kölner Unternehmers, dass ihn Außendienstmitarbeiter bei den Spesenabrechnungen betuppten, war dank Sontheims gründlicher Recherche mittlerweile Gewissheit geworden. Er legte dem Mann nach und nach die gesammelten Beweise vor. Protokolle über die Fahrtrouten. Fotos, die den Betrug belegten, und darüber hinaus die getürkten Abrechnungen.

Unruhig rutschte Sontheim bei seinen Erläuterungen, denen der Unternehmer mit Bestürzung folgte, hin und her. Auch wenn ihm dieser Job leicht verdientes Geld eingebracht hatte, wäre er jetzt viel lieber den Ermittlungen im Fall Sarah Weinert nachgegangen, statt in dem kuschlig warmen Büro zu sitzen. Und dafür gab es gleich zwei Gründe.

Der eine hieß Christian König. Der Chef einer Werbeagentur hatte in mindestens einem Fall gelogen, als er ihm bereitwillig Alibis für die Tage genannt hatte, an denen der noch unbekannte Lover sich mit der hübschen Schülerin per SMS verabredet hatte. Angeblich sei er am sechzehnten Januar mit einem Freund beim Fußball gewesen. Köln gegen Hertha. Das Alibi hatte sich schnell in Luft aufgelöst, da das Spiel wegen heftigen Schneefalls ausgefallen war, wie er inzwischen herausgefunden hatte. Hinzu kam, dass der Mann für den Abend des Verschwindens kein belegbares Alibi hatte.

»Ich habe auf die Kinder aufgepasst, während Manu, meine Frau, mit einer Freundin im Restaurant war«, hallten die Worte des Werbefachmanns in Sontheims Ohren nach. Die Zwillinge waren im Vorschulalter und taugten deshalb nicht als Zeugen. Er musste der Sache auf jeden Fall noch einmal nachgehen und auch Königs Frau Manuela fragen, ob sie das verschwundene Mädchen kannte.

Der zweite Grund für seine Unruhe war Katja Brandt – und ihre an Krebs erkrankte Schwester. Er wusste noch nicht, ob er nur Flöhe husten hörte, aber ein Detail aus dem Dossier der Architektin hatte auf der Fahrt zu dem Termin mit dem Unternehmer plötzlich seine Aufmerksamkeit erregt. Und das musste er unbedingt überprüfen. Er hatte bereits versucht, Ali telefonisch zu erreichen, aber sein Freund war nicht rangegangen. Als Sontheim aufgelegt hatte, war ihm wieder eingefallen, dass Ali ebenfalls an diesem Morgen einen wichtigen Termin hatte, bei dem er sein Sicherheitskonzept für ein Kölner Versicherungsunternehmen präsentieren sollte.

Gegen halb elf stürmte Sontheim aus dem Büro des Unternehmers. Er versuchte noch einmal, Ali zu erreichen. Nach dem fünften Klingeln legte er wieder auf. Fluchend sprang er in den Mazda und brauste los. Die Adresse der Familie König lag praktischerweise in der Nähe.

»Sie sind doch der Bekannte von meinem Mann, der gestern schon mal hier war?«, wollte Manuela König wissen, als sich Sontheim vorgestellt hatte. »Dass Sie Privatdetektiv sind, hat er allerdings nicht erwähnt«, sagte die bessere Hälfte des Werbeagenturleiters stirnrunzelnd.

Die schwarzhaarige Frau war rein äußerlich das komplette Gegenteil von Sarah Weinert. Durchaus attraktiv, auf eine natürliche Art anziehend, fand Sontheim. Sie schaute ihn abwartend aber freundlich an.

»Ich weiß ja nicht, was Ihr Mann sonst noch so über mich erzählt hat, Frau König. Aber wir sind uns gestern zum ersten Mal begegnet. Wir sind alles andere als bekannt miteinander.«

Die Überraschung stand der Frau förmlich ins Gesicht geschrieben. Es lag ihm fern, einen Keil zwischen das Ehepaar zu treiben, sollte er Christian König zu Unrecht verdächtigen, ein Verhältnis mit Sarah Weinert gehabt und sie möglicherweise ermordet zu haben. Aber darauf konnte er im Moment keine Rücksicht nehmen. »Ich stelle Ihnen jetzt dieselbe Frage, die ich bereits gestern Ihrem Mann gestellt habe«, fuhr er fort, kramte sein Handy aus der dicken Daunenjacke und zeigte der Frau ein Foto von Sarah. »Kennen Sie dieses Mädchen?«

Augenblicklich schlug sie die Hände vor den Mund. »O Gott, das ist Sarah! Sie ist vor einigen Tagen spurlos verschwunden«, erwiderte sie mit schriller Stimme.

Bingo, dachte Sontheim. »Woher kennen Sie das Mädchen?«

»Sie ist eine Freundin von Laura, das ist die Babysitterin

unserer Kinder. Laura war im Dezember für ein paar Tage im Krankenhaus und konnte nicht auf die Zwillinge aufpassen. Da hat sie uns Sarah empfohlen, die beiden kennen sich von der Schule.«

»Ihr Mann hat behauptet, dem Mädchen noch nie begegnet zu sein. Können Sie das bestätigen?«, fragte Sontheim und steckte das Handy wieder in die Tasche.

Manuela König schüttelte leicht den Kopf. »Warum sollte er das sagen? Er hat ihr doch beide Male das Geld gegeben, als sie hier war.« Dann stutzte sie, die Augen weiteten sich. »Moment mal, was sollen diese Fragen? Hat … hat Christian …?«

» … etwas mit dem Verschwinden von Sarah zu tun?«, beendete Sontheim den Satz. Sie presste die Lippen aufeinander und nickte, offenbar den Tränen nah. »Ich will ehrlich zu Ihnen sein. Ich halte es für möglich«, bestätigte er. »Auf jeden Fall hat mich Ihr Mann in Bezug auf Sarah angelogen. Dafür muss er einen guten Grund gehabt haben. Hat sich Ihr Mann in letzter Zeit irgendwie auffällig verhalten?«

Manuela König dachte offenbar nach, schüttelte dann kaum merklich den Kopf.

»War er häufiger weg als sonst?«

»Schon, aber immer wegen der Arbeit oder weil er sich mit Freunden getroffen hat«, antwortete sie nach einem kurzen Moment. Ihre Unterlippe bebte leicht, als offensichtlich die Erkenntnis einsetzte, dass das möglicherweise nur vorgeschobene Gründe gewesen sein konnten.

»Sonst ist Ihnen wirklich gar nichts aufgefallen? Kein

fremder Lippenstift oder ähnliches?«, setzte er noch einmal an.

»Nein«, presste sie durch die Zähne. Der Tränenglanz in ihren Augen war nicht mehr zu übersehen, deshalb beließ er es dabei.

»Ich danke Ihnen, Frau König«, meinte er nur und verabschiedete sich.

Er spürte regelrecht, wie sich der Blick der jungen Mutter in seinen Rücken bohrte, als er ging. Vermutlich würde sie jetzt ihren Mann anrufen, aber das konnte ihm nur recht sein. Der Kerl sollte ruhig wissen, dass er ihm auf die Pelle rückte.

Diesmal fertigte Christian König ihn nicht an der Haustür ab. Der Werbeagenturchef war Sontheim regelrecht in die Arme gelaufen, als der gerade die Klingel des Geschäftshauses in der Kölner Innenstadt hatte drücken wollen. Der Familienvater hatte ihn in sein Büro geführt und ihm sogar einen Kaffee angeboten, der jetzt dampfend vor ihm auf dem Schreibtisch stand. Der Leiter der Werbeagentur *Adking* saß vor ihm, starrte vor sich hin. Es dauerte einen Moment, bis er Sontheim ansah.

»Ich war gerade auf dem Weg nach Hause in den Feierabend, als ich Sie über den Haufen gerannt habe. Ist Ihnen eigentlich klar, was Sie mit Ihrem Besuch und Ihren Andeutungen bei meiner Frau angerichtet haben?«, fragte er erbost.

»Das ist mir durchaus bewusst, aber Sie werden nachvollziehen können, dass die neue Informationslage Gesprächsbedarf erfordert hat. Sie haben mich in Bezug auf Sarah angelogen, und das macht Sie natürlich verdächtig, wie Sie verstehen werden«, antwortete Sontheim ungerührt. Er schlürfte an dem Kaffee und verbrannte sich dabei fast den Mund.

»Meine Güte, ja, ich kannte das Mädchen«, entgegnete König und hob beschwichtigend die Hände.

»Kannte?«, bohrte Sontheim nach. Er hob fragend die Augenbrauen. »Mir war nicht klar, dass Sarah bereits tot ist. Aber Sie scheinen offen…«

»Ach, halten Sie doch den Mund!«, unterbrach der Agenturchef ihn barsch, der Unterkiefer begann zu zittern. »Was auch immer mit ihr geschehen ist, ich habe nichts damit zu tun!«

Sontheim war überrascht, wie schnell sein Gegenüber die Fassung verloren hatte. Die Mimik des Mannes verriet ihm, dass eine Menge Emotionen im Spiel sein mussten, wenn er über die verschwundene Schülerin sprach. Eindeutig zu viele Emotionen! »Leugnen Sie immer noch, Sarah näher zu kennen?«, fragte er und sah sein Gegenüber durchdringend an.

König wandte verlegen den Kopf ab. Dann erhob sich der hochgewachsene, durchtrainierte Mittdreißiger plötzlich von seinem Stuhl, drehte Sontheim den Rücken zu und starrte hinaus aus dem Fenster. Die rechte Hand schob er in die Hosentasche.

»Sie war mehr als nur der Babysitter Ihrer Kinder, stimmt's?«, fragte Sontheim.

Ein Nicken.

»Seit wann ging das zwischen Ihnen?«

König schwieg einige Sekunden, atmete tief durch, dann drehte er sich bedächtig um. »Seit knapp zwei Monaten«, erwiderte er mit verkniffenem Gesichtsausdruck und stützte sich auf die Rückenlehne des Schreibtischstuhls. »Es ist einfach so passiert. Sie stand vor mir, mit ihrem wunderhübschen Gesicht. Als ich von der Arbeit nach Hause kam, zog sie sich gerade die Schuhe an. Es hat mich wie ein Blitz getroffen, als sie mich mit ihren blauen Augen angeschaut hat.«

»Überspringen wir den Teil einfach«, fiel Sontheim dem Mann ins Wort. Er hatte jetzt wahrlich nicht die Zeit, sich das Liebesgesäusel des zweifachen Familienvaters anzuhören, den offenbar der Hafer gestochen hatte. »Kurzum: Sie haben Sarah das Prepaidhandy gegeben und darüber die geheimen Treffen mit ihr vereinbart.«

Wieder folgte ein Nicken. »Das mit den verschlüsselten Botschaften war Sarahs Idee. Sie stand auf sowas. Aber es war mir nur recht. Manuela hätte mit diesen Nachrichten nichts anfangen können, wenn sie das Handy entdeckt hätte.« König nahm wieder hinter dem Schreibtisch Platz.

»Kommen wir noch mal auf den Abend des sechsundzwanzigsten Januar zu sprechen, den Tag von Sarahs Verschwinden. Bleiben Sie bei Ihrer Aussage, dass Sie zu Hause auf die Kinder aufgepasst haben und nicht zum Rather See gefahren sind?«

König schloss die Augen und massierte sich den Nacken. »Auch wenn Sie mir nicht glauben, ich habe das

Haus nicht verlassen, bis Manuela wieder heimgekommen ist. Ich habe beim besten Willen keine Erklärung dafür, von wem die letzte Botschaft mit den Koordinaten für den See stammt. Von mir jedenfalls nicht!«

»Die wurde aber eindeutig von Ihrem Handy gesendet. Ich habe die Nachricht auf Sarahs Handy doch mit eigenen Augen gesehen«, konterte Sontheim. Er beugte sich vor und taxierte den Werbefachmann. »Aber das lässt sich ja einfach überprüfen. Geben Sie mir einfach kurz das Handy, und ich überzeuge mich selbst. Sollten Sie die Nachricht gelöscht haben, hätte ich Mittel und Wege, das herauszufinden.«

Wieder vergingen einige Sekunden, plötzlich läutete das Telefon. König nahm ab und blaffte »Jetzt nicht!« in den Hörer, um dann sofort wieder aufzulegen. Offenbar kannte er den Anrufer oder die Anruferin. »Ich habe das Handy nicht mehr«, sagte er schließlich kleinlaut.

»Das wird ja immer besser«, polterte Sontheim los. »Ist Ihnen eigentlich klar, dass Sie das immer verdächtiger macht? Was haben Sie denn damit gemacht?«

König spielte verlegen am Band seiner Armbanduhr. »Ich hab's weggeschmissen«, gestand er schließlich. »Gestern, nachdem Sie weg waren. Ich bin mit dem Hund rausgegangen und habe das Teil irgendwo in einem Mülleimer verschwinden lassen. Die Müllabfuhr hat heute in unserem Wohnviertel die Tonnen gelernt.«

»Mit anderen Worten, Sie haben ein Beweisstück entsorgt. Das wirft auch kein gutes Licht auf Sie.«

»Ich war verzweifelt nach Ihrem Besuch, wusste nicht,

was ich tun soll! Da habe ich nur noch gedacht, dass ich das Ding loswerden muss.« König klang mittlerweile niedergeschlagen. »Hören Sie, Herr Sontheim, ich weiß, dass mich das alles verdächtig macht, aber ich habe Sarah geliebt. Ich würde ihr niemals etwas antun.«

»Die letzte Nachricht stammt eindeutig von Ihrem Handy. Nehmen wir mal an, ich glaube Ihnen, und Sie haben die SMS nicht an Sarah geschickt. Wer sonst hatte Zugang zu diesem Prepaidhandy?«

»Außer mir niemand. Das ist ja das Problem.«

»Könnte Ihre Frau es zufällig gefunden haben?«, ließ Sontheim nicht locker. Er dacht ernsthaft darüber nach, ob Königs Ehefrau Manuela die vermisste Schülerin mit einer fingierten Nachricht an den Rather See gelockt hatte. Vielleicht war es zu einer Auseinandersetzung zwischen den beiden Frauen gekommen, an deren Ende Sarah den Tod gefunden hatte. Er würde das Alibi von Frau König überprüfen müssen – war sie am Ende gar nicht mit einer Freundin essen gegangen? Gut möglich, dass sie bereits von dem Verhältnis ihres Mannes wusste und ihm vorhin nur etwas vorgespielt hatte. Wenngleich er ihr das durchaus abgenommen hatte. »Selbst wenn, sie kannte doch die Pin überhaupt nicht«, riss ihn der Werbefachmann aus den Gedanken.

»Neigt Ihre Frau zur Eifersucht?«, blieb Sontheim am Ball.

König saß stumm auf seinem Stuhl und runzelte die Stirn. »Sie glauben, Manuela hat … Nein, niemals! Außerdem war sie an dem Abend mit einer Freundin verabredet«, erwiderte der zweifache Familienvater kopfschüttelnd.

»Was noch zu überprüfen wäre. Der Restaurantbesuch könnte auch erfunden sein. Denken Sie noch mal nach, hat sich Ihre Frau seit Sarahs Verschwinden oder in den Tagen davor anders verhalten als sonst?«

»Das wird ja immer schöner! Erst verdächtigen Sie mich und jetzt meine Frau! Das ist Bullshit. Manu wäre niemals zu irgendeiner Gewalttat fähig. Und ich auch nicht.«

»Sie glauben gar nicht, wozu Menschen in einer Ausnahmesituation alles fähig sind«, erwiderte Sontheim kühl. »Unterm Strich bleibt es dabei, dass Sarah eine Nachricht von *Ihrem* Handy erhalten hat, mit der sie zum Rather See gelockt wurde, wo sich die Spur verliert. Da Sie es nicht gewesen sein wollen und Ihrer Frau das ebenfalls nicht zutrauen, muss es jemand aus Ihrem Umfeld gewesen sein, der Zugang zu dem Handy hatte. Klingt ein bisschen seltsam, wie Sie zugeben müssen. Es wird Sie sicherlich interessieren, dass ich mit der Polizei gesprochen habe. Man wird den See nach Sarahs Leiche absuchen, sobald das möglich ist«, holte Sontheim zum letzten Schlag aus.

König senkte den Kopf, erwiderte aber nichts. Just in diesem Moment klopfte es, und eine junge blonde Frau schaute herein.

»Sorry, wenn ich stör, Chris. Aber da sind zwei Typen von der Polizei, die dringend mit dir sprechen wollen«, sagte sie und verschwand gleich darauf wieder.

Sontheim konnte sich schon denken, was die Ermittler von Christian König wollten. Brenner hatte also Wort gehalten und die Kollegen der Fahndung über seine Ermittlungsergebnisse in Kenntnis gesetzt. Die Schlinge um Königs Hals zog sich zu. Trotzdem war er davon überzeugt, dass die ermittelnden Beamten nicht im Ansatz wussten, was er herausgefunden hatte. »Ich finde allein hinaus«, sagte er und überließ den kreidebleichen Leiter der Werbeagentur den Fragen der Polizei.

Auf dem Weg durch das Großraumbüro, das sich mehrere Angestellte der Werbeagentur teilten, traf Sontheim auf die beiden Ermittler der Kölner Mordkommission. Peter Stern, einer der Ermittler, saß lässig auf der Tischkante des Schreibtisches der Blondine, die kurz zuvor in Christian Königs Büro aufgetaucht war, um den Besuch der Polizisten anzukündigen. Stern klemmte sich gerade mit der rechten Hand ein paar lose Strähnen des streng nach hinten gekämmten mittellangen Haars hinters Ohr, als er ihn erblickte.

»Na, wieder mal im Flirtmodus unterwegs?«, schmetterte Sontheim dem Ermittler entgegen, als er an Stern vorbeimarschierte. Sie hatten vor etwas mehr als acht Jahren einige Monate bei der Mordkommission zusammengearbeitet, bevor Sontheim, damals Leiter der Abteilung, wegen seiner Alkoholprobleme suspendiert worden war. Stern war zweifelsohne gutaussehend, und schon damals war er ein Schürzenjäger gewesen, der jedem Rockzipfel hinterherjagte. Außerdem war der

Mann ein Hitzkopf. Kurz nachdem Peter Stern in seine Abteilung gewechselt war, hatte er eine Dienstaufsichtsbeschwerde am Hals gehabt. Sontheim hatte sich insgeheim immer gefragt, was den Mann dazu bewogen hatte, Polizist zu werden. Obwohl der Ermittler über einen wachen Verstand verfügte, war er nie durch besonderen Ehrgeiz aufgefallen. Ob sich das in der Zwischenzeit geändert hatte, wusste er allerdings nicht, wie er zugeben musste. Dank einer üppigen Erbschaft hätte sich Stern jedenfalls genauso gut auch schon in jungen Jahren als Privatier zur Ruhe setzen können. Stattdessen war der gebürtige Schwabe zur Polizei gegangen und irgendwann in Köln gestrandet.

Dem Oberkommissar gefror das Lächeln, als er ihn erkannte. Sein Kollege, den Sontheim nicht persönlich kannte, hielt mit der Befragung eines anderen Angestellten der Agentur kurz inne und blickte in seine Richtung.

»Funkst du uns mal wieder dazwischen, Lukas?«, rief Stern ihm hinterher und erhob sich von der Schreibtischkante. »Das hier ist was für richtige Polizisten«, schob er hinterher.

Sontheim stoppte abrupt und drehte sich zu dem Mann um, der jetzt breitbeinig keine zwei Meter von ihm entfernt stand, die Daumen lässig in die Hosentaschen eingehakt.

Imponiergehabe eines aufgeplusterten Gockels war sein erster Gedanke. Und tatsächlich warf Stern einen flüchtigen Blick zu der hübschen Blondine hinüber, die ihm allerdings keinerlei Beachtung schenkte. »Es geht dich zwar eigentlich nichts an, aber ohne mich wärt ihr überhaupt nicht hier. Schönen Tag noch«, erwiderte Sontheim lediglich, bevor er kopfschüttelnd aus dem Büro hinausspazierte. »Idiot«, murmelte er, als er auf den Bürgersteig trat und die Wagentür seines Mazdas öffnete.

26. Kapitel

13:35 Uhr

»Ich fass es nicht«, meinte Jürgen Brenner konsterniert, als er den Leichnam des unbekannten Toten betrachtete, abgelegt mitten auf einem Feld. Der Acker befand sich zwischen dem Belvedere Felderblick und dem Max-Planck-Institut für Pflanzenzüchtungsforschung im Stadtteil Ehrenfeld. In der Hosentasche des Verstorbenen hatte ein Mitarbeiter der SpuSi einen Zettel gefunden, auf dem die Worte *Es tut mir leid* gestanden hatten. Ein erstes sicheres Indiz dafür, dass der Bestrafer erneut zugeschlagen hatte. »Dieser durchgeknallte Irre legt ein Tempo vor ... Wie sollen wir da mithalten? Erst Borchert, und dann die Engelbrecht – und jetzt diese bedauernswerte Seele«, regte er sich auf.

»Ich tippe mal auf Vergiftung. Schierling, Fingerhut, irgendwas in der Art. Vor seinem Ableben kam es zu einer unkontrollierten Darmentleerung, wie man anhand der Hose des Mannes unschwer erkennen kann. Und bei den Flecken auf dem Pullover dürfte es sich um Erbrochenes handeln. Ich habe das zuvor schon ein paarmal gesehen. Mehr kann man dank der frostigen Temperaturen auch im Moment nicht sagen, da müssen wir auf Frau Doktor Fahrenhorsts Obduktionsergebnis warten. Aber vermutlich wird sie als Todesursache einen Herzinfarkt infolge einer Intoxikation feststellen«, erklärte der Fallanalytiker Weghorst, als er sich aus der Hocke erhob.

»Hm«, brummte Brenner. »Habe schon in den Akten über den Erfindungsreichtum des Bestrafers gelesen, wenn es um die verschiedenen Tötungsmethoden geht.«

»Hat dieser Scheißkerl also schon wieder zugeschlagen«, ertönte David Jerats Stimme aus dem Hintergrund.

Als sich Brenner umdrehte, hätte er fast losgeprustet. Das eins siebzig große Kraftpaket sah mit der dicken Parka und den Moonboots aus wie die Miniausgabe des Michelin-Männchens. Mit Mütze und Schal hatte er sein Gesicht weitgehend vermummt. Nur die Augen und die knallrote Nase, die leuchtete wie bei Rudolph, dem Rentier, waren zu sehen. Bezeichnenderweise zog Jerat ein Taschentuch aus der Hosentasche und schnäuzte sich lautstark, als er sich neben ihn stellte. »Kein Wunder, dass du dir was eingefangen hast, wenn du am Fundort einer Leiche bei zweistelligen Minusgraden mit Turnschuhen rumläufst. Dein heutiges Outfit nenn ich mal Kontrastprogramm«, stellte er lakonisch fest und deutete auf Jerats Schuhwerk.

»Sehr witzig, Jürgen«, ätzte der siebenunddreißigjährige Ermittler. »Klär mich lieber mal auf, womit wir's diesmal zu tun haben.«

Brenner fasste in kurzen Worten zusammen. »Nicht viel also, wie du siehst«, schloss er. Kaum hatte er zu Ende gesprochen, klingelte sein Smartphone. »Brenner«, meldete er sich. »Verdammte Scheiße, sagen Sie das noch mal«, knurrte er mit ernster Miene. »Verstehe, wir machen uns sofort auf den Weg.«

»Was ist los?«, fragten Jerat und Weghorst wie aus einem Munde.

»Wir müssen sofort los, zum Niehler Strand. Neuer Leichenfund. Und so, wie es aussieht, hat Laumann wieder zugeschlagen. Die Verletzungen bei dem weiblichen Opfer, die der Kollege gerade beschrieben hat, lassen jedenfalls keinen anderen Schluss zu«, erklärte Brenner.

»Scheiße!«, rief Weghorst.

Dem war nichts hinzuzufügen.

27. Kapitel

Sontheim gönnte sich gerade eine Pommes Schranke mit Currywurst, als ihn der ersehnte Anruf von Ali erreichte.

»Chapeau, Monsieur Poirot. Dein Gedächtnis hat dich nicht im Stich gelassen. Fragt sich nur, was dir diese Info jetzt bringt?«, meinte sein Kumpel zur Begrüßung.

»Um ehrlich zu sein, habe ich auch noch keine Ahnung. Aber ist schon ein merkwürdiger Zufall, dass Christoph Laumann und Lydia Weinert zur selben Zeit die gleiche Schule besucht haben, findest du nicht?«, erwiderte Sontheim und schob sich eine Fritte in den Mund.

»Auf den ersten Blick würde ich nicht widersprechen. Allerdings seh ich da keinen direkten Zusammenhang.«

»Dito«, murmelte Sontheim kauend. Trotzdem beschlich ihn zunehmend ein ungutes Gefühl, und auf seinen Instinkt konnte er sich immer schon verlassen. »Du Schwein, ich bring dich um, wenn du ihr auch nur ein Haar krümmst!«, rief er sich Laumanns Worte noch einmal in Erinnerung, die er dem falschen Anwalt vor seiner Flucht wutentbrannt entgegengeschmettert hatte. Welche Frau lag einem Unmenschen wie Laumann derart am Herzen, dass er dermaßen aus der Haut gefahren war? Seine Gedanken überschlugen sich regelrecht. Bestand auch nur die klitzekleinste Möglichkeit, dass die neue Information von Bedeutung war, wollte er sich nicht vorwerfen lassen, dem nicht auf den Grund gegangen zu sein.

»Hallo?«, holte ihn Ali zurück in die Realität.

»Bin noch dran. Hast du die ehemalige Adresse der Weinerts herausgefunden?«

»Lehmbacher Weg in Brück«, kam es wie aus der Pistole geschossen. Die Hausnummer lieferte Ali prompt nach.

»Danke für die Info«, erwiderte Sontheim, während er die Adresse auf eine Serviette kritzelte. »Bleib wachsam. Laumann ist immer noch irgendwo da draußen, und wir wissen nicht, was in seinem kranken Hirn vor sich geht.«

»Meine Schatten passen schon auf mich auf, kümmer du dich lieber um dich selbst. Immerhin hat Laumann dich schon mal überrumpelt und dich um ein Haar filetiert«, konterte Ali mit einer Spitze.

»Message angekommen. Bis dann«, sagte Sontheim. Er schob sich schnell noch zwei Stücke Currywurst in den Mund und spülte mit Cola nach. Den kargen Rest donnerte er in die Mülltonne, bevor er zu seinem Auto auf der gegenüberliegenden Straßenseite eilte. Ein erneutes Handyklingeln stoppte seinen Enthusiasmus gerade in dem Moment, als er den Motor anließ. Die Titelmelodie der Fernsehserie *Der Alte* kündigte einen eingehenden Anruf von Jürgen Brenner an.

»Was gibt's?«, meldete sich Sontheim.

»Laumann hat zugeschlagen. Der Scheißkerl ist aus dem Knast getürmt und hatte nichts anderes im Sinn, als sich ein Mädchen zu schnappen und es bestialisch zu Tode zu foltern. Und als ob das nicht schon schlimm genug wäre, gab es einen weiteren Leichenfund, den wir dem Bestrafer zuschreiben müssen.«

Sontheim brauchte einen Moment, um das zu verdauen – insbesondere die Nachricht zu Laumann. Er ließ sich in den Fahrersitz zurücksinken. »Fuck«, fluchte er schließlich. »Kein Zweifel daran, dass Laumann es wirklich war?«

»Junges Mädchen mit zugenähten Lippen und abgetrennten Augenlidern. Mehr Details?«, erwiderte Brenner zerknirscht.

»Nein, nicht nötig. Also hatte seine Flucht nur einen Zweck: wieder seinen kranken Machtfantasien nachzugehen.«

»So sieht's aus. Würde mich also nicht wundern, wenn er jetzt die Jagd auf dich und Ali wieder eröffnet. Das bedauernswerte Mädchen war mit Sicherheit erst der Anfang«, stöhnte Brenner. »Laumanns Flucht an sich ist schon eine Katastrophe. Dass er sofort wieder zugeschlagen hat, macht die Sache nicht besser. So schnell wurde mir noch nie neues Personal für die Aufstockung der Soko bewilligt. Zwei Serienkiller, die in einem Mordstempo vorgehen – schlimmer kann's eigentlich kaum kommen. Ich wollte, dass du das weißt, und weiterhin Augen und Ohren offen hältst.«

»Mach ich, versprochen. Sollte sich bei mir was ergeben, lass ich dich das wissen. Danke für deinen Anruf.«

Sontheim saß einen Moment einfach nur da und dachte nach. Bis zu diesem Telefonat war er absolut davon überzeugt gewesen, dass Laumann aus einem ganz anderen Grund geflohen war, als wieder Jagd auf junge Mädchen zu machen. Offenbar hatte er sich getäuscht. Wie hätte er auch ernsthaft glauben können, dass in dem Mann auch nur ein kleines Fünkchen Menschlichkeit übrig geblieben war? Trotzdem. Er würde an seinem Vorhaben festhalten und nach Brück fahren.

28. Kapitel

Um kurz vor halb drei saß Sontheim einen frisch aufgebrühten Kaffee schlürfend im Wohnzimmer von Adelheid Weiz. Den Platz auf dem Sofa teilte er sich mit diversen Sammlerpuppen. Die rüstige alte Dame mit den mausgrauen Haaren, die zu einem Dutt zusammengesteckt waren, hatte einen Teller mit Gebäck vor ihm auf den Tisch gestellt.

»Nur zu«, forderte sie ihn mir ihrer kratzigen Stimme auf und lächelte.

Adelheid Weiz hatte es sich in einem Ohrensessel links von ihm bequem gemacht, die Hände ruhten in ihrem Schoß. Sie musterte ihn aus wachsamen Augen, die hinter den übergroßen Brillengläsern fast klein wirkten.

»Dankeschön«, nuschelte Sontheim, der sich einen Keks in den Mund geschoben hatte. »Sie erwähnten eben, dass Sie schon seit vierzig Jahren in diesem Haus wohnen und Lydia sowie Katja Weinert von klein auf kannten.« Er hatte sich nach seiner Ankunft im Lehmbacher Weg in der umliegenden Nachbarschaft des ehemaligen Wohnhauses umgehört, in dem die Familie Weinert gewohnt hatte. Schon bei der fünften Adresse hatte er mit der alten Dame offenbar einen Glückstreffer gelandet. Nicht nur, dass sie ihn jetzt mit Kaffee und Gebäck versorgte, Adelheid Weiz schien auch darauf zu brennen, ihr Wissen mit ihm zu teilen. Oder sie war einfach nur froh, den Nachmittag mit unerwarteter Gesellschaft zu verbringen.

»Oh ja, gut gekannt habe ich die Familie. So nett und immer hilfsbereit war der Hubert, müssen Sie wissen. Aber auch die Brigitte war ein ganz feiner Mensch«, begann die alte Dame andächtig. »Und die beiden Mädels, hach, die hatte ich ins Herz geschlossen, als wären es meine eigenen Töchter gewesen«, fuhr sie schwärmend fort. »Wirklich tragisch, was der Familie damals widerfahren ist.« Sie schüttelte leicht den Kopf.

»Was genau ist denn eigentlich passiert?«, wollte Sontheim wissen, bevor er einen weiteren Keks im Mund verschwinden ließ. Er wusste, dass Katja Brandt, geborene Weinert, und ihre Schwester schon früh Vollwaisen geworden waren, kannte aber keine Einzelheiten.

»Der Krebs hat die Brigitte geholt. Brustkrebs, glaub ich.«

Wie bei Lydia, dachte Sontheim verbittert. »Die Mädchen waren noch im Teenageralter – schlimm, grad in dem Alter braucht's doch die Mutter.«

Sontheim nickte zustimmend.

»Und knapp zwei Jahre später stirbt der Hubert bei einem Arbeitsunfall. Da war die Lydia grad achtzehn, sonst wären die Mädchen wohl ins Heim gekommen.«

»Zu allem Überfluss wurde Lydia dann auch noch schwanger, und der Kindsvater ließ sie sitzen. Das ist wirklich ein hartes Schicksal«, stellte Sontheim fest, während er an dem köstlichen Kaffee nippte.

»Sie sagen es«, sagte sie nur und nestelte an dem spitzenbesetzten Ärmelbund ihrer Bluse. »Alle Pläne, die das Mädel hatte, waren für die Katz. Aber was das Kind angeht, …« Sie zögerte und blickte stirnrunzelnd, fast schon unsicher ins Leere.

»Ja?«, fragte Sontheim mit hochgezogenen Augenbrauen.

»Ich bin kein altes Tratschweib, nur dass Sie das wissen. Aber es war in der Siedlung ein offenes Geheimnis, dass das Kind nicht von Lydia war, sondern von Katja.«

Er hatte mit vielem gerechnet, damit allerdings nicht. Ungläubig starrte er Adelheid Weiz an. »Sarah ist was?«, hakte er nach.

»Sie haben schon richtig gehört, Herr Sontheim. Wir haben doch Augen im Kopf. Katjas Bauch wurde immer rundlicher, das konnte sie auch mit den weiten Klamotten nicht kaschieren. Außerdem bin ich selbst Mutter. Da sieht man so was.«

»Aber das muss doch jemandem aufgefallen sein. Immerhin war Katja zu diesem Zeitpunkt Schülerin«, äußerte Sontheim seine Skepsis.

Die alte Dame stutzte für einen kurzen Moment, dachte offenbar über seine Worte nach. »Wenn ich mich recht erinnre, waren da Sommerferien. Und bis zur Geburt war die Kati zu Hause – keine Ahnung, wie sie das angestellt haben. Aber so war's. Meine grauen Zellen arbeiten noch auf Hochtouren, auch wenn ich schon dreiundachtzig bin.« Sie lächelte stolz und tippte sich mit dem Zeigefinger an die Schläfe.

Sontheim dachte nach. Auch wenn er die Zusammenhänge noch nicht verstand, ergab die Geschichte tatsächlich Sinn. Schon als Katja Brandt vor wenigen Tage in seinem Büro aufgetaucht war und ihm Sarahs Foto gezeigt hatte, war ihm die große Ähnlichkeit zwischen den beiden Frauen aufgefallen. Er hatte es mit dem engen Verwandtschaftsgrad in Verbindung gebracht – Tante und Nichte.

»Und Lydia hat das Kind dann als ihr eigenes ausgegeben, wie war das möglich?«

»Hausgeburt. Ich denke, die Andrea Frings hat den Mädchen geholfen. Eine Hebamme und zufällig gute Freundin der verstorbenen Mutter. Sie hat die Mädels bestimmt dabei unterstützt, die Sache zu vertuschen und so zu tun, als ob Lydia das Kind bekommen hat. War wahrscheinlich auch besser so für das arme Ding. Ich meine, die Kati war ja selbst noch ein halbes Kind. Und wenn das rausgekommen wäre, wer weiß, ob das Jugendamt der Lydia nicht auch noch die Kati weggenommen hätte.«

Mit dieser Vermutung lag die Frau wahrscheinlich noch nicht einmal falsch, dachte Sontheim. Die Geschichte wurde immer seltsamer. »Haben Sie die beiden einmal darauf angesprochen?«, wollte er wissen.

»Na ja, es ging mich ja nichts an. Die Mädchen hatten doch schon genug durchgemacht. Wenn sie das für die beste Lösung hielten, war es doch in Ordnung. Oder finden Sie nicht?« Sontheim nickte. »Klar gab es Leute, die hinter vorgehaltener Hand getuschelt haben. Das war sicherlich auch der Grund, warum Lydia wenige Monate nach der Geburt des Babys das Elternhaus verkauft hat und mit Katja weggezogen ist. Ich fand es schade, aber ich konnte es verstehen. Sie wollten einen Neuanfang. Und jetzt hat das Schicksal ihnen schon wieder so schwer mitgespielt. Ich kann es gar nicht glauben«, sagte die rüstige Rentnerin und seufzte.

Die Gedanken in seinem Kopf ratterten wie ein Güterzug auf den Gleisen. Er verknüpfte die neuen Informationen mit den Eckpunkten seiner Theorie und musste feststellen, dass sich zunehmend ein absurdes Bild abzeichnete.

»Kennen Sie eigentlich die Familie Laumann, die hier in der Nähe gewohnt hat?«

Kaum hatte er die Frage gestellt, verzog Adelheid Weiz eine Miene, als hätte sie in eine Zitrone gebissen. Sie setzte gerade zu einer Antwort an, als ein pechschwarzes Fellknäuel wie ein Blitz durch die Tür stürmte und auf ihren Schoß sprang.

»Lucky, da bist du ja. Willst du unserem Besucher nicht begrüßen?«, sagte sie und streichelte dem Kater über den Kopf.

Lucky schaute zu ihm herüber, als ob er die alte Frau verstanden hatte, rollte sich dann aber zusammen und machte es sich auf deren Schoß bequem. Sontheim hätte nicht vermutet, dass Adelheid Weiz eine Katzenliebhaberin war. Nichts hatte darauf hingedeutet, als er das Wohnzimmer betreten hatte. Er selbst mochte Hunde mehr als Katzen. Damals hatten Nina und er sogar schon einen Golden-Retriever-Welpen ins Auge gefasst, den sie Linda schenken wollten. Damals … kurz bevor die beiden getötet worden waren.

»Geht es Ihnen gut, Herr Sontheim?«, holte ihn die Stimme der Alten wieder ins Hier und Jetzt zurück.

»Ja, danke. Alles okay«, sagte er kurz angebunden und beugte sich nach vorn. »Sie wollten sich gerade zu Familie Laumann äußern, bevor Lucky hineingestürmt ist«, fuhr er fort und lächelte.

»Pack war das. Allesamt. Und die Söhne, Jesses, was gibt es da noch zu sagen? Mörder sind das! Abartige Mörder«, spie sie die Wörter regelrecht aus. Die Katze reckte den Kopf und schaute ihre Besitzerin an, als hätte sie jedes Wort verstanden.

»Persönlichen Kontakt hatten Sie aber nicht?«, bohrte er weiter.

»Nicht zu den Eltern oder dem älteren Sohn, diesem … ach, wie hieß er doch gleich?«

»Georg«, antwortete Sontheim.

»Richtig. Aber der jüngere Bruder, dieser Christian …«

»Christoph«, korrigierte er die alte Dame.

»Wie auch immer. Er war öfter bei den Weinerts zu Hause. Ich habe früher hin und wieder auf die kleine Kati aufgepasst. Da habe ich das Bürschchen ab und zu gesehen.«

Bingo, dachte Sontheim und trank seine Tasse aus. Seit er wusste, dass Lydia Weinert und Christoph Laumann zur selben Zeit die Käthe-Kollwitz-Realschule besucht hatten und damals fast Nachbarn gewesen waren, beschlich ihn das ungute Gefühl, dass eine Verbindung zwischen dem entflohenen Strafgefangenen und den Weinerts bestand. Er wusste zwar immer noch nicht, ob er sich da auf dem Holzweg befand, aber der Besuch bei der alten Dame hatte wichtige neue Erkenntnisse erbracht. Er wäre im Leben nicht darauf gekommen, dass Katja Brandt, die sich ihm als Tante der verschwundenen Schülerin vorgestellt hatte, offenbar in Wahrheit die Mutter des Mädchens war. Sofern ihm die Weiz keine Räuberpistole aufgetischt hatte, was er nicht glaubte. »Ich denke, ich habe jetzt Ihre Zeit lange genug in Anspruch genommen, Frau Weiz. Danke für den äußerst leckeren Kaffee und natürlich für die Plätzchen.« Er erhob sich vom Sofa und schlüpfte in seine Jacke.

»Sie wollen schon wieder gehen? Ich mach Ihnen gern noch einen Kaffee.« Adelheid Weiz machte tatsächlich ein enttäuschtes Gesicht.

»Danke, einer genügt. Ich sagte Ihnen ja bereits, dass ich versuche, die vermisste Sarah Weinert zu finden. Und Sie haben mir wirklich sehr geholfen«, wehrte er freundlich ab. »Deshalb muss ich jetzt wieder weiter, um noch ein paar andere Fragen zu klären.«

Das war alles andere als gelogen. Er brauchte jetzt dringend ein paar Antworten. Und die würde er vermutlich in Buchheim erhalten. Wenn Lydia Weinert wirklich die Mutter von Sarah war, würde sie die einzige Person sein, die Licht ins Dunkel bringen konnte.

29. Kapitel

Mit einem mulmigen Gefühl drückte Sontheim auf den Klingelknopf. Es dauerte einen Moment, bis geöffnet wurde. Er stapfte die Stufen in den zweiten Stock hinauf und wurde an der Wohnungstür von einer resolut dreinschauenden Frau erwartet, die er auf Ende vierzig schätzte. Das braun-rötlich schimmernde Haar war ungewöhnlich kurz geschnitten.

»Ja?«, fragte sie mit fester Stimme.

»Mein Name ist Lukas Sontheim, Privatermittler. Frau Brandt, die Schwester von Frau Weinert, hat mich beauftragt, Sarah zu finden«, stellte er sich vor.

»Der Privatdetektiv«, wiederholte sie mit osteuropäischem Akzent in der Stimme. »Anna Nowak, ich bin die Pflegerin von Frau Weinert.«

»Wäre es möglich mit Frau Weinert zu sprechen? Ich bleibe auch nicht lange«, versprach er.

»Sie haben Glück, Lydia hat heute einen guten Tag. Trotzdem muss ich erst fragen, ob sie in der Lage ist, mit Ihnen zu sprechen«, erklärte sie und schloss nach seinem Nicken die Tür. Nach nicht mal einer Minute ließ Anna ihn eintreten und führte ihn ins Wohnzimmer.

Lydia Weinert lag in einem Pflegebett in der Nähe des Fensters, das Oberteil des Bettes war aufgerichtet. Sie hatte die Augen, die von dunklen Schatten umgeben waren, geschlossen. Um den Kopf hatte sie ein farbenprächtiges Tuch gebunden. Sarahs Mutter wirkte ausgemergelt – das Gesicht war blass, die Augen lagen tief in ihren Höhlen. Neben dem Bett stand ein Infusionsständer, der daran angebrachte Beutel war aber nicht angeschlossen. Noch bevor Anna oder Sontheim etwas sagen konnten, schlug sie die Augen auf.

»Herr Sontheim, haben Sie Sarah gefunden?«, fragte sie mit zarter Stimme und hoffnungsvollem Blick. Sie griff nach dem Haltegriff, der über ihr an einer Stange baumelte, und richtete sich auf, während Anna mit einem Stuhl an das Bett herantrat und dem Gast bedeutete, sich zu setzen.

»Leider nein, ich bin aus einem anderen Grund hier«, antwortete er, fast zeitgleich ließ die Frau den Triangelgriff wieder los und sank auf die Matratze zurück. Es brach ihm fast das Herz, dass er ihr keine bessere Nachricht überbringen konnte. Als er an den weiteren Verlauf des Gesprächs dachte, bildete sich ein Kloß in seinem Hals.

»Danke, Anna«, sagte Lydia Weinert. Erst als die Pflegerin den Raum verlassen hatte, sprach sie weiter. »Sie ist eine Seele von Mensch. Meine Schwester hatte ein glückliches Händchen, als sie die Agentur für meine Rund-um-die-Uhr-Betreuung ausgewählt hat. Was führt Sie zu mir?«

»Es ist schön, dass Sie in guten Händen sind«, begann Sontheim. »Ich werde Sie auch nicht lange behelligen, Frau Weinert. Deshalb möchte ich auch gar nicht um den heißen Brei herumreden, obwohl ich nicht so recht weiß, wie ich anfangen soll.«

»Raus mit der Sprache, keine falsche Scham. Wenn ich eins nicht mehr habe, dann Zeit«, erwiderte die todkranke Frau mit einem angedeuteten Lächeln, was Sontheim verlegen machte.

»Ich versuche nach wie vor alles erdenklich Mögliche, um Sarah zu finden, und verfolge mehrere Spuren. Allerdings bin ich auf gewisse Ungereimtheiten gestoßen, die mich direkt zu Ihnen geführt haben. Also: Stimmt es, dass Sarah gar nicht Ihre Tochter ist, sondern das Kind Ihrer Schwester?«

Der Gesichtsausdruck der Frau just in dem Moment, nachdem er die Worte ausgesprochen hatte, sprach Bände. Lydia Weinert schwieg einige Sekunden, sie atmete schwer. Sontheim rutschte nervös auf dem Stuhl hin und her.

»Ich weiß zwar nicht, was das damit zu tun haben soll, dass Sarah spurlos verschwunden ist, aber ja, es stimmt. Woher wissen Sie es?«, fragte sie schließlich.

»Ihre ehemalige Nachbarin, Adelheid Weiz, hat so etwas angedeutet.«

»Die gute alte Tante Heidi. Sie lebt also noch? Das ist schön. Wer hätte gedacht, dass sie mich überlebt«, sagte Lydia Weinert ohne Spur des Bedauerns. Wieder zeigte sie ein angedeutetes Lächeln. »Aber wie schon erwähnt, ich verstehe nicht, wie das mit Sarahs Verschwinden zusammenhängt.«

»Ich weiß nicht, ob es da wirklich einen Zusammenhang gibt. Das hängt möglicherweise ganz von Ihrer Antwort auf meine nächste Frage ab«, fuhr er fort, was sie mit einem Stirnrunzeln quittierte. »Wer ist Sarahs Vater?«

Kaum, dass er die Frage gestellt hatte, verfinsterte sich der Gesichtsausdruck der Frau. Sie wandte den Blick ab und schaute hinaus aus dem Fenster.

»Ich wollte Ihnen nicht zu nahe treten«, tastete er sich langsam vor. »Aber je tiefer ich in das Leben Ihrer Tochter eintauche«, er vermied es bewusst, in diesem Zusammenhang von ›Nichte‹ zu sprechen, »desto mehr Ungereimtheiten ergeben sich.«

Sie schaute ihn fassungslos an, schüttelte dann den Kopf. »Ich wusste, es würde mich irgendwann einmal einholen.«

Von der Seite konnte er sehen, dass Tränen in Rinnsalen über die bleichen Wangen der todkranken Frau flossen. Doch auch wenn Sontheim das schlechte Gewissen plagte – er musste sich Klarheit darüber verschaffen, was hinter dem Familiengeheimnis der Weinert-Schwestern steckte. Es vergingen mehr als zwei Minuten, in denen er einfach nur dasaß und wartete. Es kam ihm wie eine Ewigkeit vor. Dann wischte sich die Frau mit dem Ärmel ihres Nachthemds die Tränen weg und wandte sich ihm wieder zu.

»Sie müssen mir versprechen, dass Sarah niemals die Wahrheit erfährt, sollten Sie sie finden«, sagte Lydia Weinert mit verzweifeltem Gesichtsausdruck.

Er nickte, auch wenn er nicht wusste, ob er dem Wunsch der Frau würde Folge leisten können. Sie schloss die Augen, atmete noch einmal tief durch und presste dann den Namen »Christoph Laumann« durch die schmalen Lippen. Die Antwort überraschte ihn keineswegs. Insgeheim hatte er es schon geahnt, als er das Haus von Adelheid Weiz verlassen hatte. »Hat er Katja vergewaltigt?«

»Nein, nein«, antwortete sie schnell. »So war es nicht, auch wenn man das sicherlich denken könnte, wenn man weiß, was für ein Monster in ihm steckt. Aber er war ja nicht immer so.« Sie seufzte. »Früher war Christoph ein charmanter junger Mann, der aus schwierigen Familienverhältnissen stammt. Jeder in der Clique wusste das. Wir kannten uns ja bereits seit der Schulzeit. An dem Abend, als es passierte, habe ich Katja zu einer Party mitgenommen. Ich konnte ja nicht ahnen, dass die beiden …, obwohl ich wusste, dass Kati ihn ganz süß fand. Ich habe das nicht mal mitbekommen, weil ich …«, sie stockte, »… weil ich betrunken war. Mein Freund hatte sich damals gerade erst von mir getrennt, und dann ist er auch noch mit seiner neuen Flamme auf der Party aufgetaucht.« Mit jedem Wort, das sie sprach, klang ihre Stimme matter. Die Unterhaltung verlangte ihr offensichtlich viel ab.

»Ich verstehe. Was passiert ist, war nicht Ihre Schuld«, sagte Sontheim einfühlsam.

»Natürlich war es meine Schuld, Kati war erst fünfzehn, noch ein unreifes Kind!«, erwiderte sie resignierend. »Ich bin aus allen Wolken gefallen, als sie mir ein paar Wochen später erzählt hat, dass sie schwanger ist. Und dann ist auch noch unser Vater bei einem Arbeitsunfall ums Leben gekommen.« Wieder rannen Tränen.

»Eine Abtreibung kam Ihnen nicht in den Sinn?« Es klang vorwurfsvoller, als er beabsichtigt hatte.

»Dafür war es zu spät. Kati war bereits Ende des vierten Monats, als sie mir davon erzählt hat. Ich habe die Welt nicht mehr verstanden, gesehen hatte man noch nichts.«

Sontheim sparte sich einen weiteren Kommentar. Warum zum Teufel hatte das Mädchen so lang gewartet, bevor es sich ihrer Schwester anvertraut hatte? »Haben Sie damals einen Arzt konsultiert?«

Sie schüttelte den Kopf. »Eine Freundin meiner verstorbenen Mutter war Hebamme. Wir haben sie damals eingeweiht und bekniet, niemandem davon zu erzählen.«

»Weil Sie sich als Mutter des Kindes ausgeben wollten, nehme ich an?«

»Richtig. Ich weiß selbst, wie dämlich das im Nachhinein war, Kati wäre ja nicht die erste Teenie-Mutter gewesen.« Sie legte eine kurze Sprechpause ein. »Aber sie hat das Kind nicht haben wollen, zumal Christoph nach dem Sex nichts mehr von ihr wissen wollte. Selbst nachdem sie entbunden hatte, waren da keine Muttergefühle bei ihr, auch wenn sie die Kleine auf ihre Weise geliebt hat. So konnte Kati wenigstens ihr Leben halbwegs unbeschwert weiterführen. Sie hat ihr Abi gemacht, studiert, sich all ihre Träume erfüllt. Trotzdem war sie Sarah immer nah.«

»Sie wussten von dem Gerede in der Nachbarschaft?«, hakte Sontheim nach.

Sie nickte. »Wir waren ganz schön naiv, was?«, fragte sie und legte den Kopf schief.

»Mag sein. Aber Sie haben versucht, das Richtige zu tun.« Lydia Weinert gähnte ausgiebig. Sein Besuch schien anstrengender, als sie zugab, dachte Sontheim. »Nur noch zwei Fragen, dann sind Sie mich auch wieder los.« Sie bedeutete ihm, fortzufahren. »Haben Sie Laumann erzählt, dass er eine Tochter hat?«

Die Antwort kam schnell. »Das habe ich, auch wenn Sie das sicherlich nicht verstehen werden. Vor etwa einem halben Jahr habe ich ihn im Gefängnis besucht und ihm von Sarah erzählt. Ich wollte dieses Geheimnis nicht mit ins Grab nehmen – auch wenn ich wusste, dass Kati mich dafür hassen wird, wenn sie es erfährt. Christoph ist zweifelsohne ein Unmensch. Aber ich habe mich immer gefragt, ob es möglicherweise ein Fehler gewesen war, ihm nie erzählt zu haben, dass er Vater ist. Vielleicht wäre sein Leben ganz anders verlaufen, wenn wir zu dieser Zeit nicht geschwiegen hätten.« Eine gewagte These, dachte Sontheim, behielt es aber für sich. »Allerdings war sein Umgang damals schon nicht der beste, und wie Sie nun wissen, hat er sich nicht die Bohne für Kati interessiert, nachdem er mit ihr geschlafen hatte.«

Sontheim hatte berechtigte Zweifel daran, dass Laumanns Lebensweg anders verlaufen wäre, wenn die Weinert-Schwestern ihm von dem Baby erzählt hätten. Er behielt den Gedanken aber für sich.

»Christoph hat mir natürlich kein Wort geglaubt. Dennoch habe ich ein paar Tage später einen Brief von ihm erhalten, und wir stehen seitdem in Kontakt.«

Sontheim wurde hellhörig. »Hat er Ihnen zufällig in den letzten Tagen eine Nachricht zukommen lassen?«, wollte er wissen.

»Nein.«

Es wäre auch zu einfach gewesen, wenn Laumann ihr von dem Inhalt des Gesprächs mit dem Unbekannten im Gefängnis berichtet hätte. Sontheim dachte nach. »Haben Sie sonst irgendjemandem erzählt, wer Sarahs Vater ist?«

»Definitiv nicht.«

Dann musste Laumanns unbekannter Besucher auf anderem Weg von dem Geheimnis erfahren haben, überlegte er. Er war felsenfest davon überzeugt, dass es bei dem Gespräch im Gefängnis um Sarah gegangen war. Spontan fiel ihm da die Hebamme ein. Oder Laumann hatte sich im Knast einer Person anvertraut, was er sich bei einem harten Knochen wie Christoph Laumann aber kaum vorstellen konnte. Dennoch war Sontheim davon überzeugt, dass Sarahs mutmaßliche Entführung in direktem Zusammenhang mit dem rätselhaften Besucher im Gefängnis und Laumanns späterer Flucht stand. Allerdings ergab es dann überhaupt keinen Sinn, dass der Kerl sich unmittelbar nach seinem Ausbruch wieder ein neues Opfer geschnappt hatte.

Auch wenn jede neue Information weitere Fragen aufwarf, war der Ermittler mehr denn je überzeugt, auf der richtigen Spur zu sein. Und wenn er nicht völlig übergeschnappt war, steckte hinter alldem einer: der Bestrafer.

30. Kapitel

Brenner hatte nach der letzten Zeugenbefragung auf einem Abstecher zum rechtsmedizinischen Institut in der Kölner Uniklinik bestanden. Nicht dass er scharf darauf gewesen wäre, einer Obduktion beizuwohnen, auch wenn das zu den Routineaufgaben eines Polizisten gehörte. Aber er wollte unbedingt persönlich von Doktor Fahrenhorst vorab ein paar Infos zu den beiden heutigen Leichenfunden in Erfahrung bringen und nicht erst auf den schriftlichen Bericht warten. Jede Minute zählte, denn die Zeit war nicht gerade ihr größter Verbündeter, bedachte man das Tempo, das der Serienmörder bei seinen Taten vorlegte.

»Na, Sie haben mir gerade noch zu meinem Glück gefehlt«, sagte Jenny Fahrenhorst, die quirlige blonde Rechtsmedizinerin, als Brenner mit Weghorst im Schlepptau den Sektionssaal betrat. Sie stand vor dem modernen Edelstahltisch, auf dem die Leiche der ermordeten Frau vom Niehler-Strand lag, und gab ihrem Assistenten einige Anweisungen. Der Tisch verfügte über eine Luftabsaugung, die gesundheitsschädliche Gerüche absaugte und den Gestank in dem klimatisierten, gekachelten Raum halbwegs erträglich machte. »Aber genau genommen, kommen Sie wie gerufen, meine Herren«, fuhr die Rechtsmedizinerin fort und schob den Mundschutz unters Kinn, wodurch das Nasenpiercing, ein kleiner, bläulich schimmernder Stein, sichtbar wurde.

»Ah ja?«, fragte Brenner verwundert, als er und der Kollege sich dem Tisch näherten.

An dem zweiten Seziertisch direkt daneben waren zwei weitere Assistenten damit beschäftigt, den Leichnam des Anlageberaters Gernot Seifert auf eine fahrbare Trage umzubetten, um ihn in die Kühlkammer zu bringen. Die sterblichen Überreste des Mannes waren am Vormittag auf dem Acker in Ehrenfeld gefunden worden, die Identität hatte die Soko kurz nach Auffinden des Toten klären können. Der Mann stand in Verdacht, an einem breiten Anlagebetrug beteiligt gewesen zu sein, bei dem Kleinanlegern über ein Schneeballsystem das Geld aus der Tasche gezogen worden war. Die Staatsanwaltschaft hatte bereits die Ermittlungen eingeleitet. Wieder einmal schien der Bestrafer einen besonders guten Riecher für illegale Machenschaften gehabt zu haben, in die das Opfer verwickelt gewesen war. Der Gesuchte schien ihnen immer mindestens zwei Schritte voraus zu sein.

»Hab Sie schon erwartet«, antwortete die Frau und warf ihm ein strahlendes Zahnpastalächeln zu. »Kollege Weghorst hatte recht, was die Todesursache unseres Kandidaten dort hinter mir angeht.« Sie deutete mit ausgestrecktem Daumen über ihre Schulter. »Zum Glück war der gute Mann noch nicht steif gefroren, sonst hätten wir ihn erst mal auftauen müssen und die Obduktion wäre noch gar nicht möglich gewesen. Jedenfalls ist er eindeutig an einem Herzinfarkt gestorben, ausgelöst durch eine uns noch unbekannte Substanz. Da müssen wir den

Tox-Bericht abwarten. Der arme Kerl hat sich vor seinem Ableben jedenfalls die Seele aus dem Leib gekotzt, wie die Obduktion eindeutig ergeben hat. Weitere Details entnehmen Sie dann bitte dem Bericht. Viel interessanter ist allerdings, was ich Ihnen über die junge Frau zu erzählen habe.«

Brenner verlagerte das Gewicht vom rechten auf den linken Fuß. Weghorst stand völlig bewegungslos neben ihm und hörte aufmerksam zu, als sie fortfuhr:

»Was auch immer hier vor sich geht, aber die Frau auf meinem Tisch wurde definitiv nicht innerhalb der letzten vierundzwanzig Stunden umgebracht. Demnach kann Christoph Laumann auch nicht ihr Mörder gewesen sein«, ließ sie die Bombe platzen.

Brenner glaubte, sich verhört zu haben. Weghorst und er glotzten die Medizinerin an, beiden stand der Mund offen.

»Die Tote heißt Nicole Breuer, dreiundzwanzig Jahre alt. Sie ist bereits vergangenen Montag verstorben – Lungenembolie, aufgrund einer Venenthrombose nach einem Langstreckenflug. Äußerst ungewöhnlich und tragisch bei einem so jungen Menschen, kommt aber vor. Der Leichnam wurde letzten Donnerstag aus der Kühlkammer eines Kölner Bestatters gestohlen, was er natürlich zur Anzeige gebracht hat. Sie verdanken diese Information übrigens meinem äußerst aufmerksamen Assistenten, der sich glücklicherweise an den Bericht in der Presse erinnern konnte, als er das Gesicht der Frau gesehen hat.«

»Dann wurden der Frau die Verletzungen also post mortem zugefügt, und wer immer dafür verantwortlich war, wollte es Laumann in die Schuhe schieben«, stellte Brenner fest, der seine Sprache wieder gefunden hatte. »Wozu das Ganze?«

»Gute Frage, auf die Sie früher oder später sicherlich eine Antwort finden werden«, erwiderte Doktor Fahrenhorst aufmunternd.

»Heißt im Klartext, dass wir nicht nur zwei Serienmörder suchen, sondern auch noch einen Psychopathen, der Leichen klaut und schändet. Na wunderbar.« Brenner seufzte theatralisch.

Weghorst stand einfach nur da, Daumen und Zeigefinger ans Kinn gelegt. Man konnte förmlich spüren, wie sein Verstand ratterte. »Geht es nur mir so, oder stinkt die Geschichte hier bis zum Himmel?«, sagte er schließlich. Zwei Augenpaare richteten sich auf ihn. Auch Jenny Fahrenhorsts Assistent unterbrach seine Arbeit und schaute neugierig zu ihnen herüber. »Die Leiche der jungen Frau wurde letzten Donnerstag entwendet, wie wir gerade erfahren haben. Nicht mal vierundzwanzig Stunden nach Laumanns Flucht taucht der Leichnam plötzlich wieder auf und weist dieselben Verstümmelungen auf, die Laumann seinen früheren Opfern zugeführt hat. Woher zum Teufel sollte derjenige oder sollten diejenigen, die für diese makabere Inszenierung verantwortlich waren, schon am Donnerstag gewusst haben, dass Laumann aus dem Gefängnis flüchtet, um es dann so aussehen zu lassen, als ob er sofort wieder zugeschlagen hätte? Das ergibt überhaupt keinen Sinn!«

»Da ist was dran«, stimmte die Rechtsmedizinerin dem Fallanalytiker zu. Der Assistent machte sich währenddessen wieder an die Arbeit. »Das Risiko, eine Leiche zu stehlen, geht man nur dann ein, wenn man auch etwas Bestimmtes damit plant. Schließlich kommt noch der Umstand hinzu, dass Nicole Breuers Körper zwischengelagert worden sein muss. Vermutlich in einer Gefriertruhe oder etwas ähnlichem, denn ich konnte bei der äußeren Leichenschau auf Anhieb keine Anzeichen für eine fortgeschrittene Verwesung erkennen.«

»Es sei denn, die Leiche lag schon seit ein paar Tagen dort auf dem Acker. Dann wäre sie auch im wahrsten Sinne des Wortes auf Eis gelegt worden, angesichts der Temperaturen, die wir seit Wochen haben. Vielleicht haben wir es ja mit einem Laumann-Fan zu tun, der sich noch nicht ans lebende Objekt traut, und es ist ein mehr als unglücklicher Zufall, dass Laumanns Flucht mehr oder weniger in denselben Zeitraum fiel«, konstatierte Brenner, während er nervös die Enden seines Schnauzbartes zwirbelte.

»Könnte natürlich sein. Dann sollten wir schleunigst herausfinden, wie lange Nicole Breuers sterbliche Überreste dort tatsächlich schon gelegen haben.« Weghorst schürzte die Lippen.

»Nur raus damit, was geht Ihnen gerade durch den Kopf?«, wollte Brenner wissen, als er den BKA-Mann musterte.

»Es mag abwegig klingen, aber vielleicht handelt es sich auch um ein Ablenkungsmanöver vom Bestrafer.«

Der Leiter der Mordkommission stutzte einen Moment. »Gewagte These, Herr Kollege«, hielt er dagegen. »Welches Interesse sollte der Killer daran haben?«

Weghorst zuckte mit den Schultern. »Wer weiß schon, was in dessen krankem Hirn vor sich geht?«

»Wie auch immer, meine Herren«, ergriff Jenny Fahrenhorst wieder das Wort und klatschte in die Hände. »Sie wissen nun, was es mit dem Leichnam der jungen Frau auf sich hat. Was Sie jetzt daraus machen, ist Ihre Sache.«

31. Kapitel

War es wirklich vorstellbar, dass Lydia Weinert mit ihrem Besuch bei Laumann dessen menschliche Seite zum Vorschein gebracht hatte? Sontheim erinnerte sich, wie stark die Verbindung des Killers zu dessen Bruder Georg war, der ebenfalls gemordet und sich im Gefängnis das Leben genommen hatte. Konnte die Nachricht, dass Laumann eine Tochter hatte, so etwas wie ein Gefühl bei dem Mann ausgelöst haben? Die Informationen, die Sontheim mittlerweile vorlagen, ergaben urplötzlich auf eine beängstigende Art und Weise Sinn. Laumanns Worte beim Besuch des falschen Anwalts ergaben nun einen Sinn. War es ein Foto von Sarah gewesen, welches der Bestrafer ihm gezeigt hatte und das dazu dienen sollte, Laumann zu einem waghalsigen Gefängnisausbruch zu bewegen? Ihm kam ein kruder Gedanke: was, wenn der Bestrafer sich in den Kopf gesetzt hatte, Laumann zum Selbstmord zu zwingen? Falls dem so war: Warum betrieb der Typ dann einen derartigen Aufwand? Wenn es sich so abgespielt haben sollte, dann müsste Laumann längst in den Fängen des Bestrafers sein. All das klang irgendwie logisch, wenn da nicht die Leiche der jungen Frau gewesen wäre, von der Brenner vorhin gesprochen hatte. Der zugenähte Mund, die entfernten Augenlider – eindeutig Laumanns Handschrift. Doch auch wenn Sontheim mehr und mehr Gefallen an der neuen Theorie fand, gab es weiterhin Ungereimtheiten, die es zunächst zu klären galt.

Das Navi zeigte noch knapp fünf Minuten Fahrtzeit zu dem Restaurant an, in dem Manuela König, die Ehefrau des Mannes, mit dem Sarah eine Affäre hatte, angeblich zum Zeitpunkt des Verschwindens der Schülerin gewesen war. Er musste unbedingt ihr Alibi überprüfen, um die Frau endgültig von der Liste der Verdächtigen streichen zu können. Darüber hinaus wollte er noch ein paar andere Dinge checken. »Ali anrufen«, sagte er laut, und dank Sprachsteuerung des Handys ertönte schon Sekunden später das Freizeichen über die Freisprecheinrichtung.

»Was gibt's?«

»Ich habe interessante Neuigkeiten, die dich vermutlich genauso vom Hocker hauen dürften wie mich heute.« In kurzen Worten fasste er zusammen, was ihm Adelheid Weiz und Lydia Weinert erzählt hatten.

»Alter Schwede, hast du's nicht 'ne Nummer kleiner?«

»Sag ich doch: starker Tobak. Und da kommst du wieder ins Spiel. Könntest du rausfinden, was aus dieser Hebamme geworden ist? Andrea Frings heißt sie, mehr weiß ich nicht. Offenbar eine der Wenigen, die die Wahrheit kennen. Vielleicht hat sie jemandem davon erzählt, und diese Person macht sich dieses Wissen jetzt zunutze.«

»Geht klar.«

»Da wäre noch eine Sache.« Sontheim hatte sein Fahrziel in der Kölner Innenstadt erreicht und suchte nun einen

Parkplatz. »Ist es möglich, eine Handynummer zu stehlen und Nachrichten zu verschicken, sodass der Empfänger nicht merkt, dass ihm eine fremde Person schreibt?«

»Klar geht das. SIM-Swapping heißt das Zauberwort – ist sogar recht simpel. Der Hacker gibt sich beim Mobilfunk-Provider als das Opfer aus, das er ins Visier genommen hat, und behauptet, er braucht eine neue SIM-Karte, weil das Handy verloren gegangen ist. Er muss dann später nur irgendwie den Brief mit der neuen Karte abfangen oder lässt ihn gleich an eine andere Adresse schicken.«

»So simpel geht das?« Sontheim war immer wieder erstaunt, wie einfach es heutzutage war, sich für eine andere Person auszugeben.

»Yep. Ah, verstehe. Du denkst, dass das dem Werbefuzzi passiert ist und Sarah mit einer gefakten Nachricht an den Rather See gelockt wurde. Cleverer Gedanke, hätte ich auch drauf kommen können«, meinte Ali fast zerknirscht.

»Das würde jedenfalls diese letzte SMS auf Sarahs Handy erklären.« Sontheim hatte die Parkplatzsuche erfolgreich beendet und stellte den Motor aus. »Kannst du vielleicht irgendwie herausfinden, ob sich in den letzten beiden Monaten jemand bei Königs Mobilfunkanbieter gemeldet hat, um eine neue SIM-Karte zu bestellen? Vielleicht bringt's was.«

»Wird sicherlich seine Zeit brauchen, aber ich klemm mich sofort dahinter. Sonst noch was?«

»Im Moment nicht. Ich meld mich wieder, danke dir«, antwortete Sontheim und zog den Autoschlüssel ab.

32. Kapitel

Sontheim traf auf dem Flur der Mordkommission auf Brenner. Er hatte sich gleich auf den Weg zum Präsidium gemacht, nachdem er das Alibi von Manuela König überprüft hatte. Ein Kellner des Restaurants hatte sich daran erinnern können, sie und ihre Freundin am Abend des sechsundzwanzigsten Januar bedient zu haben. Sie kam also nicht mehr dafür infrage, etwas mit Sarahs Verschwinden zu tun zu haben.

Brenner hielt eine Tasse Kaffee in der Hand, unter den Arm hatte er einige Aktenordner geklemmt. Als er Sontheim erblickte, machte er ein griesgrämiges Gesicht. »Du hast mir jetzt gerade noch zu meinem Glück gefehlt.«

»Ich freu mich auch, dich zu sehen. Aber im Ernst, ich habe was sehr Interessantes rausgefunden.«

Brenner verdrehte die Augen. »Willst du mir schon wieder einen neuen Verdächtigen im Fall Weinert präsentieren? Wenn dem so ist, dann geh zu den Kollegen der Fahndung. Wir sind nämlich die Mordkommission, wenn ich dich daran erinnern darf. Solange es keine Leiche gibt, sind wir nicht zuständig. Wir haben im Moment weiß Gott genug um die Ohren, da kann ich mich nicht auch noch ständig um diese Vermisstensache kümmern.«

»Meine Güte, hast du miese Laune.«

»Hättest du auch an meiner Stelle, wetten? Habe eben einen Einlauf vom Polizeipräsidenten höchstpersönlich erhalten. Er will endlich Resultate sehen. Vom Spießrutenlauf bei der Pressekonferenz am späten Nachmittag will ich gar nicht erst reden. Abgesehen davon gibt's beunruhigende Entwicklungen. Bin gerade auf dem Weg, um die Soko auf den neuesten Stand zu bringen.«

»Verstehe. Trotzdem, ist wirklich wichtig, was ich dir zu sagen habe. Gib mir zwei Minuten, du wirst es nicht bereuen. Bitte.«

Brenner seufzte, nickte dann aber. Sontheim schilderte ihm im Schweinsgalopp seine neuesten Erkenntnisse. Mit jedem weiteren Wort wurden die Augen des Hauptkommissars ein Stück größer.

Brenner kratzte sich am Kopf, er konnte kaum glauben, was er da gerade erfahren hatte. Sontheim lieferte ihm auf dem Silbertablett eine plausible Erklärung für Weghorsts abwegige Theorie, warum der Bestrafer möglicherweise hinter dem ominösen Manöver mit Nicole Breuers Leiche stecken konnte. Er wollte gerade etwas erwidern, als am Ende des Gangs eine Tür geöffnet wurde und Jerat auf den Flur trat.

»Wo bleibst du denn? Wir wollen anfangen.«

»Jaja, schon gut. Ich komme ja«, erwiderte er, und Jerat trat den Rückzug an.

»Und, was sagst du?« Sontheim sah ihn an.

»Ich geb's wirklich ungern zu, Lukas. Doch deine Theorie ist unter Umständen viel zutreffender, als du selbst für möglich hältst. Ich verrate dir nämlich jetzt ein Geheimnis. Christoph Laumann hat das Mädchen, das wir heute Morgen auf dem Acker in Ehrenfeld gefunden haben, definitiv nicht auf dem Gewissen. Vielmehr war die Frau schon mehr als eine Woche tot, ihr Leichnam wurde letzten Donnerstag aus der Kühlkammer eines Beerdigungsinstituts gestohlen.«

Jetzt war es Sontheim, der Bauklötze staunte. »Sag das noch mal«, sagte er und runzelte die Stirn.

»Ich habe auch gedacht, ich bin im falschen Film, als uns Doktor Fahrenhorst davon erzählt hat. Weghorst hat direkt ein Ablenkungsmanöver des Bestrafers ins Spiel gebracht. Ich hielt das für ausgemachten Blödsinn. Mit deinen Informationen gibt die ganze Geschichte allerdings plötzlich Sinn.«

»Ist halt ein cleveres Bürschchen, dieser BKA-Mann. Sieht also ganz danach aus, dass mein Fall nun auch euer Fall ist.«

»Aus dem du dich ab sofort raushalten wirst, hast du verstanden?«, zischte Brenner mit ernster Miene. »Dein Fall ist bei der Soko bestens aufgehoben. Brauchst gar nicht so pikiert gucken.«

Auch wenn es Sontheim ungern zugab, sein ehemaliger Partner hatte vermutlich recht. Unabhängig davon fehlte es ihm aufgrund der neuen Entwicklungen aktuell auch an einer heißen Spur. Was natürlich nicht unbedingt etwas bedeuten musste. Er konnte ja immer noch im Hintergrund weiter agieren.

»Ach, und bevor ich's vergesse und du mir wieder vorwirfst, nicht zu kooperieren«, begann Sontheim und berichtete von der Spur mit der SIM-Karte, die sie möglicherweise zu dem Unbekannten führen konnte, der Sarah zum Rather See gelockt hatte.

»Auf die Idee hätten unsere Leute allerdings auch kommen können«, ärgerte sich der Hauptkommissar.

»So, und jetzt mach ich mich mal vom Acker, du wirst erwartet«, sagte er.

»Ich verlass mich darauf, dass du ab jetzt deine Nase heraushältst aus den Ermittlungen, Lukas. Wir tun alles, um diesen Schweinehund zu schnappen. Und wenn du mit deiner Theorie richtig liegst, dass Laumanns Flucht etwas mit Sarahs Verschwinden zu tun hat, werden wir sie auch retten.«

Ohne ein weiteres Wort eilte Brenner den Flur hinab. Jerat steckte genau in dem Moment den Kopf aus der Tür des Besprechungsraums, als der Hauptkommissar sie öffnen wollte. Bevor er eintrat, drehte Brenner sich noch einmal zu Sontheim um. »Ach ja – Christian König hat übrigens für den Abend, an dem Sarah verschwunden ist, ein Alibi. Ein Nachbar hat ihn durchs Küchenfenster gesehen. Der Zeuge war mit seinem Hund unterwegs, wohl gegen zwanzig nach acht, er geht immer direkt nach der Tagesschau Gassi.« Er zog die Tür zu.

Wieder ein Haken auf meiner Liste, dachte Sontheim.

33. Kapitel

Christoph Laumann konnte immer noch nicht fassen, dass er sich wie ein blutiger Anfänger hatte übertölpeln lassen, als er Sarahs Leben retten wollte. Und jetzt? Angekettet wie ein räudiger Köter saß er hier, mit einem geringeren Bewegungsradius als in der Gefängniszelle!

Im Gewerbegebiet Lövenich hatte er sich mit einem alten Kumpel aus der Zeit bei der Fremdenlegion getroffen, Rolf Mayer. Sein Freund hatte keine Fragen gestellt, als er ihn wenige Tage vor der Flucht von einem illegalen Handy aus dem Gefängnis angerufen und um Hilfe gebeten hatte.

»Einen alten Kameraden der Légion Étrangère, der ihm das Leben gerettet hat, würde er nicht hängen lassen.« Die Worte des ehemaligen Weggefährten waren Balsam auf seiner Seele gewesen. Rolf, der in Luxemburg lebte, kannte ihn nur unter dem Namen Christoph Leclerc, dem Namen, den er nach fünf Jahren in der Fremdenlegion angenommen hatte. Offenbar hatte der Mann keine Ahnung, dass er ein Frauenmörder war, der eine lebenslange Haftstrafe mit anschließender Sicherheitsverwahrung verbüßte. Oder es hatte ihn nicht gekümmert, Laumann wusste es nicht. Eine kurze Umarmung am Treffpunkt vor dem ehemaligen Fliesencenter, das zum Verkauf stand, dann wurden die Waffen gecheckt, die Rolf besorgt hatte.

Auf der knapp zwanzigminütigen Fahrt nach Porz hatten sie den Plan besprochen, den er sich überlegt hatte. Rolf hatte ein paarmal genickt, er war noch nie ein Freund von vielen Worten gewesen. Ort und Uhrzeit kannte Laumann von dem alten Knacker, der ihm im Knast das Foto seiner gefesselten und geknebelten Tochter gezeigt hatte.

Noch vor wenigen Monaten hatte er nicht einmal von der Existenz des Mädchens gewusst. Bis ihn Lydia Weinert völlig überraschend im Gefängnis besucht hatte. Für einen schlechten Scherz hatte er die Geschichte gehalten, die sie ihm aufgetischt hatte. Ausgerechnet er, der Serienkiller, der junge Frauen auf niederträchtigste Art und Weise gequält und ermordet hatte, war Vater einer Tochter, die früher perfekt in sein Beuteschema gepasst hätte? Jedenfalls, bevor er sich im Knast für eine Therapie entschieden hatte, die auch die Einnahme von Medikamenten einschloss. Sie zügelten das Biest in seinem Kopf, das nur auf eine Gelegenheit wartete, wieder zuschlagen zu können. Das war kurz nach der Geschichte mit Orkus gewesen, als der Hass ihn aufzuzehren drohte. Der Hass auf sich, auf das, was er sein Leben lang getan hatte: Menschen zu schaden.

Als Lydia bei ihm im Knast aufgetaucht war, um ihm von Sarah zu erzählen, war ihm das wie ein Wink des Schicksals vorgekommen. Er wollte alles versuchen, um die Biester in seinem Kopf zu zähmen. Auch wenn Lydia von Anfang an klargestellt hatte, dass weder das Mädchen noch Katja, Sarahs Mutter, jemals erfahren durften, dass er die Wahrheit kannte, was gleichbedeutend damit war, dass er Sarah vermutlich nie kennenlernen würde. Und dann hatte dieser Typ plötzlich vor ihm gesessen, ihm ins Gesicht gegrinst und ihm das Foto seiner entführten Tochter gezeigt. Zum ersten Mal in seinem Leben konnte er nun etwas Sinnvolles tun, indem er Sarah rettete.

Aber er hatte sich nicht auf das Wort dieses angeblichen Anwalts verlassen wollen, dass seine Tochter freigelassen werden würde, sobald er sich in die Hände des Entführers begab. Der Typ war ein Soziopath. So vertrauenswürdig wie ein alkoholkranker Obdachloser, der behauptete, nur Geld für die nächste Mahlzeit zu erbetteln. Laumann wusste das. Er war ja selbst ein Soziopath.

Zwei Tage lang hatte er fieberhaft überlegt, wie er die Sache angehen wollte, da war Rolf ins Spiel gekommen. Während er sich in dem Gebäude verschanzt hatte, einem ehemaligen Presswerk für CDs und DVDs, hatte sich Rolf mit einem Scharfschützengewehr außerhalb der stillgelegten Fabrik auf die Lauer gelegt, lange vor der ausgemachten Uhrzeit des Treffens. Als er das Geräusch direkt hinter sich gehört hatte, war es bereits zu spät gewesen. Nur Sekundenbruchteile darauf war sein Schädel förmlich explodiert und er versank in einer tiefen Dunkelheit. Er hatte versagt. Der Plan war gründlich schiefgegangen. Der Stahlring um den Hals war der Beweis dafür. Jetzt saß er schon wieder in einem Gefängnis fest. Was aus seinem Kumpel geworden war, wusste er nicht. Aber Aufgeben war für ein ehemaliges Mitglied der Fremdenlegion keine Option. Niemals!

34. Kapitel

Dienstag, 9. Februar

Sontheim zermarterte sich immer noch das Hirn. Zu viele ungeklärte Fragen ließen ihn nicht zur Ruhe kommen, allen voran die, wo Sarah Weinert festgehalten wurde. Er wollte einfach nicht glauben, dass sie schon tot war, auch wenn es Indizien gab, die dagegensprachen. Sollte sie tatsächlich in die Hände des Bestrafers gefallen und nur Mittel zum Zweck gewesen sein, um Laumann zur Flucht aus dem Gefängnis zu bewegen, würde der Serienkiller sie vielleicht am Ende sogar wieder freilassen. Ein vage Hoffnung, an die er sich klammerte, aber immerhin. Er wusste aus den Polizeiakten, die ihm Ali beschafft hatte, dass der Serienmörder seine Opfer während der Zeit ihrer Gefangenschaft einigermaßen gut behandelte. Sie wiesen keinerlei Anzeichen von Unterversorgung auf, was wiederum den Schluss nahelegte, dass er täglichen Zugang zu ihnen haben musste, um sie zu versorgen. Der Bestrafer verfügte also über einen Rückzugsort, der es ihm ermöglichte, Menschen von der Bildfläche verschwinden zu lassen, ohne dabei Aufsehen zu erregen. So stand es auch im Täterprofil, das der Fallanalytiker Niklas Weghorst von dem Serienkiller erstellt hatte.

Darin war auch vermerkt, dass der Gesuchte vermutlich finanziell unabhängig war, ein anerkanntes Mitglied der Gesellschaft. Man musste kein Genie sein, um diese Schlussfolgerungen anzustellen, hatte Sontheim am Vorabend gedacht, als er die Akten studierte. Anschließend hatte er sich an den Laptop gesetzt und mögliche Rückzugsorte in Köln und Umgebung gesucht, die als Versteck für den Bestrafer infrage kamen. Leerstehende Gebäude gab es reichlich, aber taugten sie auch, um Personen wochenlang verschwinden zu lassen? Die Verstecke mussten einerseits abgelegen genug sein, um vor den Blicken neugieriger Nachbarn geschützt zu sein. Er vermutete aber auch, dass der geheime Aufenthaltsort über eine Heizung und somit über Strom verfügte. Gabi Engelbrecht war wochenlang in Gefangenschaft gewesen, angesichts der sibirischen Temperaturen, die seit Wochen vorherrschten, hätte sie kaum so lange überleben können. Ein gasbetriebener Katalytofen wäre natürlich auch denkbar gewesen, dafür brauchte man keinen Strom.

Er hatte seine Liste mit der Aufstellung der Polizei verglichen und sie um die Ziele ergänzt, die noch nicht durchsucht worden waren. Während er in seinem Büro auf einen neuen potenziellen Klienten wartete, mit dem er telefonisch einen Termin ausgemacht hatte, rotierten wieder die Gedanken. Eine Sache irritierte ihn. Warum war Sarah noch nicht freigelassen worden, wenn sie wirklich entführt worden war? Wenn sie für den Kidnapper nur als Druckmittel gedient hatte, um Laumann in die Finger zu bekommen, gab es eigentlich keinen Grund mehr für den Unbekannten, sie weiterhin festzuhalten. Es sei denn, der Irre wich plötzlich vom bisherigen Muster ab, nur Menschen hinzurichten, die in seinen Augen den Tod verdient hatten, und er betrachtete das Mädchen als notwendigen Kollateralschaden. Sontheim schob den Gedanken so schnell beiseite, wie er gekommen war.

Bei dem Termin wenig später mit einem neuen Klienten, einem gehörnten Ehemann, war er überhaupt nicht bei der Sache. Hätte er nicht ein paar Notizen gemacht, wäre ihm kurz darauf nicht einmal mehr der Name der Ehefrau des Mandanten eingefallen, der sie des Fremdgehens bezichtigte. Er versprach, sich der Sache anzunehmen, wohlwissend, dass er das Ganze heute gewiss nicht angehen würde. Auf seiner derzeitigen Agenda standen wichtigere Themen.

»Diese Scheißkälte bringt mich noch um«, ätzte er, nachdem er wieder hinter dem Steuer seiner geliebten Schrottmühle Platz genommen hatte. Wieso hatte er keine Handschuhe mitgenommen? Er hauchte mehrmals in die eiskalten Hände, startete den Motor und drehte die Heizung volle Kanne auf.

Den stillgelegten Reiterhof in Mühlheim, auf dem er sich wenig später unauffällig umsah, strich er schnell von seiner Liste. Es gab nicht den geringsten Hinweis darauf, dass dort etwas nicht mit rechten Dingen zuging. Das Telefon klingelte just in dem Moment, als er losfahren wollte. Ali.

»Ich hab die Information.«

»Dachte schon, du hast mich vergessen«, knurrte Sontheim.

»Na ja, hin und wieder muss ich auch mal meinem Broterwerb nachgehen. Oder willst du mir ’nen gut bezahlten Vollzeitjob anbieten?«

»Bei dem, was ich zahlen könnte, ist im Hause Lichtenstein demnächst Schmalhans Küchenmeister. Aber Spaß beiseite, was hast du rausgefunden?«

»Wir haben vermutlich einen Volltreffer in Sachen SIM-Swapping. Vor circa drei Wochen ist ein Anruf beim Mobilfunkprovider von Christian König eingegangen. Der Anrufer hat eine neue Karte bestellt.«

Sontheims Neugier war geweckt. »Und wohin wurde die geliefert?«

»An ein Postfach in Buschdorf.«

»Wer hat das Fach angemietet?«

»Das ist die Krux. Ein Christian König.«

»Dieser Dreckskerl!«, rief Sontheim.

»Ich nehm mal an, du meinst den Bestrafer und nicht den Werbefuzzi? Denn der hat das Postfach definitiv nicht persönlich angemietet, nur sein Name wurde missbraucht.«

»Klar, weiß ich doch. Was für ein gerissener Schweinehund! Ich verstehe nicht, warum er einen derart großen Aufwand betreibt. Es hätte doch einfachere Gelegenheiten gegeben, um sich Sarah zu schnappen.«

»Darüber hab ich auch schon nachgedacht. Die Antwort liegt, glaub ich, auf der Hand. Zum einen, weil es ihm vermutlich einen Heidenspaß macht – ich geh davon aus, dass er das Ganze vermutlich als eine Art Spiel betrachtet. Außerdem legt er mit dieser Vorgehensweise geschickt falsche Spuren. Denk nur mal an Nicole Breuers Leiche, die kurz nach Laumanns Flucht gefunden wurde. Die ganzen Verletzungen ließen nur einen Schluss zu: dass der Schlächter wieder zugeschlagen hatte. Es war doch ein glücklicher Zufall, dass der Assi der Gerichtsmedizinerin das Gesicht der Frau sofort wiedererkannt hat. Die Bullen sind gezwungen, jedem Hinweis nachzugehen. Und du hast ja selbst schon gesagt, dass er euch mindestens zwei Schritte voraus ist. Das unterstreicht er doch mit jeder seiner Aktionen.«

Sontheim wägte ab. Sollte er sein eigentliches Vorhaben verfolgen, nach möglichen Verstecken zu suchen, die der Bestrafer nutzte, oder der neuen Spur nachgehen? Alis Infos klangen vielversprechend, und sollten sie Hinweise auf die Identität des Serienmörders liefern, konnte es ebenso sinnvoll sein, dem Hinweis zu folgen. Er kaute auf der Unterlippe, haderte mit sich und fällte schließlich eine Entscheidung. »Kannst du mir die Adresse der Postfiliale in Buschdorf und die Postfachnummer geben? Ich fahr mal dort vorbei und hör mich um.«

Die Antwort kam wie aus der Pistole geschossen, Sontheim schrieb sofort mit. »Danke, ich melde mich wieder«, sagte er und beendete das Gespräch. »Planänderung«, murmelte er vor sich hin. Die Suche nach anderen möglichen Verstecken des Bestrafers, welche die Polizei offenbar noch nicht auf dem Radar hatte, musste die Soko übernehmen. Er gab die neue Zieladresse ins Navi ein und wählte Brenners Nummer, um seinen Freund über die neuen Erkenntnisse zu informieren. Außerdem wollte er seinen ehemaligen Partner bitten, in Erwägung zu ziehen, die Überprüfung der Adressen mit möglichen geheimen Unterschlupfen zu übernehmen.

Knapp dreißig Minuten später stellte er den Mazda vor der Postfiliale in Buschdorf ab. Auf der Straße des kleinen Bonner Stadtteils war niemand zu sehen. Kein Wunder, der Himmel hatte sich in der letzten Stunde wieder zugezogen, und es schneite. Gott, wie ihn dieses Wetter nervte.

Er betrat den Vorraum des Postladens und entdeckte direkt zu seiner rechten Seite die Fächer, in denen die Briefsendungen gelagert wurden. Der Bereich war nicht videoüberwacht, wie er mit einem geübten Blick feststellte. Die Chancen, der Person, die Postfach siebenunddreißig unter falschem Namen angemietet hatte, näher zu kommen, schienen zu schwinden. Er eilte in den Schalterraum. Außer einem Angestellten, der in die Lektüre irgendeiner Zeitschrift vertieft war, konnte er niemanden entdecken.

»Schönen guten Tag, wie kann ich Ihnen helfen?«, fragte der Brillenträger hinter der Glasscheibe.

Sontheim schätzte den Mann mit der Halbglatze auf Anfang bis Mitte fünfzig. Wahrscheinlich war der Postbeamte froh, endlich mal Kundschaft zu haben, so freundlich, wie die Begrüßung ausgefallen war. »Lukas Sontheim, Privatdetektiv«, stellte er sich vor. »Ich habe eine Frage zu den Postfächern im Foyer. Wird in irgendeiner Form festgehalten, wann jemand seine Briefsendungen abholt?«

»Gegenfrage: Warum wollen Sie das wissen?« Der Mann hob neugierig die rechte Augenbraue.

»Ich habe im Rahmen meiner Ermittlungen herausgefunden, dass eine mir unbekannte Person ein Postfach unter falschem Namen angemietet hat, und versuche nun, deren Identität zu klären.«

Der Postbedienstete kratzte sich am Kopf. »Wenn Sie die Identität dieser Person nicht kennen, woher wollen Sie dann wissen, dass der- oder diejenige das Fach unter falschem Namen angemietet hat?« Er legte die Zeitschrift beiseite und verschränkte die Arme vor der Brust und musterte Sontheim skeptisch über den Rand der Brille hinweg.

»Eine berechtigte Frage. Aber dahinter steckt eine komplizierte Geschichte. Glauben Sie mir bitte einfach, dass es wirklich wichtig ist und von dieser Information möglicherweise ein Menschenleben abhängt.«

»Hm«, brummte der Mann. »Klingt ganz schön theatralisch. Aber um die Sache abzukürzen, ich kann Ihnen leider nicht helfen. Hier gibt's keine Kameras.«

Sontheims Befürchtung wurde bestätigt. »Da kann man wohl leider nichts machen, danke trotzdem.« Der Postbedienstete nickte freundlich. Sontheim fluchte innerlich. Nichts als vergeudete Zeit, dieser Ausflug nach Bonn! Als er Richtung Ausgang stiefelte, schaute er noch einmal beiläufig zu den Postfächern. Er stutzte, blieb stehen und steuerte dann auf die Fächer zu. Beim Reingehen vorhin war ihm das gar nicht aufgefallen. Er machte auf dem Absatz kehrt und eilte wieder in den

Verkaufsraum. Der Mann hinter dem Schalter blickte sofort auf. »Sagen Sie, sind das elektronische Schließsysteme, die für die Postfächer verwendet werden?«

»Richtig. Wurden vor ein paar Monaten bei uns eingeführt. Wir waren die Ersten im Köln-Bonner Bereich«, erwiderte der Mann von der Post stolz.

»Vor ein paar Monaten, sagen Sie?« Sontheims Interesse war geweckt. »Es wird doch sicherlich protokolliert, wann die jeweiligen Fächer geöffnet wurden, oder?«

»Ja, und?«

»Vielleicht könnten Sie mal nachschauen, wann Fach siebenunddreißig zuletzt geöffnet wurde?«

Die Halbglatze erhob sich von seinem Stuhl, musterte Sontheim, als käme der von einem anderen Planeten. »Schon mal was von Datenschutz gehört? Sie fangen langsam an, mir auf die Nerven zu gehen, Mann.«

»Schade, ich hatte gehofft, dass Sie mir das ersparen. Bei meinen Recherchen geht's wirklich um Leben und Tod. Schon mal von dem Bestrafer gehört?« Der Mann hinter dem Schalter nickte verhalten, während Sontheim sein Handy zückte. »Dann werde ich jetzt mal Kriminalhauptkommissar Jürgen Brenner von der Mordkommission anrufen, um die Sache hier zu beschleunigen. Er wird bestimmt begeistert sein, zu hören, dass Sie die Mitarbeit verweigern.« Er tat so, als wähle er die Nummer. Natürlich war das Ganze nur ein Bluff, schließlich war Jürgen nicht zuständig in der ehemaligen Hauptstadt der BRD. Die Finte schien tatsächlich zu funktionieren, dem Mann traten erste Schweißperlen auf die Stirn. »Hallo, Jürgen«, sagte Sontheim und drehte dem Typen hinter dem Schalter den Rücken zu. »Ich bin gerade in einer Postfiliale in Buschdorf, und es gibt ein Problem«, fuhr er fort.

»Herr Sontheim, vielleicht kann ich ja doch helfen«, ertönte es plötzlich hinter ihm.

»Moment mal«, sagte Sontheim und drehte sich um.

»Wenn Sie versprechen, dass ich keinen Ärger wegen der Sache bekomme. Sie wissen schon, wegen des Datenschutzes …«, meinte der Postangestellte mit flehendem Blick.

»Jürgen, ich meld mich gleich wieder. Wir scheinen hier gerade eine Lösung für unser kleines Problem zu finden … Ja, ja, sollte der Mann es sich doch noch mal anders überlegen, ruf ich wieder an. Danke und bis später«, sagte er und beendete das fingierte Gespräch.

»Tut mir leid, ich wollte keine Ermittlung behindern«, stammelte der Mann.

»Könnten Sie dann bitte nachschauen, wann Fach siebenunddreißig zuletzt geleert wurde?« Er hatte kaum zu Ende gesprochen, da spazierte eine betagte Dame in den Schalterraum.

»Tach«, sagte die Alte. Sie musterte Sontheim kurz, drängelte sich an ihm vorbei und stellte sich an den Schalter. Aus ihrer schwarzen Handtasche förderte sie umständlich einen Briefumschlag hervor. »Frankieren, bitte«, flötete sie.

»Sehr gern, Frau Lenzen«, erwiderte der Schalterbeamte und griff nach dem Umschlag.

Sontheim verdrehte die Augen und schüttelte den Kopf.

»Is was, junger Mann?«, krächzte die rüstige Dame mit dem Pelzmantel und dazu passender Fellmütze.

»Nee, alles in Ordnung. Ich habe Zeit.« Innerlich kochte er.

»Dann is ja jut.« Umständlich kramte sie Kleingeld aus einer Geldbörse, die vermutlich älter war als er selbst, bezahlte und marschierte dann strammen Schrittes Richtung Ausgang, während sich der Postbeamte an der Tastatur des Computers zu schaffen machte.

»So, da haben wir's. Fach siebenunddreißig wurde von einem Christian König angemietet. Der wohnt in Köln. Hm, seltsam, warum mietet er sich hier ein Fach an?« Der Mann kratzte sich am Kopf und schaute Sontheim an, als müsse er die Antwort auf die Frage kennen.

»Ich sagte ja bereits, dass der Mieter eine falsche Identität benutzt. Herr König, auf den das Postfach angemeldet ist, war es definitiv nicht. Wann wurde das Fach zuletzt geöffnet?«

»Am neunzehnten Januar«, kam es wie aus der Pistole geschossen. »Außerdem am vierzehnten Januar. Einmal im Dezember. Insgesamt sieben Mal wurde eine Sendung abgeholt, seit wir das System eingeführt haben«, ratterte der Mann herunter, den Blick auf den Bildschirm gerichtet.

»Könnten Sie mir einen Ausdruck davon machen?«, bat der Privatermittler. »Bleibt doch unter uns«, fuhr er mit einem Augenzwinkern fort, als er sah, wie der Beamte zögerte.

Sekunden später schmiss der Drucker das Blatt aus. Der Mann hinter dem Schalter reichte es durch den Ausgabeschlitz.

»Danke für Ihre Hilfe.« Ohne eine Antwort abzuwarten, lief Sontheim in Richtung Ausgang, direkt auf die Sparkassen-Filiale gegenüber zu. Dort fand er möglicherweise die Antwort auf die Frage, wie der ominöse Unbekannte aussah.

35. Kapitel

15:20 Uhr Sporergasse

Mehr als eine halbe Stunde brachte Sontheim in der Sparkasse in Buschdorf zu, bis er endlich bekommen hatte, was er wollte. Die Bank verfügte über einen Geldautomaten, der an der Außenfassade des Gebäudes angebracht war. Eine Kamera erfasste zufällig genau den Eingangsbereich der Postfiliale gegenüber, wie ihm schon bei seiner Ankunft aufgefallen war. Die Entdeckung der Depots mit dem elektronischen Schließsystem hatte bei ihm die Hoffnung geweckt, dass die Person, die das fragliche Postfach geleert hatte, von der Kamera des Geldautomaten gefilmt worden war. Mit den vorliegenden Log-Dateien ließ sich das Zeitfenster exakt bestimmen. Diesmal kam ihm der Zufall zu Hilfe. Der Filialleiter war zufällig ein alter Schulfreund von Jürgen Brenner. Der Anzugträger willigte tatsächlich ein und erlaubte ihm, das Videomaterial zu sichten.

Kurz darauf hatte er zusammen mit einem jungen Bankangestellten den Serverraum betreten. Die Sparkasse archivierte die Aufnahmen der Geldautomatenkamera sechs Monate. Wieder war ihm das Glück hold geblieben. Sowohl am vierzehnten als auch am neunzehnten Januar war ein Mann zu beobachten, kurz bevor das Postschließfach mit der Nummer siebenunddreißig geöffnet worden war, und unmittelbar danach. An beiden Tagen trug er dieselbe Kleidung, zudem eine Baseballkappe, eine verspiegelte Sonnenbrille und einen Schal, der den Mund bedeckte. Das Gesicht des Unbekannten war auf der Aufnahme nicht zu erkennen gewesen. Ähnlich verhielt es sich mit den Aufnahmen der fünf anderen Tage, an denen das Postfach geleert worden war. Und jedes Mal hatte der Unbekannte sein Konterfei auf dieselbe Art und Weise verhüllt, sodass er nicht zu erkennen gewesen war.

Mit einer Kopie der Videos war er anschließend, so schnell es Wetter und Verkehrsbedingungen zugelassen hatten, zu seinem Freund in die Sporergasse gerast. Jetzt saßen sie beide in Alis Arbeitszimmer und schauten sich zum x-ten Mal die Aufzeichnungen aus Buschdorf an.

»Wir können's drehen und wenden, wie wir wollen, der Typ ist nicht zu identifizieren. Ich hab mit der Bildüberarbeitungssoftware alles rausgeholt, was möglich ist. Der hat alles dafür getan, dass er unerkannt bleibt.«

»Fürchte, du hast recht.« Sontheim seufzte. Ali war seine ganze Hoffnung gewesen.

»Ich jag eine Standaufnahme durch meine Gesichtserkennung und vergleich die mal mit der Aufnahme von dem Fake-Anwalt, der Laumann im Knast aufgesucht hat. Glaube zwar nicht, dass es was bringt, aber kann ja nicht schaden.«

»Danke. Was ist mit dem Wagen, den der Typ fährt? Wäre ja möglich, dass wir rausfinden, wohin er gefahren ist, nachdem er die Postfiliale in Buschdorf verlassen hat.

Kannst du dich ins Verkehrsüberwachungssystem hacken?«, wollte Sontheim wissen.

Ali musterte seinen Kumpel von der Seite. »Nichts leichter als das. Zusätzlich werde ich auch noch das Satellitensystem der NSA hacken, um die komplette Fahrtroute des Wagens nachvollziehen zu können. So wie bei Jack Bauer in *24*.«

»Echt jetzt, das geht?« Sontheim war baff.

Ali verdrehte die Augen. »Boah, Scherz! Natürlich kann ich nicht auf irgendwelche Satelliten zugreifen. Das mit dem Verkehrsüberwachungssystem ist trotzdem keine schlechte Idee. Auch wenn ich befürchte, dass die Chance gegen null tendiert, die Zieladresse von dem Fahrer rauszufinden. In den ländlichen Gebieten gibt's so gut wie keine Kameras, die den Verkehr überwachen. Trotzdem werd ich mich dahinterklemmen. Ich brauch allerdings Zeit, da komm ich nicht so ohne Weiteres rein. Aber lass mich mal machen.« Er ließ die Finger knacken und machte sich an die Arbeit.

36. Kapitel

Christoph Laumann zur Flucht anzustiften und ihn anschließend in seine Gewalt zu bringen, war bisher sein Meisterstück. Der entgeisterte Gesichtsausdruck, als er den Ex-Häftling in dem stillgelegten Presswerk überrascht hatte, war einfach göttlich gewesen. Der Mann hatte fast genauso verwundert dreingeschaut wie wenige Tage zuvor, als er ihm als Peter Hochmut einen Besuch im Gefängnis abgestattet hatte, um ihm von Sarah Weinerts Entführung zu erzählen. Sich direkt vor den Augen der Bullen mit der Maskerade an den Schlächter von Köln heranzuwagen, war eine echte Herausforderung gewesen. Er hatte immer diebische Freude dabei, in fremde Rollen zu schlüpfen. Silikonmasken, Theaterschminke, falsche Zähne, Perücken und manch anderes Zeugs gehörten zu seiner Standardausrüstung.

Der Auftritt im Gefängnis hatte alles bisher Dagewesene getoppt. Er war ein Chamäleon, das unerkannt durchs Leben wanderte, Laumann hatte schon lange auf seiner Todesliste gestanden. Ihn einfach im Knast umbringen zu lassen, wäre ein Leichtes für ihn gewesen. Aber wo wäre da der Spaß geblieben? Deshalb hatte er ihn unbedingt in die Hände bekommen wollen. Man konnte es eine glückliche Fügung nennen, dass er erfahren hatte, dass Sarah Weinert Laumanns Tochter war.

Es war kein Problem gewesen, sich Zugang zu den

Besucherlisten der JVA Köln zu verschaffen. Jürgen Brenner, Lukas Sontheim und Lydia Weinert, mehr Besucher hatte der Serienmörder im letzten Jahr nicht gehabt. Sontheim war Laumanns offensichtlichste Schwachstelle. Der ehemalige Beamte hatte den Frauenmörder schließlich hinter schwedische Gardinen gebracht, und selbst aus dem Knast heraus hatte Laumann noch versucht, den Mann umbringen zu lassen.

Er hatte hin und her überlegt, ob er Sontheim auf dem Silbertablett servieren wollte, um Laumann zur Flucht aus dem Knast zu bewegen. Aber der Privatschnüffler wäre ein gefährlicher Gegner gewesen, deshalb hatte er den Gedanken genauso schnell wieder verworfen und sich stattdessen näher mit Lydia Weinert beschäftigt.

Als er auf die Frau aufmerksam geworden war, lag ihr Besuch bei Laumann knapp vier Monate zurück. Er hatte zunächst vermutet, dass sie eines dieser Knastgroupies war, die einen verurteilten Serienmörder anhimmelten. Serienkiller übten mehr Anziehungskraft auf Frauen aus, als man glauben mochte. Sie verliebten sich oft in solche Psychopathen und gingen Beziehungen mit den Männern ein. Schnell wurde klar, dass der Fall bei Lydia Weinert gänzlich anders lag. Vielmehr waren die beiden auf dieselbe Schule gegangen und lebten während dieser Zeit zudem in unmittelbarer Nachbarschaft. Er hatte angefangen, tiefer zu bohren, unter anderem die Post abgefangen, die sie aus dem Gefängnis von Laumann erhalten hatte, die Briefe gelesen und dann wieder in den Briefkasten gestopft. So hatte er erfahren, dass Christoph

Laumann der Vater von Sarah Weinert war. Und noch einiges mehr.

Er hatte einen perfiden Plan geschmiedet und alles darauf gesetzt, dass diese kranke Arschloch tatsächlich so etwas wie ein Gefühl für das Mädchen entwickelt hatte – die Briefe an die krebskranke Frau ließen diesen Schluss jedenfalls zu. Es war ein offenes Geheimnis gewesen, wie sehr Laumann dem Bruder verbunden gewesen war, der nach der Inhaftierung Selbstmord im Knast verübt hatte. Jeder Mensch hatte einen Schwachpunkt, selbst Typen wie Laumann. Aber bis zum Tag der Flucht war unklar, ob er die Situation richtig eingeschätzt hatte.

Ort und Uhrzeit für das Treffen hatte er dem ehemaligen Serienkiller im Gefängnis mitgeteilt. Er hatte ihn angewiesen, lediglich zu nicken, wenn er mit ihm sprach, damit die Bullen später bei der Videoauswertung keine Rückschlüsse auf das Gespräch ziehen konnten. Als er auf dem Handy die Live-Bilder der Überwachungskameras checkte, die er rund um das ehemalige Presswerk installiert hatte, hatte er fast schmunzeln müssen. Wollte dieser Einfaltspinsel ihn tatsächlich mit einem derart plumpen Plan übertölpeln?

Zunächst hatte er sich den Typen mit dem Scharfschützengewehr vorgeknöpft, der in der Nähe des Fabrikgebäudes Stellung bezogen hatte. Laumann zu überwältigen war ebenfalls ein Kinderspiel gewesen. Jetzt saßen diese beiden Idioten in ihren Zellen und warteten darauf, was als Nächstes passieren würde.

Je mehr er darüber nachdachte, wie er Laumann ins

Jenseits befördern wollte, desto größer wurde die Rolle, die er dessen Kumpel Rolf dabei zudachte. Nur eins war wie immer schon klar – er selbst würde sich auf keinen Fall die Finger schmutzig machen. Schließlich war er kein Mörder.

37. Kapitel

Sontheim ging mit rastlosem Geist ins Bett, und genauso unruhig verlief auch die Nacht. Es wollte ihm einfach nicht in den Kopf, dass sie dem mutmaßlichen Serienkiller so nahe gekommen waren, ohne auch nur im Ansatz dessen Identität entschlüsseln zu können. Vergeblich hatte Ali versucht, herauszufinden, wohin der Unbekannte gefahren war, der kurz zuvor das Postfach in Buschdorf geleert hatte. Zwecklos die Hoffnung, auf diese Weise das Versteck zu entdecken, in dem Sarah Weinert vermutlich darauf wartete, endlich befreit zu werden.

Gegen halb fünf gab Sontheim das Unterfangen endgültig auf, erholsamen Schlaf zu finden. Er setzte sich an den Laptop und rief noch einmal die Videodatei des angeblichen Anwalts auf, der Laumann im Knast besucht hatte und der mit großer Wahrscheinlichkeit für die Flucht des Serienkillers verantwortlich war. Er wusste nicht, wie oft er sich die Aufnahme mittlerweile angeschaut hatte, die er zum ersten Mal in Jürgens Büro gesehen hatte. Dutzende Male, immer auf der Suche nach einem Detail, das ihm möglicherweise bisher durch die Lappen gegangen war. Nach dem x-ten Durchlauf, der wie die Anläufe zuvor keine neuen Erkenntnisse gebracht hatte, brauchte er eine Pause. Da ihm das Wetter nach wie vor einen Strich durch seine allmorgendliche

Joggingrunde machte, verlagerte er die halbstündige Trainingseinheit wie an den Tagen zuvor kurzerhand ins Wohnzimmer. Dreißig Minuten lang powerte er sich aus. Dann wischte er sich den Schweiß von Stirn und dem muskulösen Oberkörper, holte eine Flasche Wasser aus dem Kühlschrank und pflanzte sich wieder vor den Computer.

Dort startete er erneut die Aufnahmen, die den Unbekannten aus Buschdorf zeigten, und genehmigte sich einen kräftigen Schluck Wasser. Der Anwalt vom anderen Video hinkte leicht, während der Mann mit der Kappe hier schnellen Schrittes durchs Bild huschte. Das bisschen, was von den Gesichtern der beiden Unbekannten sichtbar war, deutete nicht darauf hin, dass es sich um ein und dieselbe Person handelte; Alis Gesichtserkennungssoftware hatte sie diesbezüglich auch nicht weitergebracht. Dennoch war Sontheim davon überzeugt, dass der Mann in beiden Videos der Bestrafer war. Vermutlich hatte der Kerl mit Silikon und Schminke nachgeholfen.

Nachdem er die Aufnahmen von der Überwachungskamera der Sparkasse in Buschdorf mehrmals angesehen hatte, stellte er auf Splitscreen-Modus um und ließ beide Videos parallel ablaufen. Sein Blick wanderte aufmerksam immer wieder hin und her – mehrere Durchläufe lang. Aber es half nichts, die Aufnahmen brachten ihn nicht weiter. Ein Bauchgefühl sagte ihm, dass er die Antwort auf die Frage, wer der Unbekannte in beiden Überwachungsvideos war, direkt vor sich hatte.

Frustriert schlurfte er ins Bad und hüpfte unter die Dusche. Er genoss den warmen Strahl der Brause, bevor er sich den Nassrasierer schnappte. Dann setzte er die messerscharfe Klinge an die linke Wange und begann mit der Rasur, anschließend war die rechte Seite dran, abschließend Hals und Kinnpartie. Seit er sich mit vierzehn zum ersten Mal den zarten Flaum im Gesicht entfernt hatte, war es stets dieselbe Reihenfolge gewesen. Ein ganz persönliches Ritual … Warum er gerade jetzt darüber sinnierte, wusste er selbst nicht. Er schüttelte den Kopf, konnte sich ein Lächeln aber nicht verkneifen. Als er den Rasierer zurück in die Schale legte, stutzte er. Ritual, Tick, Marotte – egal, wie man es nannte: Es war für einen Menschen beinahe genauso charakteristisch wie ein Fingerabdruck. Natürlich! War das die Antwort, die er die ganze Zeit suchte? Der Grund, weshalb er gerade jetzt über den ewig gleichen Ablauf seiner Rasur nachdachte? Weil tief in seinem Unterbewusstsein die Information lauerte, die er seit Stunden gesucht hatte?

Er stellte das Wasser ab, stieg aus der Dusche, griff noch das Handtuch und stürmte zurück ins Wohnzimmer an den Computer, wobei er eine Wasserspur auf dem Laminatboden hinterließ.

Auf dem Laptop liefen immer noch in Dauerschleife die beiden Aufnahmen aus dem Gefängnis und der Überwachungskamera des Geldautomaten. Er rubbelte sich halbwegs trocken, um sich anschließend das Handtuch um die Hüften zu wickeln. Dann stoppte er die Sequenzen und ließ die Aufzeichnung aus dem Gefängnis noch einmal von Beginn laufen. Nach circa zwei Minuten war es ganz deutlich zu sehen. Vor lauter Aufregung vergaß er fast zu atmen.

Noch einmal spielte er die Szene in Zeitlupe ab. Nein, kein Zweifel, er hatte sich nicht geirrt. Er ließ das Video weiterlaufen. Bei 3:32, kurz bevor der angebliche Anwalt den Besucherraum in der JVA verließ, war es noch einmal zu sehen. Einmal konnte noch ein Zufall sein, aber zweimal? Es war nur eine kleine verräterische Handbewegung. Das Auffällige daran: Es gab eigentlich gar keinen Grund für diese Geste.

Anschließend nahm er sich erneut die erste Aufnahme aus Buschdorf vor. Als der unbekannte Mann in den Wagen einstieg, der direkt vor dem Geldautomaten geparkt war, kniff Sontheim die Augen zusammen und schaute ganz genau hin. Da. Kurz bevor der Typ den Hyundai startete und losbrauste, war es zu sehen. Nur ganz kurz. Jemand, der nicht danach suchte, hätte es vermutlich nicht einmal bemerkt. Aber es war unverkennbar. Und ganz plötzlich hatte er eine ziemlich klare Vorstellung davon, wer Sarah Weinert entführt hatte und möglicherweise seit einigen Jahren im gesamten Bundesgebiet für zahlreiche als Selbstmord getarnte Morde verantwortlich war.

Die Erkenntnis traf ihn wie ein Schlag. Er wusste, dass sein Verdacht auf verdammt wackligen Füßen stand. Dennoch war er davon überzeugt, dass er auf der richtigen Fährte war. Er musste es nur noch beweisen!

38. Kapitel

»Hast du mal auf die Uhr geguckt, Lukas? Es ist halb sieben! Ich hoffe, du hast einen guten Grund, mich zu nachtschlafender Zeit aus der Koje zu schmeißen.«

Die Verärgerung in Alis schlaftrunkener Stimme war kaum zu überhören, aber darauf konnte Sontheim keine Rücksicht nehmen. Er brauchte Informationen, und die waren nur auf unkonventionellen Wegen zu beschaffen. »Jammer nicht wie eine alte Heulsuse. Ich bin schon seit ein paar Stunden auf, und ich würde sagen, es hat sich gelohnt. Du wirst noch genug Zeit haben, deinen Schönheitsschlaf nachzuholen.« In kurzen Worten fasste er zusammen, welche Entdeckung er gemacht hatte.

»Darauf begründest du deinen Verdacht? Bisschen dünn, oder? Jeder Verteidiger würde dich in der Luft zerreißen, das ist dir doch hoffentlich klar?« Ali konnte kaum fassen, was er gerade gehört hatte.

»Ich weiß selbst, wie sich das anhört. Aber je mehr ich darüber nachdenke, desto plausibler klingt es für mich! Deswegen weiß er auch so viel über die Opfer, wir haben uns ja schon gefragt, wie er auf sie aufmerksam wird. Immerhin hat der sich immer wieder Leute geschnappt, gegen die gerade erst Ermittlungen aufgenommen worden sind, und das nicht nur hier in Köln. Sowohl Brenners Leute als auch die Ermittler in den anderen Bundesländern, wo der Serienkiller zugeschlagen hat, haben das als wichtigen Umstand herausgestellt. Allen voran Niklas Weghorst. Egal, ob Polizist, Richter, Anwalt, Putzpersonal, Sicherheitsleute oder Justizfachangestellte. Die Liste könnte man beliebig erweitern – da kommen 'ne Menge Leute in Betracht, die Zugang zu internen Akten haben könnten.«

»Hm«, brummte Ali in den Hörer. »In den Ermittlungsakten stand aber auch, dass sich die These bisher nie erhärten ließ, dass der Täter direkten Zugang zu Polizeiinfos gehabt hat.«

»Eben, bisher. Was bist du denn so negativ?«

»Ist ein echt heißes Eisen, das du da schmieden willst.« Ali gähnte. »Außerdem musst du zugeben, dass deine Schlussfolgerung auf den ersten Blick echt ungewöhnlich ist. Nur weil du was beobachtet haben wirst. Klar, trotzdem ist's natürlich eine interessante Theorie. Okay, ich schwing mich aus dem Bett.«

»Also kann ich davon ausgehen, dass du jetzt in die Tastatur haust, um mir Infos zu beschaffen?«

»Bin schon auf dem Weg. Gib mir ein paar Minuten. Ich brauch jetzt erst mal 'nen Hallo-wach-Kaffee. Meld mich wieder.«

Fünf Stunden später – Sontheim hatte ergebnislos verschiedene Orte abgeklappert, die aus seiner Sicht als mögliche Verstecke des Bestrafers infrage kamen und noch nicht von der Polizei untersucht worden waren – kam endlich der lang ersehnte Anruf. Ali wollte ihn sofort sehen und nicht am Telefon über seine Erkenntnisse sprechen. Um viertel nach zwölf klingelte er bei Ali.

»Willst du was trinken?«

Sontheim verneinte. Er ließ sich auf die neue Ledercouch im Wohnzimmer fallen, während Ali den Raum verließ. Kurz darauf kehrte der IT-Experte mit einem Laptop in der Hand zurück und setzte sich neben ihn.

»Als du heute Morgen angerufen und mir von deinem Verdacht erzählt hast, hab ich dich ehrlich gesagt für übergeschnappt gehalten«, begann er, schob die Ärmel des froschgrünen Longsleeves hoch und nahm das Notebook auf den Schoß.

»Und was denkst du jetzt?« Sontheim warf seinem Kumpel einen neugierigen Blick zu.

»Dass du möglicherweise einen echt guten Riecher hattest. Aber der Reihe nach. Ich hab ein paar interessante Facts über unseren Kandidaten herausgefunden. Ich überlass es dir, deine eigenen Schlüsse draus zu ziehen.«

Sontheim klopfte ungeduldig mit dem Zeigefinger auf den Oberschenkel. Er kannte Alis Vorliebe fürs Melodramatische, ließ ihn aber gewähren, da er wusste, wie wertvoll seine Informationen in der Regel waren.

»Ich hab mich erst mal mit der Familiengeschichte beschäftigt. Wusstest du, dass der Typ steinreich ist? Die Familie hat ein Vermögen mit dem Handel von Luxuskarren gemacht.«

Sontheim verneinte. Ihm kam sofort in den Sinn, dass die finanzielle Unabhängigkeit des Serienkillers im Täterprofil herausgestellt worden war. »Offenbar ist er also nicht in die Fußstapfen der Eltern getreten«, meinte er nur.

»Nee, er hat das Geschäft nach dem Tod der Eltern verkauft. Für ein stattliches Sümmchen.«

Sontheim wurde hellhörig. »Wann sind die Eltern gestorben?«

»Moment, muss ich nachschauen.« Ali rief ein Dokument mit diversen Informationen auf, das er erstellt hatte. »2002, er hatte gerade Abi gemacht.«

»Weißt du, wie sie …?«

»Ja, ist aber nicht das, was du jetzt hören willst. Autounfall in Monaco. War damals sogar in den Medien. Zusammenstoß mit einem LKW. Er hatte definitiv nichts mit dem Ableben der Eltern zu tun.«

»Wäre ja auch zu einfach gewesen«, murrte Sontheim.

»Richtig. Aber der Unfall passt irgendwie zu der tragischen Geschichte der Familie.«

»Inwiefern?« Sontheim hob die rechte Augenbraue, als er Ali anstarrte.

»Die Schwester ist den plötzlichen Kindstod gestorben. Vier Monate war die Kleine. Da war er gerade mal fünf.«

»Könnte ein Trauma bei ihm ausgelöst haben.«

»Möglich. Das wurde dann vermutlich vertieft, als ein Schulfreund auf tragische Weise ums Leben gekommen ist. Jens Karman. Die Jungs waren eislaufen, Jens ist ins Eis eingebrochen und ertrunken«, erklärte Ali.

Sontheim lehnte sich zurück und faltete die Hände hinter dem Kopf zusammen.

»Woran denkst du?«, fragte sein Freund, der ihn von der Seite musterte.

»Halt mich für irre, aber ich frag mich, ob das wirklich ein Unfall war.«

Ali legte den Kopf schief. »Ähm …«, murmelte er schließlich und sah Sontheim zweifelnd an.

»Ich weiß, dass das jetzt sehr weit hergeholt ist. Wie wir wissen, treibt der Bestrafer seine Opfer in den Selbstmord. Wir können davon ausgehen, dass er es genießt, ihnen dabei zuzusehen und eine unglaubliche Macht über Leben und Tod zu haben. Wo kommt das her? Wäre doch möglich, dass sich diese Neigung, anderen beim Todeskampf zuzusehen, schon ganz früh bei ihm gezeigt hat.«

»Er wird seinem Kumpel wohl kaum gut zugeredet haben, ins Eisloch zu springen«, unterbrach Ali ihn.

»Nein, natürlich nicht. Gehen wir einfach mal davon aus, dass das wirklich ein Unfall gewesen ist. Aber es wäre doch denkbar, dass er gar nicht erst *versucht* hat, dem Jungen das Leben zu retten! Vielleicht hat ihn Jens' Todeskampf fasziniert. Es könnte eine Art Schlüsselerlebnis für ihn gewesen sein, das ihn angetrieben hat, diesen Kick immer wieder aufs Neue zu erleben. Viele Serientäter hatten so ein Erlebnis.«

Ali blies die Wangen auf und ließ langsam die Luft entweichen. »Uff, echt gruselig. So weit hab ich noch gar nicht gedacht. Aber es würde auf unheimliche Art und Weise Sinn ergeben – vor allem, wenn man bedenkt, was ich sonst noch rausgefunden hab.«

»Mann! Schieß los!« Sontheim war nervös.

»Ich war mal so frei und habe eine Karte mit den Fundorten der Leichen erstellt, die dem Bestrafer zugeordnet wurden. Das sind die blauen Punkte, die du in der Grafik erkennst. Die Jahreszahlen der Leichenfunde hab ich direkt daneben geschrieben, dank der Akten der Bullen ein Kinderspiel. Dann hab ich überprüft, wo sich Mister X in den Zeiträumen aufgehalten hat, als die Morde verübt wurden. Dank des Lebenslaufs, der uns vorliegt, keine allzu große Herausforderung. Die roten Punkte in der Karte stehen für den jeweiligen Wohnort des Serienkillers zum selben Zeitpunkt. Fällt dir was auf?«

Sontheims Augen ruhten auf dem Bildschirm. Das, was er dort sah, verschlug ihm schier die Sprache.

Ali schnalzte zufrieden mit der Zunge. »Wusste doch, dass dir das gefallen würde.«

»Der Irre hat sich fast immer zur fraglichen Zeit im Umkreis der Leichenfunde aufgehalten«, flüsterte Sontheim.

»Soweit ich das rekonstruieren konnte, trifft das auf fast achtzig Prozent der Fälle zu. Dieser Selbstmord in Stuttgart vor acht Jahren, bei dem dieselbe Python 357 wie bei dem Verlagsleiter, diesem Sven Borchert, vor ein paar Tagen verwendet wurde – dem ersten Opfer hier in Köln – da hat der Kerl in Fellbach gewohnt.« Ali zeigte auf den roten Punkt, der sich in Baden-Württemberg befand und gesäumt war von vier blauen Markierungen, die für jeweils ein Opfer standen. »Wie gesagt, konnte ich das für den Großteil der Taten auf die Schnelle belegen. Ich bin mir sicher, dass wir mit ein bisschen Zeit auch noch die anderen Lücken schließen könnten.«

»Nicht nötig. Was ich gesehen hab, reicht mir.« Sontheim beugte sich nach vorn und starrte Ali an. »Wir müssen unbedingt sein Versteck finden! Sarah, sie … Sag, hast du zufällig …«

»Nein«, unterbrach ihn Ali sofort, als könnte er Gedanken lesen. »Hab mich ins Grundbuchamt gehackt, hat aber nichts gebracht. Kein Eintrag auf seinen Namen.«

»Verdammte Scheiße«, fluchte Sontheim und schlug sich mit der Faust in die Hand.

»Du solltest schnellstmöglich mit Brenner sprechen und ihm zeigen, was ich entdeckt hab.«

»Das werde ich gleich. Obwohl ich mir ausmalen kann, wie er reagiert. Er wird mich für völlig übergeschnappt halten.« Sontheim war aufgesprungen und eilte mit der Jacke überm Arm in den Flur.

»Zeig ihm die Karte, die spricht für sich. Das alles ist mehr als nur ein bloßer Zufall! Und dann noch die Sache mit dem Jungen, der ins Eis eingebrochen ist – kann mir vorstellen, dass an deiner Theorie was dran ist.«

»Ach so: Irgendein Hinweis darauf, dass er mal in psychologischer Behandlung war?«, fiel Sontheim ein.

»Fehlanzeige.« Ali schüttelte den Kopf.

»Kannst du mir seine Privatadresse geben?«

»Klaro. Schick ich dir gleich alles per Mail, auch die Karte. Wie geht's jetzt weiter?«

»Auf jeden Fall muss ich zu Jürgen. Jetzt. Wie auch immer er reagiert, ich werde der Sache auf jeden Fall weiter auf den Grund gehen. Die Indizien sind sowas von deutlich! Aber es muss Beweise für unseren Verdacht geben. Und Sarah muss so schnell es geht gefunden werden. Uns bleibt nicht mehr viel Zeit.«

39. Kapitel

»Die Plage von Köln gibt sich die Ehre.« David Jerat verdrehte die Augen, als Sontheim in Brenners Büro stürmte. Er stand hinter dem Stuhl des Hauptkommissars, die beiden Männer hatten gerade auf den Monitor gestarrt.

Das Verhältnis zwischen ihm und Jerat konnte man am zutreffendsten als unterkühlt bezeichnen, dachte Sontheim. Obwohl der Kripomann ihm vor zwei Jahren das Leben gerettet hatte. »Wusste gar nicht, dass Rudolph mittlerweile 'nen Nebenjob hat und bei der Kölner Mordkommission arbeitet«, konterte er in Anspielung auf den leuchtendroten Zinken Jerats. »Aber vielleicht können wir die Scharmützel erst mal beiseiteschieben. Ich habe wirklich wichtige Informationen für euch.« Auch Brenner schaute mittlerweile über den Bildschirm hinweg zu ihm herauf.

»Das hoff ich auch für dich. Für irgendwelche neuen Spinnereien von dir haben wir nämlich keinen Nerv«, brummte der Hauptkommissar.

»Ich habe sowieso Besseres zu tun«, erwiderte Jerat trotzig und stakste aus dem Büro.

Sontheim sah ihm hinterher und nahm dann unaufgefordert auf einem der beiden Besucherstühle Platz.

»Also?« Brenner schaute ihn prüfend an.

Sontheim pustete einmal kräftig durch, er wusste, dass

er sich jetzt auf dünnes Eis begeben würde. »Wenn ich nicht völlig falsch liege, ist jemand aus deinem näheren Umfeld für die Morde des Bestrafers verantwortlich. Außerdem bin ich mir mittlerweile ziemlich sicher, dass dieselbe Person Sarah Weinert entführt hat.«

»Und hat diese Person auch einen Namen?« Brenner verengte die Augen zu engen Schlitzen.

Sontheim nickte und ließ dann die Bombe platzen.

Brenners Augen wurden immer größer, der Mund stand offen. »Wie kommst du auf diese absurde Idee? Dafür gibt's überhaupt keinen Anhaltspunkt!«, platzte es aus ihm heraus.

»Sicher? Ihr habt doch selbst anfangs einen Insider in Betracht gezogen, aber nicht entsprechend ermittelt! Ali und ich hingegen haben Indizien ausgegraben, die eine sehr klare Sprache sprechen.«

»Da bin ich aber mal gespannt.« Brenner verschränkte die Arme vor der Brust.

»Sowohl der falsche Anwalt als auch der Typ, der das Postfach in Buschdorf geleert hat, haben dieselbe blöde Angewohnheit, sich die Haare hinters Ohr zu klemmen. Ist mir schon damals bei der ersten Begegnung mit ihm aufgefallen. Das hat mich stutzig gemacht. Schaut euch die Aufnahmen noch mal an, und ihr werdet sehen, was ich meine. Es ist ein Tick, den man nicht ablegen kann, wenn man daran gewöhnt ist. Und diesen Tick hat besagter Kollege auch.«

»Und wenn schon? Das beweist rein gar nichts. Ich

kann dir bestimmt auf Anhieb mindestens drei Personen nennen, die das auch machen«, raunzte Brenner.

Er klang zwar genervt, aber die Tatsache, dass er die Enden seines Schnurrbarts zwischen den Fingern zu zwirbeln begann, verriet Sontheim, dass er dessen volle Aufmerksamkeit hatte und dass sein alter Partner bereits über die Bedeutung seiner Worte nachdachte. Hastig fuhr er fort: »Mag sein, und ja, das allein beweist sicherlich nichts. Aber was Ali und ich sonst noch ausgegraben haben, dürfte euch trotzdem interessieren.« Sontheim berichtete kurz und knapp, was sie kurz zuvor zusammengetragen hatten. »Und wenn ihr jetzt immer noch der Meinung seid, der Typ hätte keine Leiche im Keller, dann ist euch auch nicht zu helfen«, schloss er, beugte sich nach vorn und wartete auf eine Reaktion.

Brenner starrte ihn aus müden Augen nachdenklich an, dann faltete er die Hände vor dem Gesicht und schloss die Lider.

»Wir sollten keine voreiligen Schlüsse ziehen«, sagte der leitende Ermittler schließlich, als er die Augen wieder öffnete. »Allerdings muss ich zugeben, dass deine Informationen beunruhigend klingen«, räumte er ein.

»Ist ja schon mal ein Anfang. Allerdings reicht mir das nicht. Wenn ich mit meinem Verdacht richtig liege, und daran hab ich keinen Zweifel, dann …«.

»Stopp«, unterbrach ihn Brenner barsch, und Sontheim verstummte augenblicklich. »Du weißt, dass ich dein kriminalistisches Gespür schätze, aber du hast mir schon einige wilde Theorien im Fall Sarah Weinert aufgetischt.

Jetzt beschuldigst du in diesem Zusammenhang einen hoch angesehenen Kollegen, ein Serienkiller zu sein. Du wirst verstehen, dass ich nicht gleich die Kavallerie losschicken kann, um ihn zu verhaften.«

»Ehrlich gesagt, habe ich aber genau das gehofft. Er passt doch perfekt ins Täterprofil! Finanziell unabhängig, intelligent und so weiter.« Diesmal war es Sontheim, der seinem langjährigen Freund das Wort abschnitt. Er rutschte unruhig auf dem Stuhl hin und her.

Brenner schlug mit der Faust auf den Tisch und schoss vom Schreibtischstuhl hoch. »Verdammt noch mal, Lukas! Ich muss mich an gewisse Regeln halten, du weißt das doch! Natürlich werden wir der Sache sofort mit Nachdruck nachgehen. Aber ich kann den Mann nicht einfach verhaften, nur weil du *glaubst*, dass er sowohl der falsche Anwalt als auch der Typ aus der Postfiliale ist!« Brenners Gesicht war puterrot angelaufen.

»Checkt die Alibis für die Köln-Morde, dann werdet ihr sehen, dass ich recht habe. Außerdem werdet ihr feststellen, dass er von Beginn der Mordserie an fast immer in der Nähe der Leichenfundorte gelebt hat. Komischer Zufall, oder? Und die Sache mit dem Schulfreund, der ins Eis eingebrochen und ertrunken ist, stinkt meiner Meinung nach auch zum Himmel.«

»Wovon redest du?« Brenner sah ihn verständnislos an.

»Jens Karman. Ist zu Schulzeiten beim Schlittschuhlaufen auf einem See ins Eis gebrochen und ertrunken. Und jetzt ratet, wessen Freund er war. Passt ins Tatmuster der aktuellen Morde.«

»Bitte! Er war nicht mal in der Stadt, als das erste Opfer in Köln aufgefunden wurde. Dafür gibt es Zeugen.«

»Na, dann muss er ja unschuldig sein«, erwiderte Sontheim kühl. »Habt ihr selbst mit diesen Zeugen gesprochen?«

Brenner musste sich eingestehen, dass das nicht der Fall war. Dafür hatte allerdings auch kein Anlass bestanden.

»Und wo steckt er jetzt? Wir können gleich zu ihm gehen und ihn fragen«, blieb Sontheim am Ball.

»Unterwegs, geht einem Tipp nach«, knurrte der Hauptkommissar.

»Allein? Findest du das nicht seltsam? Was ist das überhaupt für eine Spur?«

»Das werden wir gerade dir auf die Nase binden. Außerdem musst du dich gerade darüber mokieren, dass ein Ermittler einer Information nachgeht, ohne den Kollegen en détail Bescheid zu geben. Du warst doch der Meister der Alleingänge, als du den Laden hier geschmissen hast«, knurrte Brenner schroff.

Sontheim schwante, dass er tatsächlich nicht wusste, welcher Spur er nachging. »Ruf ihn wenigstens mal an und frag ihn, wann er zurück ins Büro kommt«, schlug er vor.

Brenner starrte das Handy an, das vor ihm auf dem Schreibtisch lag, und wählte dann eine Nummer. »Geht nicht dran. Mailbox«, brummte er.

Sontheim erhob sich von seinem Stuhl. »Wenn ich an deiner Stelle wäre, würde ich sein Handy mal orten lassen. Wer weiß, wofür's gut ist. Nehmt das ernst!« Er sah Brenner eindringlich an, bevor er aus dessen Büro stiefelte.

Er stürmte gerade aus dem Präsidium, als Ali anrief.

»Was sagen die Bullen?«

»Sie gehen der Sache nach«, antwortete Sontheim zerknirscht.

»Mit anderen Worten, sie unternehmen erst mal nichts, und es liegt wieder mal an uns, Beweise ranzuschaffen. Da trifft sich's gut, dass du mich hast. Ich glaub, ich hab was.«

40. Kapitel

»In Königswinter?« Sontheim öffnete die Wagentür und ließ sich auf den Fahrersitz fallen.

»Ist knapp fünfundzwanzig Kilometer von Buschdorf entfernt. Er hat mehrmals in den letzten Monaten an besagter Tankstelle die Kreditkarte benutzt«, erwiderte Ali.

»Du hast dir die Kreditkartenabrechnung besorgt? Clever! Warum fährt man zu einer Tanke in Königswinter, wenn man in Bonn-Beuel wohnt?«

»Das ist die Gretchenfrage. Ich glaube, dass er dort nicht nur getankt hat, dafür sind die Rechnungen zu hoch. Wenn du mich fragst, hat er auch im Tankstellenshop eingekauft.«

»Du glaubst, er hat dort einen Zwischenstopp auf dem Weg zu seinem Versteck eingelegt, um Besorgungen für die Opfer zu machen?«

»Korrekt.«

»Wäre möglich. Hat er Immobilien in der Gegend?«

»Negativ.«

»Gibt's irgendwelche leerstehenden Gebäude im Umkreis von Königswinter?«

»Hab ich gecheckt, kommt nichts infrage. Und ist auch unwahrscheinlich, dass er seine Show mitten in einem Wohngebiet abzieht.«

»Die Postfiliale in Buschdorf, eine Tankstelle in Königswinter, er selbst wohnt in Beuel … Der Kerl wildert nicht in seinem eigenen Revier, aber er wohnt in unmittelbarer Nähe. Das Versteck muss irgendwo im Großraum Bonn sein. Fragt sich nur, wo?« Sontheim schlug genervt aufs Lenkrad.

»Schlage vor, du kommst zu mir, gemeinsames Brainstorming kann nicht schaden. Ich spendier auch 'ne Pizza. Salami-Schinken, so wie immer?«

Na toll, mehr als eine Stunde für die knapp fünfeinhalb Kilometer. Verkehrschaos wegen einer Vollsperrung auf der Severinsbrücke. Entsprechend angesäuert war Sontheim, als er sich auf Alis Couch fallen ließ. Zehn Minuten später stand der Pizzabote mit zwei Mafiatorten, wie Ali zu sagen pflegte, vor der Tür. Zum Glück hatte der IT-Experte die Bestellung kurz nach dem Telefonat aufgegeben.

»Zeig noch mal die Bilder der Immobilien, die du rausgesucht hast«, bat der Privatermittler kauend.

Ali legte sein Stück Pizza zur Seite, rief die entsprechende Datei noch mal auf und startete die Slideshow. Anschließend biss er genüsslich in die Funghi.

Sontheim starrte auf die Fotos, die alle fünf Sekunden wechselten. Bei Bild sieben klingelte sein Handy, das Ali wie üblich in der Stahlkassette verstaut hatte. Der Klingelton verriet ihm, dass es Jürgen sein musste.

Ali sprang auf und holte kommentarlos die verschlossene Kiste. Ehe Sontheim es herausgekramt hatte, verstummte das Handy schon wieder. Er rief umgehend zurück. »Was gibt's?«, fragte er, als sein ehemaliger Partner ranging.

Brenner berichtete, was Jerat herausgefunden hatte.

»Habt ihr ihn schon befragt?«

»Das hätten wir gern. Allerdings meldet er sich nicht. Wir haben versucht, sein Handy zu orten, aber bisher ohne Erfolg.«

»Oha.« Mehr sagte Sontheim nicht. Mit einem Auge schielte er immer noch auf die Aufnahmen der Immobilien, die als mögliche Verstecke für die entführten Opfer dienen konnten. Dabei machte er sich Notizen zu den Gebäuden, die sein Interesse weckten.

»Wir setzen die gesamte Manpower unserer Soko ein, um seine Vergangenheit unter die Lupe zu nehmen. Wenn das eine Sackgasse ist und du dich geirrt haben solltest, brauche ich wahrscheinlich einen neuen Job. Ich hoffe, du denkst dann an mich und stellst mich als deine rechte Hand ein.« Es folgte ein kurzes verzweifeltes Lachen.

Nicht mehr als Galgenhumor, dachte Sontheim. »Ich denk an dich, versprochen. Allerdings glaub ich, dass das nicht nötig sein wird. Ich weiß, dass er es ist. Und wenn du ganz ehrlich zu dir bist, denkst du das mittlerweile auch.«

»Ich meld mich wieder, sollte es was Neues geben. Darf ich fragen, was du gerade machst?«

»Ich bin bei Ali, und wir genehmigen uns gerade Pizza.«

Der Hauptkommissar seufzte. »Ich will gar nicht wissen, was ihr sonst noch ausheckt. Bis später.«

»Das Schein-Alibi wackelt gewaltig.« Sontheim biss in seine Pizza, trank einen Schluck Cola hinterher und klärte Ali über Brenners Informationen auf.

»Der Drecksack ist es, darauf verwette ich meinen Arsch!«

»Yep, denk ich auch. Außerdem ist er ganz offenbar abgetaucht, Jürgens Leute können ihn nicht orten.«

»Seltsam.«

»Allerdings. Kannst du rausfinden, wer die Besitzer der Gebäude von den Fotos drei, sieben, neunzehn, einundzwanzig, siebenundzwanzig und vierunddreißig sind?« Sontheim hatte seine Auswahl der Objekte, die Ali im Großraum Bonn als mögliche Rückzugsorte des Bestrafers herausgesucht hatte, auf diese sechs beschränkt. Sie waren aus seiner Sicht die Immobilien, die am ehesten in Frage kamen.

»Klaro«, erwiderte Ali. »Darf ich fragen, warum gerade die?«

»Lage und Größe. Die anderen sind schlichtweg zu klein, um da gleich mehrere Gefangene wie Sven Borchert, Gabi Engelbrecht oder auch Sarah über mehrere Wochen gefangen zu halten.«

Ali nickte. »Sollte kein Problem sein.«

Zwei Eigentümer waren durch einfache Internetrecherche ausfindig zu machen. Um die Identität der restlichen Besitzer herauszufinden, hatte sich Ali wieder ins Grundbuchamt der Stadt Bonn hacken müssen. Kurze Zeit später kannten sie die gesuchten Eigentümer. Bei einem Namen stockte beiden Männern der Atem.

»Ein Zufall?«, fragte Sontheim. Er schaute angespannt zu Ali, der schon wieder die Finger über die Tasten fliegen ließ wie ein Pianist, dabei aber stumm wie ein Fisch blieb.

»Willst du mir nicht erklären, was du da gerade machst?«

Sein Kumpel mit dem Surferboy-Look hob lediglich die linke Hand und brachte ihn damit wieder zum Schweigen. Minutenlang tippte Ali kryptische Befehle ein, was Sontheim nervös machte, da er nicht die geringste Ahnung hatte, was da vor sich ging. Es dauerte mehr als eine halbe Stunde, bis Ali laut »Bingo!« rief, die Faust ballte und aufgeregt auf den Monitor zeigte.

»Das, mein Freund, ist der Beweis dafür, dass das alles andere als ein Zufall ist. Jens Karman, der ertrunkene Schulfreund, ist von den Toten auferstanden. Und das einzig und allein, um vor vier Monaten dieses Weingut in Königswinter zu erstehen. Die Dokumente sind gefälscht, eindeutig. Keine Vita zu Karman zu finden. Die Sozialversicherungsnummer ist auch 'ne Fälschung.«

Sontheim stupste seinen Kumpel mit dem Ellenbogen an. »Du bist genial, Ali. Hol mich der Teufel, wenn Sarah und Laumann nicht dort sind!« Er sprang auf, schnappte sich die Jacke und das Handy, das immer noch auf dem Tisch lag und machte sich auf zum Flur. »Ich muss da sofort hin und mich dort mal umschauen.«

»Hältst du das für 'ne gute Idee? Falls der Irre wirklich sein Privatgefängnis in diesem Weingut eingerichtet hat, solltest du auf keinen Fall allein dorthin, Mann! Soll ich nicht wenigstens mitkommen?«

Sontheim dachte kurz nach, schüttelte dann aber den Kopf. »Ich rufe unterwegs Jürgen an und sag ihm, was wir rausgefunden haben. Diesmal muss er die Kavallerie losschicken.«

41. Kapitel

Sontheim steuerte die schneebedeckte Zufahrt vor dem alten Weingut in Königswinter entlang. Brenner hatte sich immer noch nicht zurückgemeldet, obwohl er ihm schon dreimal auf die Mailbox gesprochen hatte. Was trieb der Kerl nur, dass er nicht mal eine Minute aufbringen konnte, und das bei Alarmstufe Rot? Den Gedanken, die Bonner Polizei anzurufen und unter einem guten Vorwand, zum Beispiel einem fingierten Einbruch, zu dem Weingut zu locken, hatte er ebenso verworfen wie einen Anruf bei der Feuerwehr. Sie würden mit großem Tamtam dort aufkreuzen und den Bestrafer vorzeitig warnen. Nicht auszudenken, welche Konsequenzen das für Sarah haben konnte. Für einen Einsatz wie diesen brauchte es speziell ausgebildete Kräfte wie das MEK oder das SEK. Die konnte er kaum hierherlotsen, dafür brauchte er Brenner. Ein weiterer Versuch, seinen ehemaligen Partner zu erreichen, ging ins Leere, wieder sprang nur die Mailbox an. Es war zum Verzweifeln.

Die Straße glich einer kleinen Allee, nach knapp zweihundert Metern war das Gebäude im Licht der Scheinwerfer zu erkennen. Sämtliche Fensterläden auf der Frontseite des herrschaftlichen, aber renovierungsbedürftigen Hauses waren geschlossen. Das imposante Weingut machte auf den ersten Blick einen verlassenen Eindruck. Kein anderes Fahrzeug war zu sehen. Sontheim stoppte in der Nähe eines Treppenaufgangs, der zum Eingang hinaufführte. Er entschied, sich erst mal allein umzusehen und holte eine Taschenlampe aus dem Handschuhfach. Im Schein der Lampe erkannte er Fußspuren im Schnee auf den Stufen.

Vorsichtig näherte er sich der schweren Holztür und spähte durch das Buntglas. Doch drinnen war überhaupt nichts zu erkennen, nicht mal der Hauch eines Lichtscheins. Dann war es wohl besser, zunächst den Rest des Gebäudes von außen zu inspizieren. Er schlich, so leise er konnte – der Schnee knirschte unter den Füßen -, an der meterlangen Front vorbei und bog dann um die Ecke Richtung Rückseite. Etwas später stand er auf einer imposanten Terrasse, die im Sommer vermutlich einen herrlichen Blick auf den dahinterliegenden Garten bot, der jetzt unter einer Schneedecke lag. Auch hier waren sämtliche Fenster und Türen mit großen Klappläden verschlossen. Eisiger Wind pfiff ihm unangenehm um die Ohren, doch aus dem Inneren des Gebäudes drang nach wie vor kein einziges Geräusch.

Er setzte seine Route fort, bog um die Ecke und erklomm kurze Zeit später wieder den Treppenaufgang. Oben angekommen, zog er sein Lederetui mit den Dietrichen aus der Innentasche der Daunenjacke, klemmte sich die kleine Maglite zwischen die Zähne und machte sich am Schloss der schweren Holztür zu schaffen. Das Türschloss erwies sich als widerspenstiger, als er erwartet hatte, nach über einer Minute hatte er es endlich geknackt. Ganz vorsichtig schob er die Tür auf. Das Quietschen der rostigen Angeln ließ ihn vor Schreck fast zur Salzsäule erstarren. Auch das Türknarzen kam ihm in der Stille der Umgebung derart laut vor, dass er genauso gut hätte klingeln können, um seine Ankunft anzukündigen. Er verharrte einen Moment auf der Türschwelle und horchte. Immer noch nichts zu hören, stellte er erleichtert fest.

Sontheim betrat mit einem mulmigen Gefühl in der Magengegend die dunkle Eingangshalle. Der wesentliche Unterschied zwischen Lukas Sontheim, dem Hauptkommissar, und Lukas Sontheim, dem Privatermittler, war die Tatsache, dass er seine Recherchen mittlerweile ohne Schusswaffe durchführte. Und die vermisste er gerade am meisten. Wenn dieser Irre hier irgendwo auf ihn lauerte, war er ihm schutzlos ausgeliefert. Nicht mal eine schusssichere Weste trug er – wenigstens die hätte er sich in der Zwischenzeit zulegen sollen, ging es ihm durch den Kopf, als er sich Schritt für Schritt langsam vorwagte, den Strahl der Taschenlampe gen Boden gerichtet.

Als er die Mitte der Halle erreicht hatte, verharrte er einen Moment und horchte in die Dunkelheit. Eine gespenstische Ruhe lag über dem ehemaligen Weingut. Außer seinem eigenen Atem war nichts zu hören. Er leuchtete mit der Maglite die Wände ab. Keine Bilder, keine Möbel, rein gar nichts, was darauf hindeutete, dass dieses Haus bewohnt war. Zu seiner Linken führten zwei Türen aus der Halle hinaus, rechterhand war nur eine Tür zu sehen. Direkt vor ihm führte eine Treppe mit geschwungenem Geländer hinauf in den ersten Stock. Er hatte also die freie Auswahl, wo er mit der Suche beginnen wollte, wobei die Treppe ausschied. Ein Killer würde seine Gefangenen kaum im ersten Stock unterbringen, dafür eignete sich am ehesten ein Keller. Und den gab es in einem Weingut mit Sicherheit. Hier konnte man ohne Weiteres mehrere Zellenräume einrichten, um seine Opfer in völliger Ungewissheit schmoren zu lassen. Hinzu kam die Abgeschiedenheit des Gebäudes. Ein perfekter Ort für den Bestrafer.

Sontheim steuerte geradewegs auf die erste Tür zu seiner Linken zu. Er drückte die Klinke hinunter und zog die alte Holztür auf, deren Angel zum Glück ein leiseres Quietschen verursachte als das der Eingangstür. Dennoch zuckte er kurz zusammen, bevor er den Raum betrat. Er ließ den Schein der Ministablampe durchs Zimmer schweifen. Es war leer. Umgehend trat er den Rückzug an und öffnete die zweite Tür. Auch nichts, sah man von einem Stuhl ab, der einsam und verlassen vor einem der beiden Fenster stand.

Er durchquerte die große Empfangshalle mit den schachbrettartigen schwarzweißen Fliesen und steuerte auf die Tür der gegenüberliegenden Seite zu. Er öffnete sie vorsichtig und erkannte dank der Taschenlampe einen schmalen Flur dahinter, von dem ebenfalls mehrere Räume abführten. Die Luft, die ihm entgegenschlug, roch leicht muffig. Aber er war sich sicher, dass hinter einer der Türen der Zugang zum Keller lag.

Beim dritten Versuch hatte er endlich Erfolg. Er wusste es in dem Moment, als er die Tür einen Spalt breit geöffnet hatte. Feucht-modriger Geruch, ein untrügliches

Zeichen dafür, das er dem Ziel näherkam. Vor ihm lag eine Treppe mit abgenutzten Stufen, wie er im Schein der Taschenlampe erkannte. Er verharrte einen Moment und lauschte. Vergeblich.

Seltsam. Womöglich war er doch auf dem Holzweg? Aber es konnte doch unmöglich ein Zufall sein, dass die alten Gemäuer von einer Person gekauft worden waren, die nachweislich seit über zwanzig Jahren tot war! Und warum zum Henker meldete sich Brenner nicht zurück?

Stufe für Stufe arbeitete er sich die Treppe hinab, der Schein der Taschenlampe tänzelte über die alten Stufen. Unten angekommen, leuchtete Sontheim den Raum aus, einen alten Gewölbekeller mit roten Backsteinwänden. Er beschloss, zunächst den Kellerbereich links von ihm zu überprüfen.

Er war vielleicht fünf oder sechs Meter gegangen, vorbei an ein paar großen Weinfässern – von gefängnisartigen Zellen bisher nichts zu sehen –, als er plötzlich ein Geräusch direkt hinter sich hörte. Reflexartig drehte er sich um die eigene Achse und leuchtete in die Richtung. Nichts. Er atmete einmal tief durch. Als er weitergehen wollte, vernahm er unerwartet ein Fauchen, und nur eine Sekunde später berührte ihn etwas an der Schulter. Panikartig schlug er mit der Maglite danach, und er erwischte es offenbar auch. Im Schein der Taschenlampe erkannte er eine Ratte mit langem nacktem Schwanz, die auf den Boden geschleudert wurde und sich fiepend von dannen machte.

In Panik riss er die Stablampe hoch und sah auf einer Rohrleitung zwei weitere dieser Viecher sitzen, die aber sofort weghuschten, als sie vom Lichtschein erfasst wurden. »Ich hasse Ratten«, murmelte Sontheim, der schon fast am Ende des Raumes angekommen war. Angeekelt machte er sich auf den Rückweg, um den Rest des alten Weinkellers auf der anderen Seite der Treppe zu inspizieren.

Er hatte gerade den Treppenabsatz passiert, als er abermals ein Geräusch hörte, das er nicht näher zuordnen konnte. Diesmal schien es allerdings aus dem Erdgeschoss gekommen zu sein. Oder hatte er sich das nur eingebildet? Er lauschte einen Moment regungslos. Weil er aber nach knapp einer halben Minute nichts weiter aufschnappen konnte, setzte er seinen Weg fort. Auch dieser Teil des Kellers sah nicht danach aus, dass hier irgendjemand gefangen gehalten worden wäre. Alte Weinfässer thronten auf beiden Seiten.

Ali hatte herausgefunden, dass der Besitzer des Weingutes vor zwei Jahren überraschend verstorben war. Da es keine Erben gegeben hatte, war das verschuldete und mitunter heruntergekommene Anwesen zwangsversteigert worden. Vermutlich lagerte in den Fässern sogar noch Wein. Sontheim war fast schon froh, dass er weder die Polizei noch die Feuerwehr angerufen hatte, um sie herzulocken. Er wäre in arge Erklärungsnot geraten. Gleichzeitig wuchs der Frust darüber, dass er sich derart getäuscht hatte, was das Weingut anging. Warum zum Henker hatte es der Irre dann erstanden? Es konnte niemand anderes hinter der gefälschten Identität von Jens Karman stecken, oder? Und noch immer keine Spur von

Sarah, trotz seines gewagten Alleingangs, der tatsächlich ganz schön riskant gewesen war, wie ihm langsam aufging. Geduld war noch nie seine Stärke gewesen, das würde ihn irgendwann mal den Kopf kosten. Alles nur, weil Brenner sich noch nicht bei ihm gemeldet hatte, was ihn mindestens genauso ärgerte wie der Fehlschlag hier im Weingut. Enttäuscht trat er der den Rückzug an und stapfte die Treppe hinauf.

Gerade als er in den Flur trat, klingelte sein Handy. Bestimmt Brenner! »Wurde ja auch langsam mal Zeit«, murmelte Sontheim, der sich gleichzeitig darüber ärgerte, dass er das Ding nicht stumm geschaltet hatte. Was für ein Anfängerfehler! Wäre der Bestrafer tatsächlich hier untergetaucht, hätte ein eingehender Anruf spätestens jetzt verraten, dass jemand hier war. Er fingerte mit der freien Hand nach dem Smartphone in der Innentasche der Jacke. Im nächsten Moment traf ihn ein harter Gegenstand am Kopf.

Bevor er registrieren konnte, was geschah, schlug er bereits auf dem Fußboden auf und versank in tiefe Dunkelheit.

42. Kapitel

18:17 Uhr

»Herr Lichtenstein, das passt gerade ganz schlecht.« Brenner siezte den IT-Experten immer noch, obwohl sie sich bereits seit Jahren kannten.

»Nicht auflegen, bitte. Lukas sitzt vermutlich in der Scheiße. Er ist einer Spur nachgegangen und jetzt nicht mehr zu erreichen. Sein Handysignal hab ich vor knapp zwanzig Minuten verloren.«

»Momentchen mal, schön der Reihe nach. Was soll das heißen, Sie haben das Handysignal verloren?«

»Was ist denn daran nicht zu verstehen? Ich hab Lukas' Smartphone getrackt. Er hat das Teil von mir bekommen. Absolut abhörsicher. Und da ich ja weiß, dass er das seltene Talent besitzt, sich immer wieder in Gefahr zu bringen, hab ich das Ding mit einem GPS-Tracker versehen. So weiß ich im Ernstfall wenigstens, wo er steckt. Und dieser Ernstfall ist jetzt eingetreten.«

»Hm«, knurrte Brenner. »Lukas hat mir ein paar Nachrichten auf der Mailbox hinterlassen, ich war in einer Besprechung. Als ich eben zurückgerufen habe, ist er nicht drangegangen. Was ist das für eine Spur?«

»Wir haben rausgefunden, dass ein gewisser Jens Karman ein ehemaliges Weingut in Königswinter gekauft hat. Das war der Name des Schülers, der damals ins Eis eingebrochen ist. Es gibt überhaupt keine Legende zu diesem Karman. Wir waren uns sicher, dass der Bestrafer sich mit einer geklauten Identität das Weingut unter den Nagel gerissen hat. Würde jedenfalls perfekt passen, um die Opfer über mehrere Wochen von der Bildfläche verschwinden zu lassen. Abgeschieden, genug Platz und so weiter. Fand der Typ vermutlich witzig, das Weingut unter dem Namen seines alten Freundes, vielleicht sogar seines ersten Opfers, zu kaufen. Auch wenn wir bisher nicht nachweisen konnten, dass er dahintersteckt«, rasselte Ali die Erkenntnisse, so schnell er konnte, herunter.

»Wie lautet die Adresse? Ich werde die Kollegen in Bonn sofort verständigen, die sollen einen Wagen da vorbeischicken.« Brenner, der zunehmend panisch wurde, notierte die Anschrift und bat Lichtenstein vor dem Auflegen, sich umgehend bei ihm zu melden, sollte er etwas von Sontheim hören. Dann ließ er sich mit der Polizeidienststelle in der Drachenfelsstraße in Königswinter verbinden.

Er hatte mittlerweile nicht mehr die geringsten Zweifel daran, wer hinter dem Kauf des Weingutes steckte. Was die Taskforce der Soko in den letzten beiden Stunden zu Tage gefördert hatte, war mehr als beunruhigend. Sie hatten zwar noch keinen eindeutigen Beweis dafür gefunden, dass der Verdächtige auch wirklich der Serienkiller war, aber Brenners gesunder Menschenverstand sagte ihm, dass Lukas mal wieder den richtigen Riecher gehabt hatte und jetzt wahrscheinlich in ernsthaften Schwierigkeiten steckte.

Vor knapp einer Stunde war ein Mitglied der Soko mit einem Scanner durch sämtliche Räumlichkeiten der Mordkommission gelaufen und hatte eine Wanze in seinem Büro und eine weitere im Besprechungsraum entdeckt – irgendjemand hatte also großes Interesse daran, die Gespräche des Teams mitzuhören. Brenner ahnte, nein wusste, dass dieser jemand Niklas Weghorst war. Es passte alles perfekt zusammen. So hatten sie zum Beispiel herausgefunden, dass der BKA-Mann die Nächte während der Tagung in Amsterdam, als die Morde in Köln begannen, nachweislich nicht in seinem Hotel verbracht hatte. Wo immer die Morde in den vergangenen Jahren verübt worden waren, tauchte bei der Überprüfung der Wohn- und Arbeitsplatzsituation auch der Name Weghorst auf. Finanziell unabhängig war der Kerl zudem auch noch, und als Polizist war es für ihn ein Leichtes, Informationen über seine potenziellen Opfer zu sammeln. Aufgescheucht durch den Wanzenfund in ihren Räumlichkeiten hatten sich die Cyber-Forensiker direkt an die Arbeit gemacht, um sämtliche Handys und PCs der Ermittler zu überprüfen. Hinweise auf Spyware auf den Rechnern oder dass ihre Handys gehackt worden waren, hatten sie bisher nachweisen können.

Der Mann, dem sie alle vertraut hatten, wusste also mittlerweile, dass man ihn im Visier hatte, vorausgesetzt, er war wirklich der Täter. Aber warum sollte es daran noch Zweifel geben? – Seit er am Mittag das Präsidium verlassen hatte, war er unauffindbar. Ein Team war vor wenigen Minuten mit einem richterlichen Beschluss in die Wohnung des Mannes eingedrungen. Brenner hoffte inständig, dass die Ermittler dort irgendeinen brauchbaren Hinweis auf ein mögliches Versteck fanden. Die Uhr tickte.

43. Kapitel

Langsam kam er wieder zu sich. Sein Schädel dröhnte, als hätte er eine ganze Nacht durchgesoffen. Stöhnend hob er den Kopf. Behutsam versuchte er, die Augen zu öffnen, die er sofort zu engen Schlitzen verengte, als er das grelle Licht wahrnahm.

»Dornröschen ist aufgewacht«, tönte von rechts eine Stimme, die ihm merkwürdig bekannt vorkam. Was zum Teufel war geschehen?

Das Weingut, der Keller, Brenners Anruf – die Erinnerungsfetzen setzten sich peu à peu zu einem Bild zusammen. Der Schlag auf den Hinterkopf … Sontheim wollte an die Stelle greifen, die ihn schmerzhaft daran erinnerte, dass ihn jemand schachmatt gesetzt hatte, aber etwas hinderte ihn. Handschellen. Mit einer Eisenkette an der Wand befestigt.

Er riss die Augen auf. Reflexartig wollte er sich aufbäumen, aber auch die Beine waren gefesselt. Er saß auf einem Betonboden. Langsam wandte er den Kopf zu Seite, dahin, woher die Stimme kurz zuvor gekommen war. Niklas Weghorst, der Mann mit den schulterlangen Haaren und dem Tick, die Strähnen hinters Ohr zu klemmen, lehnte locker an der Wand und lächelte.

Von links kam ein seltsames, gedämpftes Grunzen. Er drehte den Kopf in die andere Richtung, was sich anfühlte, als würden ihm gleichzeitig tausend Nadeln ins Gehirn gestoßen. Das groteske Bild, das sich ihm bot, ließ ihn kurz zusammenzucken. An der Wand festgekettet, den Kopf fixiert, sodass die Augen geradeaus starrten, stand dort aufrecht sein alter Widersacher. Die Augenlider waren ihm entfernt worden. Unterhalb der Augäpfel waren Blutspuren zu erkennen, als hätte er rote Körperflüssigkeit geweint. Der Mund war ihm zugenäht worden, so, wie er es bei seinen Opfern gemacht hatte, bevor ihm das Handwerk gelegt worden war. Laumann glotzte ihn an.

Obwohl er den Mörder seiner Frau und seiner Tochter abgrundtief hasste, raubte der Anblick von Laumanns entstelltem Gesicht Sontheim den Atem.

»Ich heiße Sie herzlich willkommen«, erklang die staubtrockene Stimme von rechts. Sie verriet keinerlei Emotion.

»Sie krankes Schwein«, nuschelte Sontheim immer noch leicht benommen, als er zu dem Bestrafer hinüberschaute.

Weghorst stieß sich mit dem Fuß von der Wand ab und kam langsam auf ihn zu. Er neigte den Kopf ein wenig zur Seite und grinste. Selbst ohne die markante Schminke erinnerte Sontheim die Fratze des Fallanalytikers vom BKA an den Joker aus *Batman*.

»Auch wenn Sie es mir vermutlich nicht glauben werden, aber ich war das nicht.« Weghorst deutete mit dem Kinn in Richtung Laumann. »Sein Kumpel aus der Fremdenlegion war für die Verschönerung verantwortlich. Die beiden haben versucht, mir eine Falle zu stellen. Töricht.« Er schnalzte mit der Zunge. »So sind sie beide zu meinen Gästen geworden. Ich habe nicht mal viel Überzeugungsarbeit leisten müssen, damit Laumanns Kumpel das Skalpell schwingt. Man könnte wohl meinen, die Freundschaft der beiden hat jetzt etwas gelitten.« Er lachte höhnisch auf. »Bis wir bei unserem kleinen Spielchen unterbrochen wurden. Ich habe nicht schlecht gestaunt, als ich Sie auf dem Überwachungsvideo vom Weingut gesehen habe. Ich wusste ja, dass Sie gut sind. Aber …« Er hielt kurz inne.

»Aber was?« Sontheim war jetzt hellwach.

»Ich war ja darüber im Bilde, dass Sie mir auf den Fersen sind. Habe im Büro dieses lahmen Chefermittlers eine Wanze installiert. Dass Sie das mit dem Weingut so schnell herausfinden, habe ich allerdings nicht vermutet. Da bin ich lieber auf Nummer sichergegangen und habe Sie einkassiert. Seit Jahren lege ich falsche Fährten, lasse die Kollegen nach einem Mörder suchen, der direkt vor ihrer Nase tanzt, und am Ende ist es ein Ex-Kommissar, ein trockener Alkoholiker, der mich wegen einer simplen Geste zur Strecke bringt?« Er schüttelte ungläubig den Kopf.

Diesmal war es Sontheim, der bitter auflachte. »Habe eine gute Beobachtungsgabe, würde ich sagen. Ist es nicht langsam an der Zeit, aufzugeben? Sie sind enttarnt, *Bestrafer*. Ist nur 'ne Frage der Zeit, wann Brenner das Versteck findet. Wir sind ja vermutlich nicht mehr im Weingut, wie ich annehme?«

Weghorst lächelte nur, für Sontheim Bestätigung genug. Er konnte nur hoffen, dass Brenner und sein Team mittlerweile auf der richtigen Spur waren und das richtige Versteck rechtzeitig fanden. Sonst … Er musste auf Zeit spielen. »Es gibt keinen Grund mehr, uns auch noch in den Tod zu schicken, selbst wenn mir nichts ferner läge, als Laumann das Leben zu retten.«

»Ich, aufgeben? Warum? Jetzt fängt der Spaß doch erst richtig an. Ein Wettlauf gegen die Zeit. Wer gewinnt, der Bestrafer oder die Polizei? Klar, durch Ihr Zutun haben Sie das Spiel geringfügig verlängert. Gleichzeitig hat sich dadurch aber eine ganz neue Option für mich ergeben.«

»Sie sind noch kranker in der Birne, als ich dachte!« Sontheim spie die Worte regelrecht aus. »Aber wenn das alles nur ein Spiel für Sie ist, warum halten Sie sich dann nicht an die Regeln? Ich dachte, Sie treiben Ihre Opfer immer in den Selbstmord. Habe ich was verpasst oder was ist bei Laumann anders? Offensichtlich sollte er doch ermordet werden. Hat wohl nicht geklappt?« Sontheim versuchte, weiterhin kostbare Minuten zu gewinnen, indem er Weghorst in ein Gespräch verwickelte.

Die Selbstzufriedenheit stand dem Profiler ins Gesicht geschrieben. Er wandte sich ab, verschränkte die Hände hinter dem Rücken und ging ein paar Schritte auf und ab. Laumann, der dann und wann aufstöhnte, widmete er keinerlei Aufmerksamkeit. »Wie Sie richtigerweise festgestellt haben, bestimme ich die Spielregeln. Das war schon immer so, und das wird auch nach meiner Flucht so bleiben. Was Sie oder die kleingeistigen Kriminalbeamten über mich wissen, ist doch nur die Spitze des Eisbergs. Alles, was über mich und meine Taten bekannt ist, wissen Sie, weil ich wollte, dass die Öffentlichkeit davon erfährt. Selbst der von der Presse lancierte Name – der Bestrafer – stammt von mir höchstpersönlich. Ich habe ihn einem dieser übereifrigen Journalisten eingeflüstert. Der Typ hat es damals dankbar in der Schlagzeile seines Schmierblattes verbreitet.«

»Es gab noch Opfer, von denen keiner weiß?«, flüsterte Sontheim.

»Der Kandidat hat hundert Punkte. Und das Beste daran ist, ich habe keinem einzigen von denen persönlich auch nur ein Haar gekrümmt. Genau genommen habe ich der Gesellschaft einen Dienst erwiesen. Unratbeseitigung nennt man das.« Weghorst klatschte in die Hände und drehte sich einmal jubelnd um die eigene Achse.

Das Bild vom Joker wurde vor Sontheims Augen immer klarer. Der Typ hatte definitiv einen an der Klatsche. Aber niemand hatte es bemerkt. Auch er nicht. Er versuchte, weiterhin auf Zeit zu spielen. »Warum das Weingut?«, fragte er.

Weghorst verdrehte theatralisch die Augen. »Das Weingut war tatsächlich zunächst mein Favorit, um meine Pläne hier im Rheinland, meiner alten Heimat, in die Tat umzusetzen. Sonst hätte ich es auch gar nicht erst erworben – oder vielmehr, der gute Jens. Konnte er sich wenigstens nach all den Jahren mal nützlich machen.« Wieder ein diabolisch klingendes Lachen. »Wie es der Zufall so wollte, hat sich aber ganz plötzlich eine noch bessere Option ergeben. Und so hat es mich ins schöne

Bad Honnef verschlagen, wo mein werter Herr Onkel mütterlicherseits ein kleines, aber feines und zudem sehr abgelegenes Schlösschen besitzt. Der Gute wurde für ein Jahr nach Singapur beordert, um die Niederlassung der Firma wieder auf Vordermann zu bringen. Hat mich gefragt, ob ich in der Zwischenzeit den Schlossherrn mimen will. Der alte Geizhals wollte keinen Cent für einen Verwalter verschleudern. Ich war gerade erst wieder nach Bonn gezogen und musste nicht lange überzeugt werden, denn das Schloss verfügte praktischerweise über die Räumlichkeiten im Keller, die ich so dringend brauchte. Verdanken wir den Nazis, die sich das Schloss im Dritten Reich unter den Nagel gerissen haben und den alten Kasten für ihre Zwecke umgestaltet haben. Da mein Onkel Flugangst hat, muss ich auch nicht befürchten, dass er hier unerwartet auftaucht. Der überlegt sich das dreimal, bevor er wieder nach Hause fliegt. Überhaupt wird hier niemand auftauchen, das können Sie sich getrost abschminken.« Weghorst lächelte.

Sontheim stöhnte auf. Warum waren sie nicht auf die Idee gekommen, die Eigentumsverhältnisse anderer Familienangehöriger zu checken? Hoffentlich hatte die Soko nicht denselben Fehler begangen, sonst war er geliefert. Und was das für Sarah bedeuten würde, wollte er sich lieber gar nicht erst ausmalen.

»Geht es dem Mädchen gut?«, presste er durch die Zähne und wechselte damit abrupt das Thema.

Weghorst starrte ihn verständnislos an. »Was denken Sie denn? Selbstverständlich geht's ihr gut, ich bin doch kein Unmensch.« Wieder dieses selbstgefällige Grinsen. »Ob das allerdings so bleibt, liegt ganz bei Ihnen.«

»Was soll das nun wieder heißen?« Sontheim ballte die Hände zu Fäusten.

»Das werden Sie gleich erfahren, Geduld, Geduld. Es wird Ihnen allerdings nicht gefallen. Aber wenigstens bekommen Sie eine faire Chance, das Leben des Mädchens zu retten.«

Aus der Hosentasche holte Weghorst einen kleinen Schalter hervor, den er über die rechte Schulter hielt, während er auf einen Knopf drückte. Wie von Geisterhand öffnete sich ein Vorhang an der gegenüberliegenden Wand. Ein circa zwei mal ein Meter großes verglastes Fenster kam zum Vorschein. Dahinter erkannte Sontheim Sarah Weinert. Das Mädchen saß gefesselt und geknebelt auf einem Stuhl im Nebenraum, eine Art Haube auf dem Kopf, von der ein Kabel wegführte.

»Mein Gott«, wisperte Sontheim. Das konnte doch alles nicht wahr sein! »Geben Sie auf, das hat doch alles keinen Sinn!«

Weghorst presste einen Zeigefinger an die dünnen Lippen und brachte ihn somit zum Schweigen. Dann machte er auf dem Absatz kehrt und verließ den Raum.

Sontheim begann, wie wild an den Handschellen zu zerren. Sekunde um Sekunde, vergeblich, die Dinger saßen zu fest. Es war vielleicht eine knappe Minute vergangen, als Weghorst wieder zurückkehrte. In der Hand hielt er eine Flasche Wodka.

44. Kapitel

»Wie ich bereits sagte, bestimme ich die Regeln. Ich habe gewisse Vorkehrungen getroffen. Ich stelle mir das in etwa so vor: Lukas Sontheim entdeckt im Keller dieses schönen Anwesens den geschundenen und hilflosen Christoph Laumann. Er nutzt die Gelegenheit und tötet den Mörder seiner geliebten Familie kaltblütig. Anschließend betrinkt er sich und steuert mit rasender Geschwindigkeit in selbstmörderischer Absicht seinen Wagen vor einen Baum. So schließt sich der Kreis. Tragisch. Natürlich bin ich gezwungen, auf die eine oder andere Weise die Ereignisse zu beeinflussen, aber wir werden alle unseren Spaß dabei haben.«

Sontheim schüttelte vehement den Kopf. Weghorst hatte definitiv den Verstand verloren. »Und was soll das bringen? Niemand wird glauben, dass es sich so abgespielt hat! Ist doch nur noch eine Frage der Zeit, bis Brenner Sie erwischt.«

»Ach, mal ganz davon abgesehen, dass ich nicht vorhabe, mich erwischen zu lassen: Was haben die Kollegen denn schon gegen mich in der Hand? Ein paar läppische Indizien. Vermutungen, die sich nicht beweisen lassen. Dass ich zufällig in der Gegend gewohnt habe, in der der Bestrafer sein Unwesen getrieben hat, ist zwar eine Tatsache, aber was beweist das schon? Man wird mich mit keinem der erzwungenen Selbstmorde direkt in

Verbindung bringen können. Tja, und was die Entführungen von Sarah oder all den anderen Opfern angeht, habe ich auch meine berechtigten Zweifel, dass man mir die nachweisen kann. Nehmen wir mal meine Taten in Köln: Die Zellenräume hier im Schloss habe ich nach dem Ableben meiner Besucher gründlichst gereinigt. Die KTU wird nicht mal ein Staubkorn darin finden. Sarah hat mich nie zu Gesicht bekommen. Selbst jetzt kann sie uns nicht sehen, sie sieht lediglich ihr eigenes Spiegelbild. Außerdem hat sie die ganze Zeit über unter Drogen gestanden, keine besonders brauchbare Zeugin. Und ob sie überhaupt lebend hier wieder rauskommt und befragt werden kann, wird sich erst noch zeigen. Liegt einzig und allein bei Ihnen.« Weghorst schraubte den Verschluss der Schnapsflasche auf und machte einen Schritt auf ihn zu. »Jetzt schön den Mund aufmachen und trinken«, befahl er, beugte sich zu ihm herunter und hielt ihm die Flasche hin.

»Auf keinen Fall.« Sontheim presste die Lippen fest zusammen.

»Dachte ich mir, dass Sie das sagen würden. Ich kann Ihre Reaktion sogar nachvollziehen, Sie haben schließlich lang gegen Ihre Dämonen angekämpft und sie letztlich sogar besiegt. Aber wenn Sie nicht freiwillig trinken, wird das Sarah leider gar nicht gut bekommen.« Weghorst warf einen Blick über die Schulter in Richtung des Mädchens, während Laumann durch den zugenähten Mund grunzte, als der Name seiner Tochter fiel. Kaum hatte der Fallanalytiker zu Ende gesprochen, holte er ein

Handy aus der Hosentasche. »Jedes Mal, wenn Sie sich weigern, zu trinken, wird das Mädchen einen Stromschlag erhalten, der immer heftiger ausfallen wird, je öfter Sie ablehnen. Mal schauen, wie lange sie durchhält.« Dann tippte er auf das Display, und innerhalb einer Sekunde bäumte sich der Körper in dem Stuhl im Nebenraum auf, und Sarah schrie wie am Spieß, wie man sehen, nicht aber hören konnte.

Laumann zerrte hektisch an seinen Fesseln, dabei schnaubte er wie ein wild gewordenes Tier. Seine Halsschlagader trat auf unnatürliche Weise hervor. Auch Sontheim zuckte beim Anblick von Sarahs schmerzverzerrtem Gesicht zusammen. Nach ein paar Sekunden tippte Weghorst wieder auf das Display, und der Spuk hatte ein Ende. Der Körper des Mädchens entspannte sich.

»Sie krankes, perverses Schwein!«, zischte Sontheim. Speicheltropfen flogen in Richtung des Fallanalytikers.

»Kein Grund, gleich ausfallend zu werden.« Weghorst grinste. »Es liegt einzig und allein an Ihnen, ob die Kleine leiden muss oder nicht. Sie haben so viel auf sich genommen, um sie zu finden. Da werden Sie doch nicht so kurz vorm Ziel aufgeben wollen?« Er schwenkte demonstrativ die Wodkaflasche vor Sontheims Nase hin und her, gleichzeitig hielt er das Handy mit der Steuerung der Stromzufuhr für den elektrischen Stuhl in die Luft.

Sontheims Blick wanderte zur Flasche, dann zu Sarah und schließlich wieder zurück zur Flasche. Sekunden verstrichen.

Dann nickte er, öffnete widerwillig den Mund, und

Weghorst schüttete den Schnaps hinein. So viele Tage war er jetzt trocken geblieben, dachte Sontheim … Die Geschmacksknospen der Zunge registrierten den wohlbekannten Stoff, der ihm jahrelang das Gehirn vernebelt hatte. Er schluckte, weil er keine andere Wahl hatte, ein nicht unerheblicher Teil lief das Kinn hinunter Richtung Hals. Er dachte an Nina und Linda. Und an Sarah, die nichts von dem mitbekam, was sich in diesem Kellerraum abspielte.

Das Zeug war ekelhaft, sein Magen krampfte regelrecht zusammen. Nach ein paar Sekunden machte Weghorst eine Pause, ließ ihn zu Luft kommen. Als er erneut ansetzte, um ihn abzufüllen, reagierte Sontheim intuitiv und spukte das Zeug wieder aus, was einen weiteren Stromschlag für Sarah zur Folge hatte. Diesmal noch länger als beim ersten Mal. Der Anblick war furchtbar. Sontheim fügte sich.

Die Prozedur wiederholte sich einige Male, bis die Flasche fast geleert war. Schon nach ein paar Minuten spürte Sontheim, wie ihm der Alkohol zu Kopf stieg. »Warum der ganze Aufwand mit Laumann?«, fragte er lallend, genau in dem Moment, als Weghorst die Flasche wieder ansetzen wollte.

Der Bestrafer hielt kurz inne. »Die erste vernünftige Frage von Ihnen.« Er stellte die Wodkapulle auf den Boden, ging in die Hocke und war jetzt buchstäblich auf Augenhöhe mit Sontheim, der angetrunken an der Wand lehnte. »War was Persönliches. Erinnern Sie sich an Sabrina Offergeld?«

Obwohl der Alkohol ihn zunehmend in einen Rauschzustand versetzte, erinnerte sich der Ermittler gut an den Namen des Mädchens. »Das erste Opfer vor zwei Jahren, kurz nachdem Laumann nach Köln zurückkehrte.« Die Kunststudentin war Sontheim damals direkt vors Auto gelaufen, er hatte ihr gerade noch ausweichen können. Die Augenlider waren ihr entfernt, die Lippen zugenäht worden. Laumann hatte für diese erste Begegnung mit ihm gesorgt.

»Richtig. Das arme Mädchen«, sagte Weghorst traurig, gefolgt von einem tiefen Seufzer.

Sontheim war überrascht angesichts dieser Gefühlsanwandlung. Die Erklärung folgte prompt.

»Sie war die Tochter eines alten Schulfreundes und mein Patenkind.« Weghorst erhob sich und ging auf den gefesselten Laumann zu. »Ihn einfach im Knast umlegen zu lassen, war keine Option. So leicht darfst du nicht davonkommen, nicht wahr?« Der BKA-Mann tätschelte energisch Laumanns Wange.

Der Mann mit dem zugenähten Mund knurrte, spannte die Muskeln an und beugte sich nach vorn. Die Augen schienen ihm dabei fast aus den Höhlen zu fallen.

Weghorst schaute ihn amüsiert an. »Netter Versuch.« Mehr sagte er nicht, dann wandte er sich wieder Sontheim zu. Dessen Kopf war inzwischen auf die Brust gesunken. »Wie ich sehe, entfaltet das GHB, das ich in den Wodka gekippt habe, seine Wirkung. Dann wollen wir mal loslegen, bevor Sie gänzlich weggetreten sind.«

Sontheim nahm die dumpfen Worte nur noch wie

durch Watte wahr. Er fühlte sich, als würde er durch Nebel wandern, sein Bewusstsein schien sich mehr und mehr von ihm zu entfernen. Als er hörte, dass Weghorst auf ihn zusteuerte, versuchte er, die Augen zu öffnen, aber die Lider wurden ihm schwer wie Blei. Durch schmale Schlitze registrierte er, dass sich der Killer an seinen Handschellen zu schaffen machte. Das Bemühen, die Hände zu bewegen und den Kerl am Kragen zu packen, war jedoch ein unmögliches Unterfangen. Er fühlte sich völlig kraftlos. Auch die Fesseln an seinen Füßen wurden entfernt.

Weghorst hievte ihn auf die Beine, stützte ihn und ging mit ihm hinüber zu Laumann. Als sie direkt vor dem Gefesselten standen, ließ der Fallanalytiker ihn los. Fast wäre Sontheim zusammengesackt und zu Boden gestürzt. Der Profiler wusste es gerade noch zu verhindern. »Reißen Sie sich gefälligst zusammen«, raunzte er ihn laut von der Seite an. »Sie haben's ja fast geschafft.« Dann drückte er ihm einen Gegenstand in die Hand.

Durch die Nebelbank vor seinen Augen erkannte Sontheim ein großes Fleischermesser. Wie ein angeschlagener Boxer torkelte er vor Laumann hin und her, kaum noch in der Lage, sich auf den Beinen zu halten oder einen klaren Gedanken zu fassen. Jedenfalls fast. Das Messer … die Chance, diesen Albtraum zu beenden.

»Denken Sie nicht mal dran«, drangen die Worte an seine Ohren. Fast zeitgleich wurde er plötzlich am Kopf gepackt und an den Haaren hochgerissen.

»Und jetzt schneid diesem Nichts endlich die Kehle durch«, flüsterte Weghorst ihm ins rechte Ohr.

Sontheim hatte nicht mal mitbekommen, dass der Irre hinter ihn getreten war. Er versuchte, die Augen zu öffnen, die Lider flatterten. Irgendwie gelang es ihm schließlich halbwegs. Er starrte in die Fratze des Mannes, der seine Familie ausgelöscht hatte. Die Hand verkrampfte sich um das Messer. Laumann nickte ihm zu.

»Worauf warten Sie? Dieses Schwein hat Nina und Linda auf dem Gewissen. Ihre geliebte Frau, Ihre geliebte Tochter!« Die Stimme klang kalt und emotionslos. »Wenn Sie es nicht tun, wird Sarah auch sterben. Wollen Sie das?«

Sekunden verstrichen. Sontheim spürte, dass ihm nicht mehr viel Zeit blieb, bis er im Reich der Dunkelheit versinken würde. Ganz langsam, fast mechanisch, hob er die Hand mit dem Messer in die Höhe.

45. Kapitel

»Wird er wieder?«, fragte Jürgen Brenner den Notarzt besorgt. Wenige Minuten zuvor war ein SEK-Team in das Schloss in Bad Honnef eingedrungen. Als Ali erneut bei ihm angerufen hatte, um ihm davon zu berichten, dass er das Chateau von Niklas Weghorsts Onkel als mögliches Versteck ausgemacht hatte, war das Einsatzteam bereits auf dem Weg dorthin gewesen. Die Soko hatte seit dem Nachmittag fieberhaft nach Rückzugsorten gesucht, die dem Serienkiller als möglicher Schlupfwinkel für seine Taten dienen konnten, und war so schließlich auf das Schloss gestoßen. Brenner hatte alles auf eine Karte gesetzt und darauf gedrängt, sofort nach Bad Honnef zu fahren. Das SEK-Team hatte er umgehend angefordert, nachdem er mit dem Staatsanwalt telefoniert und dieser ihm grünes Licht für den Einsatz erteilt hatte – obwohl der Einsatzort außerhalb der Zuständigkeit des Kölner Hauptkommissars lag.

Brenner und Jerat hatte sich ein Bild des Grauens geboten, als sie den Keller betraten, den das SEK kurz zuvor gestürmt und gesichert hatte. Christoph Laumann, der aus der Haft entflohene Serienkiller, war tot. Dem Mann war die Kehle durchtrennt worden, er war ausgeblutet wie ein Schwein auf der Schlachtbank. Und so, wie es aussah, war Sontheim dafür verantwortlich gewesen.

Sie hatten den blutbesudelten Lukas zu Füßen des

toten Serienkillers gefunden, der seine Familie auf dem Gewissen hatte. Ein Fleischermesser, mit großer Wahrscheinlichkeit die Tatwaffe, lag direkt neben ihm. Auch wenn die Spurenlage für sich sprach, war der Leiter der Kölner Mordkommission von der ersten Sekunde an davon überzeugt gewesen, dass sein alter Freund nicht aus freien Stücken zum Mörder geworden war.

Niklas Weghorst, BKA-Ermittler und nach aktuellem Ermittlungsstand der Killer, der seit fast einem Jahrzehnt als Bestrafer sein Unwesen in ganz Deutschland trieb, war von den Beamten des SEKs erschossen worden, als er sich der Verhaftung widersetzen wollte. In einem Nebenraum hatten sie schließlich Sarah Weinert entdeckt, gefesselt an einen elektrischen Stuhl, mit Brandverletzungen am Kopf und schwer traumatisiert, wie anzunehmen war.

In einem weiteren Raum, der als Gefängniszelle diente, waren sie auf einen Mann getroffen. Rolf Mayer, ein ehemaliger Weggefährte von Laumann aus der gemeinsamen Zeit bei der Fremdenlegion. Er war unverletzt. Brenner brannte darauf, den Mann in die Mangel nehmen zu können – er würde sicherlich wertvolle Informationen liefern können.

»Wir haben den Kreislauf stabilisiert. Angesichts des Allgemeinzustandes würde ich mal drauf tippen, dass nicht nur Alkohol im Spiel war. Er wird noch eine Weile schlafen«, erwiderte der Notarzt und deutete auf die Wodkaflasche, die auf dem Boden lag. Daneben war ein wenig Flüssigkeit auf dem Beton auszumachen, die ausgelaufen war.

Brenner prustete erleichtert durch. »Und das Mädchen?«, fragte er.

»Da müssen Sie den Kollegen fragen«, erwiderte der Arzt mit dem pechschwarzen Haaren freundlich. »Wir bringen den Patienten jetzt umgehend in die Klinik.«

»Danke.« Er nickte dem Notarzt kurz zu und tätschelte Sontheim kurz die Schulter. »Wirst schon wieder, alter Freund.«

Dann packten die beiden Sanis die Trage und verließen den Raum. Der Notarzt eilte mit seinem Koffer hinterher.

Brenner ging in den Nebenraum. Die Sanitäter dort waren gerade im Begriff, auch Sarah Weinert abzutransportieren. Im Gegensatz zu Sontheim war sie zwar bei Bewusstsein, aber dennoch sichtlich angeschlagen.

Als sie ihn erblickte, war der Anflug eines Lächelns zu erkennen. »Danke, dass Sie mich gerettet haben«, sagte sie mit zarter Stimme.

Der Hauptkommissar lächelte matt. »Bedank dich später bei dem Privatdetektiv, den deine Tante angeheuert hat. Du verdankst es seiner Hartnäckigkeit, dass wir dich gefunden haben.«

»Werde ich. Wie geht's meiner Mutter?«

»Den Umständen entsprechend gut. Sie kann es kaum erwarten, dich wiederzusehen.«

Das bildhübsche Mädchen lächelte. Tränen lösten sich aus ihren Augenwinkeln.

»Abmarsch«, sagte einer der Sanis.

Mittwoch, 10.2.

»Wie geht's jetzt weiter?« Sontheim war am Mittag aus dem Krankenhaus in Bad Honnef entlassen worden. Jürgen Brenner hatte ihn abgeholt, um mit ihm auf direktem Weg zum Polizeipräsidium am Walter-Pauli-Ring zu fahren, wo er neben Brenner, Kriminalrat Manfred Königstein sowie dem leitenden Staatsanwalt Oliver Studtrucker in den letzten sechzig Minuten hatte Rede und Antwort stehen müssen.

»Wie stehen die Chancen, dass Herr Sontheim in Anbetracht der Umstände nicht wegen Mordes verurteilt wird?«, meinte Königsstein an den Anklagevertreter gerichtet.

Der saß kerzengerade auf dem Stuhl, die Beine übereinandergeschlagen, die Hände zu einem Dreieck gefaltet und dachte offenbar nach. »Die Blutalkoholkonzentration lag bei über 3,3 Promille, zudem sind Herrn Sontheim zusätzlich Drogen verabreicht worden. Außerdem hat er sich weder fahrlässig noch vorsätzlich in diesen Zustand versetzt. Das sind alles wichtige Faktoren, wodurch sich die Schuldfähigkeit verringert oder nach § 20 StGB sogar ganz entfallen kann«, erklärte Studtrucker und sah Sontheim ernst an. »Außerdem haben Sie versucht, durch die Tat das Leben von Sarah Weinert zu retten, wie wir dank der Aufnahmen der Überwachungskameras wissen, die Weghorst in den Räumlichkeiten installiert hat. Obwohl Sie natürlich ein nachvollziehbares Motiv gehabt hätten, Laumann umzubringen.« Der Staatsanwalt hob beschwichtigend die

Hände, da er sah, dass Brenner die Augen verdrehte und zu einem Kommentar ansetzte. »Ich glaube Herrn Sontheim, er hat Laumann nicht aus freien Stücken getötet. Ich werde sicherlich ein hartes Stück Überzeugungsarbeit beim zuständigen Richter leisten müssen, aber letztlich sollte es darauf hinauslaufen, ihn von jeglichen Vorwürfen freizusprechen.«

»Ich verlasse das Präsidium also als freier Mann?«, fragte der Privatermittler dazwischen.

Studtrucker nickte. »Fürs Erste jedenfalls. Aber die Stadt sollten sie besser nicht verlassen.«

Sontheims Erleichterung war förmlich greifbar. Beim Betreten des Gebäudes hatte er keinen blassen Schimmer gehabt, ob der Staatsanwalt auf seiner Seite stehen würde. Wieso hätte der Mann ihm auch glauben sollen? Nur weil Weghorst ihn mit Alkohol abgefüllt und K.-o.-Tropfen verabreicht hatte, machte ihn das nicht unverdächtig. Ironischerweise konnte er sich an so gut wie nichts mehr erinnern. Dass er Christoph Laumann, dem Mörder seiner Familie, die Kehle zerfetzt hatte, war eindeutig erwiesen. Er hätte es dem Staatsanwalt nicht verübeln können, wenn der von einem Racheakt ausgegangen wäre. »Habe ich auch nicht vor«, entgegnete er. »Dann möchte ich mich jetzt von den Herren verabschieden.« Sontheim zog die Jacke an und reichte Königstein und Studtrucker die Hand, seinem Freund Brenner nickte er zu.

Auf dem Flur traf er auf David Jerat, seit jeher so etwas wie sein Intimfeind. Das kleine Kraftpaket, der Oberkommissar der Kölner Mordkommission war ein ganzes Stück kleiner als Sontheim, blieb abrupt stehen. Nicht das auch noch, dachte der Privatermittler. Er hatte jetzt keinen Nerv für einen verbalen Schlagabtausch.

»Schön, Sie wieder auf den Beinen zu sehen.«

»Danke.« Sontheim war überrascht. Jerat hatte sogar gelächelt.

»Dieser Mistkerl hat uns wirklich an der Nase rumgeführt. Was er Ihnen angetan hat, tut mir aufrichtig leid.« Jerat schaute betreten zu Boden. »Ich meine das mit …«, er zögerte, war ungewohnt zurückhaltend, »… die ganze Nummer, angefangen mit dem Wodka. Das war wirklich scheiße. Wo Sie so lange trocken waren.«

Sontheim lachte bitter auf. »Danke, das weiß ich zu schätzen. Aber das wird mich so schnell nicht umhauen. Dass ich einen Menschen getötet habe, ohne mich daran erinnern zu können, daran habe ich im Moment mehr zu knabbern. Auch wenn Laumann alles andere als ein Engel war. Da ist es nur ein schwacher Trost, dass ich am Ende vermutlich strafrechtlich mit einem blauen Auge davonkommen werde«, erwiderte er.

Jerat nickte. »Das ist verständlich.«

»Jetzt muss ich aber wirklich.« Sontheim warf einen flüchtigen Blick auf die Armbanduhr und marschierte an Jerat vorbei. Der Mann hatte in Wahrheit einen wunden Punkt getroffen, ohne es zu wollen. Die Dämonen waren wieder da.

Epilog

19 Uhr, Domstraße 58

Mit mulmigem Gefühl betrat er das Gebäude, wie schon unzählige Male zuvor. Er steuerte gezielt einen Raum an und nahm auf einem der beiden verbliebenen freien Stühle Platz, die im Kreis angeordnet waren. Wie immer war das Treffen gut besucht. Er war schon seit Monaten nicht mehr hier gewesen. Stimmgemurmel erfüllte den Raum, bis alle schlagartig verstummten, als Marco, der Leiter der Gesprächsrunde, das Wort ergriff.

»Ich grüße euch herzlich. Ich sehe alte und neue Gesichter heute Abend. Also, wer möchte den Anfang machen?«

Sontheim blickte sich um. Wie so oft zierten sich die meisten, den Anfang zu machen. Wenn das Eis erst einmal gebrochen war, trauten sich auch die anderen. Selbst bei fast allen Dauerbesuchern war das der Fall. Er hatte damit kein Problem. Sontheim erhob sich von seinem Stuhl und ergriff das Wort. »Mein Name ist Lukas Sontheim, und ich bin Alkoholiker. Ich war achthundertachtundvierzig Tage trocken und bin gestern rückfällig geworden.«

***

Fünf Monate später

»Der Angeklagte wird in allen Anklagepunkten freigesprochen. Die Kosten des Verfahrens und die entstandenen Ausgaben des Angeklagten trägt die Staatskasse.«

Als Sontheim die Worte des Richters vernahm, konnte er sein Glück kaum in Worte fassen. Die Steine, die ihm in diesem Moment vom Herzen fielen, konnte man regelrecht auf den Boden des Gerichtssaals fallen hören. Auch wenn Studtrucker, der zuständige Staatsanwalt und Anklagevertreter, ihm wenige Monate zuvor in Brenners Büro signalisiert hatte, dass seine Chancen auf einen Freispruch gut standen, waren immer diese Restzweifel geblieben. Nun verließ er den Sitzungssaal tatsächlich als freier Mann. Der erste Gratulant war sein Strafverteidiger gewesen, der ihm die Hand zum Glückwunsch reichte. Brenner ließ es sich nicht nehmen, ihn in die Arme zu schließen.

»Jetzt liegt es an dir, alter Freund. Denk über meinen Vorschlag nach«, sagte der Hauptkommissar, als er ihn endlich wieder losließ und anschließend aus dem Saal stürmte.

Nachwort

Liebe Leserin, lieber Leser,

vielen Dank, dass Sie sich für mein Buch »Der Schmerzflüsterer« entschieden haben. Ich hoffe, dass Sie mit Lukas und Ali mitgelitten haben. »Der Schmerzflüsterer« ist wie seine Vorgänger »Der Schmerzkünstler« und der »Der Schmerzfänger« selbstverständlich ein fiktiver Roman, alle in ihm vorkommenden Personen sind frei erfunden. Ähnlichkeiten und Übereinstimmungen mit lebenden oder realen Personen wären rein zufällig und sind nicht beabsichtigt.

Wie schon bei meinen bisherigen Veröffentlichungen durfte ich auch diesmal wieder auf ein tolles Team vertrauen, das dafür gesorgt hat, dass aus einer Idee am Ende ein neuer Thriller entstanden ist.

Ein ganz großes Dankeschön geht nach Dresden an meine Lektorin Christine Weber. Deine Anmerkungen waren wie immer Gold wert. Ich freue mich jetzt schon auf unser nächstes gemeinsames Projekt.

Bevor das Manuskript an meine Lektorin geschickt werden konnte, wurde es von meinen Testlesern auf Herz und Nieren geprüft. Ihr habt mich auf manche Ungereimtheit aufmerksam gemacht. Deshalb geht ein großes Dankeschön an meine Freundin Marion Kaster sowie an Beate Majewski, Daniela Weigel und meine Autorenkollegin Drea Summer. Eure Kritik, die Denkanstöße oder Ratschläge haben entscheidend dazu beigetragen, dass die Geschichte um Lukas und Ali am Ende eine runde Sache wurde. Ich habe den Austausch mit euch sehr genossen.

Dass Sie dieses Buch überhaupt in den Händen halten können, verdanken Sie nicht zuletzt dem Empire-Verlag. Vielen Dank an Thomas Seidl und sein Team, dass ihr mir das Vertrauen geschenkt habt und mich in den Schoß eurer Familie aufgenommen habt. Ihr seid wirklich großartig! An dieser Stelle möchte ich mich auch noch bei Peter Wolf für das Schlusskorrektorat bedanken und bei Chris Gilcher für die Umschlaggestaltung. Vielen Dank auch an Nicole Siemer für den technischen Support und die tollen Grafikvorlagen, die sie für mich erstellt.

Ein großes Dankeschön geht auch diesmal wieder an alle Buchblogger für die großartige Unterstützung, die ich von euch erhalte!

Ebenso dürfen Sie mir gerne Lob, Kritik, Anregungen oder Verbesserungsvorschläge mitteilen. Schreiben Sie einfach an meine E-Mail-Adresse: aachenkrimi@gmx.de. Ich schreibe auf jeden Fall zurück.

Herzlichst, Ihr Frank Esser

Weitere Veröffentlichungen

Der Schmerzkünstler
Empire-Verlag, Oktober 2021

Ein Thriller, bei dem einem der Atem stockt. Intelligent, fesselnd und schockierend.

Nach einem tragischen Verkehrsunfall verlor Lukas Sontheim seine Frau und Tochter. In seiner Trauer begann er zu trinken und wurde schließlich acht Monate später aus dem Polizeidienst entlassen.

Eigentlich möchte Lukas Sontheim nach seinem sonntäglichen Besuch bei seinen Eltern nur nach Hause fahren, als plötzlich eine spärlich bekleidete Frau auf die Fahrbahn läuft. Während er der Unbekannten zu Hilfe eilt, macht er eine furchtbare Entdeckung: Das Gesicht der jungen Frau ist auf grausame Weise entstellt worden. Genau wie bei seinem letzten großen Fall vor sechs Jahren. Noch bevor Lukas etwas unternehmen kann, wird er von hinten niedergeschlagen. Als er wieder zu sich kommt, ist die Frau verschwunden.

Hat er sich die Frau nur eingebildet? Seine ehemaligen Kollegen auf dem Polizeirevier wollen ihm nicht so recht glauben, denn den damaligen Serienkiller, Georg Laumann, hatte Lukas selbst geschnappt. Laumann erhängte sich noch vor Prozessbeginn in seiner Zelle. Was, wenn es einen Nachahmungstäter gibt? Oder ist Laumann am Ende sogar unschuldig gewesen? Lukas Sontheim beschließt, selbst zu ermitteln, jedoch ohne zu wissen, dass der Serienmörder die Frau als Botschaft an Sontheim geschickt und das Spiel gerade erst begonnen hat.

Der Auftakt der Lukas-Sontheim-Thriller-Reihe ist ein in sich geschlossener Fall. Der Thriller ist eine Neuauflage und erschien ursprünglich unter dem Titel Boshaft.

Der Schmerzfänger
Empire-Verlag, Dezember 2021

Nach „Der Schmerzkünstler" der zweite Hochspannungs-Thriller der Lukas-Sontheim-Reihe.

Ein virtueller Friedhof. Ein Countdown, der einen Tod ankündigt.

Orkus nennt sich der kaltblütige Mörder, der den Tod seiner Opfer im Darknet ankündigt und diese vor laufender Kamera hinrichtet. Die Zuschauer vor den Bildschirmen glauben nicht an die Echtheit der Bilder, niemand informiert die Polizei. Doch schon bald werden die Leichen der Darsteller aus den Videos gefunden. Als Andreas Lichtenstein, ein ehemaliger Hacker, von der Seite erfährt, stellt dieser mit Erschrecken fest, dass auch sein Name auf einem der virtuellen Grabsteine steht – und der Countdown wurde bereits gestartet. Warum will ein Wahnsinniger seinen Tod? Ist er ein Zufallsopfer? Voller Panik kontaktiert er seinen Freund Lukas Sontheim, einen ehemaligen Kriminalbeamten der Kölner Mordkommission. Schon kurze Zeit später finden die beiden heraus, dass alle Opfer etwas gemeinsam haben und der Täter nicht eher ruhen wird, bis sein Werk vollbracht ist.

Der zweite Teil der Lukas-Sontheim-Thriller-Reihe ist ein in sich geschlossener Fall. Der Thriller ist eine Neuauflage und erschien ursprünglich unter dem Titel Das Orkus-Tribunal.